不囉嗦網路常用小短句

複製＋貼上，3秒鐘活躍你的網路社群！

想要抒發心情時，可以這麼用：

- **I can't even** 無法用言語來表達、不敢置信
  *不是完整句子形式，但網路普遍這樣使用
- **LMAO** →Laughing My Ass Of 笑到不行
- **LOL** →Laugh Out Loud 大笑
- **ROTFL** →Rolling Off the Floor Laughing 笑到滾在地上
- **SMH** →Shaking My Head 傻眼、無言（字面意指搖頭動作）
- **SOB** →Stressed Out Bad 壓力超大
- **TGIF** →Thank God It's Friday 感謝老天終於星期五了
- **YOLO** →You Only Live Once 活在當下

想要打卡炫耀時，可以這麼用：

- **Break the Internet/Go viral** 瘋傳
- **l4l** →like for like 以讚換讚（幫我按讚，我也會回按讚）
- **OOTD** →Outfit of the Day 當日穿搭照
- **OOTN** →Outfit of the Night 當晚穿搭照
- **TBT** →Throwback Thursday 舊照重PO
- **TFLers** →Tag for Likers 幫我按讚

和親人、朋友自在聊天時，可以這麼用：

- **AFK** →Away from Keyboard 不在；不在位子上
- **BAE** →Before Anyone Else 寶貝
- **BFF** →Best Friend(s) Forever 永遠的好友
- **BRB** →Be Right Back 離開一下，馬上回來
- **BYOB** →Bring Your Own Booze/ Bottle
  請自備酒水（用於派對邀約時）
- **CUL8R** →See you Later 待會見
- **EOD** →End of Debate 到此為止
- **HB2U** →Happy Birthday to You 生日快樂
- **HMU** →Hit Me Up 聯絡我
- **IDK** →I Don't Know 我不知道
- **IKR** →I know, right? 是不是
- **JK** →Just Kidding! 開玩笑的
- **NP** →No Problem 不用謝、沒關係
- **SO** →Significant Other 另一半
- **THX** →Thanks 謝謝啦
- **TL;DR** →Too Long ; Didn't Read
  內容太過冗長，不讀了／將長文做出摘要
- **TYL** →Talk to You Later 待會再說
- **XOXO** →hugs and kisses 抱抱和親親

一句不到三秒，就是這麼簡單！
用得到的才學，就是這麼道地！

學習有捷徑
夢想最接近

User's Guide 使用說明

用得到的我才學！
道地英文關鍵 ❶

多到不行的日常生活情境，
滿足你的各種需求！

　　拜訪人時、安慰人時、告白時……我們的日常生活中總有數不清的大大小小情境。本書精心整理超過兩百句日常生活中常用度破表的關鍵會話，重要時刻要清楚表達自己的情緒就是這麼簡單！

Lesson 1

1 道地的「我很喜歡！／太完美了！」該怎麼說？

先從故事裡找到道地生活會話吧

下面的小故事引導你更快速地進入道地會話的英文世界。即將學到的會套色表現，看到的時候可以先想想看你會怎麼說。我們也把延伸單字用標示，讓你學得更多喔！

生日禮物Birthday Present

　　今天是小茉莉的六歲生日。天剛濛濛亮，她就迫不及待地子，從床上彈起來，把睡在她腳邊的柯基犬`嚇得差點摔下床。進父母的房間，跳到父母的床上，大喊一聲：「祝我生日快樂來！」是的。這個故事的女主角小時候是個被寵壞的`千金大小她長大以後就會改了，所以大家不要因此而唾棄她。

　　我們的故事就從茉莉滿六歲的這天開始。她的父母替她`主袖`的粉紅洋裝、一捷給洋娃娃住的小房子。當然還有搭配全套的洋娃娃衣服。茉莉高興極了。「太棒了！我很高說，接著她馬上就用跳繩把洋娃娃綁在椅子上，撲殺娃娃架`的`，這個故事的女主角小時候就有點暴力傾向，不過她長大以備，真的。

延伸單字多學一點
❶ 科基犬 **n.** /ˈkɔrgɪ/ Corgi
❷ 被寵壞的 **adj.** /spɔɪlt/ spoiled
❸ 公主（泡泡）袖 **n.** puffed sleeve
❹ 綁架 **v.** /ˈkɪdnæp/ kidnap

014

用得到的我才學！
道地英文關鍵 ❷

生活化的小故事，
讓你融入狀況又能幫助記憶！

　　會話總是學了就忘，就算不忘卻不知道什麼時候用得上？那就搭配精彩的小故事學習，藉由令人印象深刻的劇情來記憶會話，不但更不容易忘記，更能讓你從故事中的情境迅速體會每句會話的使用情境。希望男女主角荒唐的日常生活能吸引你一頁一頁翻閱下去，不再覺得語言學習書一定就是枯燥乏味的。

地生活英語會話，這樣用就對了

Lesson 1
Lesson 2
Lesson 3
Lesson 4
Lesson 5
Lesson 6
Lesson 7
Lesson 8
Lesson 9
Lesson 10
Lesson 11

1 道地的「我很喜歡！／太完美了！」該怎麼說？

◀ Track 001

步就可以學會！

I love it ! 我很喜歡！

這樣用
無論是在生日或是其他場合收到了的禮物，免不了都要說一句「Thank you.」（謝謝），那麼除了這句基本的會話外，還可以如何對送物的人表達你的喜悅與感激呢？你可以說：「I love it!」

「like」也是喜歡的意思，但在收到禮物時，說「I like it.」（我喜歡），感覺有點太禮貌、太平靜，送禮物的人會覺得這樣的反應令人有點失望。收到禮物應該是很開心且興奮的，所以可以用「I love it!」來表達。

來看個例句就知道怎麼用！
A : I bought the scarf in Japan. Do you like it?
這條圍巾是我在日本買的，你喜歡嗎？
B : Oh, I love it! Thank you so much!
喔，我很喜歡！謝謝你耶！

◀ Track 002

1,2秒就可以學會！

It's perfect ! 太完美了！

用這樣用
除了說「I love it!」以外，你還可以換個方式，稱讚對方為你挑的禮物真是「太完美了」。這句英文的說法就是「It's perfect!」，不但讓這個禮物非常好，也同時稱讚對方很瞭解你，能挑得到這麼適合你的禮物。

來看個例句就知道怎麼用！
A : I made this cake myself. It's not very pretty, but...
這是我自己做的蛋糕，它看起來沒有很漂亮，但是......
B : Come on. It's perfect!
拜託，這太完美了！

015

用得到的我才學！
道地英文關鍵 **③**

簡短的會話句，好唸又好記，關鍵時刻就是用得上！

　　本書的會話均非常地簡短，簡短到通通都可以在三秒內說完！而且大部分都壓在三個單字以下，真的很短吧！其實像是「向人道歉」、「叫人注意」、「稱讚別人」等等都是非常需要即時反應的事情，如果還停下來慢慢思考要講什麼，就會錯過了關鍵時機。因此，這些會話句都設定為簡短、好說又好記，讓你在需要用到的黃金一秒內就可以不假思索地說出來。

　　這些會話當然都搭配了MP3，讓你邊走邊聽隨處練習唷。

用得到的我才學！
道地英文關鍵 **④**

會話句怎麼用在對話中？各種範例告訴你！

　　每一句會話當然不是只能用在小故事中的情境。其實，這些會話都是非常彈性的，只要時機正確，在家裡、學校、公司、街上、餐廳……等等地方都很可能可以用得上喔！本書在各個單元中將每句會話使用在多種情境的對話中，讓你習慣這些會話使用的節奏與對象。

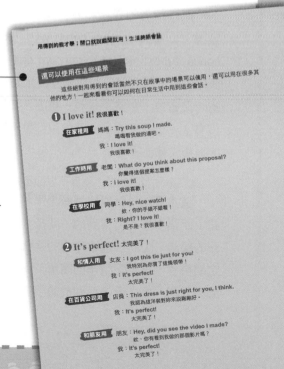

用得到的我才學；開口就說嚇嚇叫！生活美語會話

還可以使用在這些場景
　　這些絕對用得到的會話當然不只在故事中的場景可以使用，還可以用在很多其他的地方！一起來看看你可以如何在日常生活中用到這些會話。

❶ I love it! 我很喜歡！

在家裡用　媽媽：Try this soup I made.
　　　　　　　喝喝看我做的湯吧。
　　　　　我：I love it!
　　　　　　　我很喜歡！

工作時用　老闆：What do you think about this proposal?
　　　　　　　你覺得這個提案怎麼樣？
　　　　　我：I love it!
　　　　　　　我很喜歡！

在學校用　同學：Hey, nice watch!
　　　　　　　欸，你的手錶不錯喔！
　　　　　我：Right? I love it!
　　　　　　　是不是？我很喜歡！

❷ It's perfect! 太完美了！

和情人用　女友：I got this tie just for you!
　　　　　　　我特別為你買了這條領帶！
　　　　　我：It's perfect!
　　　　　　　太完美了！

在百貨公司用　店員：This dress is just right for you, I think.
　　　　　　　我認為這洋裝對妳來說剛剛好。
　　　　　我：It's perfect!
　　　　　　　太完美了！

和朋友用　朋友：Hey, did you see the video I made?
　　　　　　　欸，你有看到我做的那個影片嗎？
　　　　　我：It's perfect!
　　　　　　　太完美了！

016

Preface 作者序

　　還記得出第一本書後不久，捷徑文化的編輯就轉達我，曾有購買我的書的讀者來電（我整個受寵若驚），他想和我聊聊一個經驗：某天他在外面吃飯時碰到了一大群的外國人，因為就坐在附近，忍不住聽了聽他們的對話。這位讀者發現，英語母語人士使用的句子其實並不長，也並不複雜，有些甚至兩三個字就輕鬆解決。他認為，真正用得到的日常生活英文會話便應該是這樣，畢竟這些句子天天都要講，要是總是用困難的句型、艱深的文法，一段對話就要說個二十分鐘，那大家的電話費不是都很貴、簡訊不是都打到手抽筋？

　　這位讀者的看法和我一直以來的想法不謀而合。日常生活中，本來就不會說：「As far as I'm concerned, the words you have just uttered express a concept most similar to my own daily musings.」（在我看來，您剛剛所說的話表達的概念與我每日的想法極為類似），寧可直接說「I agree.」（我同意），省時又省力。中文不是也一樣嗎？我們要表達同意的時候，會說「對」、「有沒有」、「就是說」，不會說什麼「對於您發表的意見，敝人感同身受」，講完以後人家都睡著了。

　　這本書就是針對這個概念作發揮：學英文會話，就是要從真的用得到的學起！而要學真的用得到的，就是要從簡短（最好是兩三個字就好）、好念又好記的學起。因此，在本書中的各個單元均提供大家日常生活中一定用得到、一定學得會、一定記得牢的簡單英文會話。對於英文會話的初學者來說，這些會話好入門、好上手，而對於想要更進一步學習的人，不妨觀察一下各單元使用

每句會話的使用情境，你會發現同一句會話可以使用的範圍非常廣泛，能夠舉一反三在許許多多情境用上，學一句抵五句。由對話中感受一下各個會話的使用方式，相信也更能夠避免在對的場景說出不對的會話、在關鍵的時刻更能神來一筆地說出最合宜的句子。

　　此外，為了讓學習更為歡樂，這本書中的會話也搭配了非常生活化的小故事，以悲情的男主角和任性的女主角兩人為主軸，引入我們所要學習的關鍵會話。當然，這些小故事的存在目的並非要告訴你「這句會話只能在故事中的場景中使用喔」！這怎麼行！如果你不是男女主角，不就不能用了嗎！當然絕對不是這樣啊！小故事只是用來讓大家對實用會話的印象更深刻，更有記憶點，所以別因為自己的人生並不和故事中的男女主角雷同就覺得英文會話不適合自己。英文會話很有彈性的，絕對適合每個人。

　　在寫這本書的過程中，我自己是覺得很開心，因為各種日常生活中常用的會話，總能讓我回想起生活中各式各樣的經驗。很感謝有這次機會能夠出這樣的一本書，也很希望大家在學習日常生活的過程中能夠和我一樣開心。學語言就是要開心才會記得久嘛！謝謝翻開這本書的你，如果這本書能讓你得到這麼一點點的開心，我一定會感到萬分感激的。

張瑩安

Contents 目・錄

▶Lesson1

在這個部分，你會學到這些生活會話：

★拜訪人家、被人拜訪，應該説……
★收到禮物、送人禮物，應該説……
★遇到好久不見的人，應該説……

▶Lesson2

在這個部分，你會學到這些生活會話：

★同意別人的話時，應該説……
★安慰、鼓勵別人時，應該説……
★道別、祝福時，應該説……

▶Lesson3

在這個部分，你會學到這些生活會話：

★罵別人是個爛人時，應該說……

★鼓勵、恭喜別人時，應該說……

★吵架、吐槽別人時，應該說……

▶Lesson6

在這個部分，你會學到這些生活會話：

★身體不舒服、自怨自艾時，應該說……
★搭各種交通工具有疑問時，應該說……
★購物有疑問時，應該說……

▶Lesson7

在這個部分，你會學到這些生活會話：

★和別人賠不是、別人和你賠不是時，應該說……
★發自真心地稱讚時，應該說……
★關心、告白時，應該說……

▶Lesson10

在這個部分，你會學到這些生活會話：

★吵架時，應該說……
★表達不同意時，應該說……
★好言相勸時，應該說……

▶Lesson11

在這個部分，你會學到這些生活會話：

★找不到東西而困擾時，應該說……
★在外吃東西時，應該說……
★認識新朋友時，應該說……

Lesson 1

在這個部分，你會學到這些生活會話：
★拜訪人家、被人拜訪，應該說……
★收到禮物、送人禮物，應該說……
★遇到好久不見的人，應該說……

1/ 道地的「我很喜歡！／太完美了！」該怎麼說？

💬 先從故事裡找到道地生活會話吧

下面的小故事引導你更快速地進入道地會話的英文世界。即將學到的會話用套色表現，看到的時候可以先想想看你會怎麼說。我們也把延伸單字用底線標示，讓你學得更多喔！

生日禮物 Birthday Present

今天是小茉莉的六歲生日。天剛濛濛亮，她就迫不及待地丟開被子、從床上彈起來，把睡在她腳邊的柯基犬¹嚇得差點摔下床。小茉莉衝進父母的房間，跳到父母的床上，大喊一聲：「祝我生日快樂！禮物拿來！」是的，這個故事的女主角小時候是個被寵壞的²千金大小姐，不過她長大以後就會改了，所以大家不要因此而唾棄她。

我們的故事就從茉莉滿六歲的這天開始。她的父母替她買了一件公主袖³的粉紅洋裝、一棟給洋娃娃住的小房子、當然還有搭配的洋娃娃和全套的洋娃娃衣服。茉莉喜歡得不得了。「太棒了！我很喜歡！」她說，接著她馬上就用跳繩把洋娃娃綁在椅子上，模擬綁架⁴的情境。是的，這個故事的女主角小時候就有點暴力傾向，不過她長大之後也會改善，真的。

延伸單字多學一點

❶ 科基犬 n. /ˋkɔrgɪ/ Corgi
❷ 被寵壞的 adj. /spɔɪlt/ spoiled
❸ 公主（泡泡）袖 n. puffed sleeve
❹ 綁架 v. /ˋkɪdnæp/ kidnap

💬 道地生活英語會話，這樣用就對了

🕐 只要 *0.7* 秒就可以學會！　　　　　　　　　　　🔊 *Track 001*

Lesson 1
Lesson 2
Lesson 3
Lesson 4
Lesson 5
Lesson 6
Lesson 7
Lesson 8
Lesson 9
Lesson 1
Lesson 1

❶ I love it！我很喜歡！

▶ 這句這樣用

　　無論是在生日或是其他場合收到了的禮物，免不了都要說一句「Thank you.」（謝謝），那麼除了這句基本的會話外，還可以如何對送禮物的人表達你的喜悅與感激呢？你可以說：「I love it!」

　　「like」也是喜歡的意思。但在收到禮物時，說「I like it.」（我喜歡），感覺有點太禮貌、太平靜，送禮物的人會覺得這樣的反應令人有點失望。收到禮物應該是很開心且興奮的，所以要用「I love it!」來表達。

▶ 來看個例句就知道怎麼用！

A : I bought the scarf in Japan. Do you like it?
　　這條圍巾是我在日本買的。你喜歡嗎？

B : Oh, I love it! Thank you so much!
　　噢，我很喜歡！謝謝你耶！

- -

🕐 只要 *1.2* 秒就可以學會！　　　　　　　　　　　🔊 *Track 002*

❷ It's perfect！太完美了！

▶ 這句這樣用

　　除了說「I love it!」以外，你還可以換個方式，稱讚對方為你挑的禮物真是「太完美了」。這句英文的說法就是「It's perfect!」，不但稱讚這個禮物非常好，也同時稱讚對方很瞭解你，能挑選到這麼適合你的禮物。

▶ 來看個例句就知道怎麼用！

A : I made this cake myself. It's not very pretty, but...
　　這是我自己做的蛋糕。它看起來沒有很漂亮，但是……

B : Come on. It's perfect!
　　拜託，這太完美了！

還可以使用在這些場景

這些絕對用得到的會話當然不只在故事中的場景可以使用，還可以用在很多其他的地方！一起來看看你可以如何在日常生活中用到這些會話。

❶ I love it! 我很喜歡！

在家裡用　媽媽：**Try this soup I made.**
喝喝看我做的湯吧。

我：**I love it!**
我很喜歡！

工作時用　老闆：**What do you think about this proposal?**
你覺得這個提案怎麼樣？

我：**I love it!**
我很喜歡！

在學校用　同學：**Hey, nice watch!**
欸，你的手錶不錯喔！

我：**Right? I love it!**
是不是？我很喜歡！

❷ It's perfect! 太完美了！

和情人用　女友：**I got this tie just for you!**
我特別為你買了這條領帶！

我：**It's perfect!**
太完美了！

在百貨公司用　店員：**This dress is just right for you, I think.**
我認為這洋裝對妳來說剛剛好。

我：**It's perfect!**
太完美了！

和朋友用　朋友：**Hey, did you see the video I made?**
欸，你有看到我做的那個影片嗎？

我：**It's perfect!**
太完美了！

2/ 道地的「進來吧！／把這裡當自己家吧！」該怎麼說？

Lesson 1

Lesson 2

Lesson 3

Lesson 4

Lesson 5

Lesson 6

Lesson 7

Lesson 8

Lesson 9

Lesson 1

Lesson 1

💬 先從故事裡找到道地生活會話吧

下面的小故事引導你更快速地進入道地會話的英文世界。即將學到的會話用套色表現，看到的時候可以先想想看你會怎麼説。我們也把延伸單字用底線標示，讓你學得更多喔！

朋友家的派對 Party at a Friend's

茉莉的好鄰居露露也要過六歲生日了！她的媽媽為了讓露露開心（其實也是為順便和鄰居太太們哈啦），特別為了她辦了一個生日派對，邀請¹整個社區所有的小朋友們一起來玩……至少她本來是這麼打算啦，但後來露露一直哭著說不要邀男生，媽媽只好把所有的小男生都趕回家去了。

所幸茉莉不是男生，所以她穿著粉紅蓬蓬裙²來到露露家門口時，露露的媽媽很豪爽地說：「進來吧！」，還跟她說「當自己家」。茉莉想起了她自己家裡是不脫³鞋的，於是就穿著新的粉紅涼鞋⁴大方地走進去，後來被露露的媽媽拎到門外，叫她脫完鞋後才能進屋。茉莉這才知道，原來大人說「當自己家」時，不見得是真的要她當自己家……

延伸單字多學一點

❶ 邀請 v. /ɪn`vaɪt/ invite
❷ 蓬蓬裙 n. tutu dress
❸ 脫掉 v. take off
❹ 涼鞋 n. /`sænd!z/ sandals

道地生活英語會話，這樣用就對了

只要 *0.7* 秒就可以學會！　　　　　　　　　　　　　　*Track 003*

❶ Come on in！進來吧！

▶ 這句這樣用

到別人家去拜訪時，對方都會說什麼來歡迎你？大家想必都知道「Welcome」（歡迎）這個說法。除了這個用法之外，對方也有可能會打開門，對你說一句：「Come on in!」（進來吧！）。

「Come on」是「快來啊」的意思，而「Come in」是「進來吧」的意思。因此，「Come on in!」就兼有兩者的意義，催促對方快點進來裡面，不要畏畏縮縮地站在外面猶豫。

▶ 來看個例句就知道怎麼用！

A : Wow! Is this where you live? There's a swimming pool in it...
哇！你住這？裡面有游泳池耶……

B : Oh yeah... <u>Come on in</u>! 噢對呀……趕快進來吧！

- -

只要 *2.5* 秒就可以學會！　　　　　　　　　　　　　　*Track 004*

❷ Make yourself at home！當自己家！

▶ 這句這樣用

露露的媽媽對茉莉說：「當自己家！」，這句用英文該怎麼說呢？就是「Make yourself at home.」，直譯是「把自己當作在家裡一樣」。在邀請親戚朋友來家裡玩時，這就是固定會用到的一句。如果對方不只一個人，就說「Make yourselves at home.」。

▶ 來看個例句就知道怎麼用！

A : I'm so glad that you can come. <u>Make yourself at home</u>!
我好高興你能來。當自己家！

B : Thank you. I'm sure I'll enjoy my stay here.
謝謝。我相信我會住得很愉快的。

還可以使用在這些場景

這些絕對用得到的會話當然不只在故事中的場景可以使用，還可以用在很多其他的地方！一起來看看你可以如何在日常生活中用到這些會話。

❶ Come on in! 進來吧！

客人來時用

我：**Come on in!**
　　進來吧！

客人：**Great, thanks.**
　　好的，謝謝。

去辦公室找老師時用

我：**I'm looking for Mr. Li.**
　　我要找李老師。

老師：**Come on in!**
　　進來吧！

去別人的房間玩時用

朋友：**Come on in!**
　　進來吧！

我：**Wow, nice room!**
　　哇，這房間不錯啊！

❷ Make yourself at home! 當自己家！

拜訪親戚時用

阿姨：**Make yourself at home!**
　　當自己家！

我：**I will. Thanks, auntie.**
　　我會的，謝謝阿姨。

到男朋友家很害羞時用

男友：**Make yourself at home!**
　　當自己家！

我：**That's a bit hard.**
　　這有點難。

到很親切的餐館時用

我：**A table for four, please.**
　　我們要四個人的位子，謝謝。

老闆：**Make yourself at home!**
　　當自己家！

3／道地的：「你都長這麼大了！／好久不見了呢。」該怎麼說？

💬 先從故事裡找到道地生活會話吧

下面的小故事引導你更快速地進入道地會話的英文世界。即將學到的會話用套色表現，看到的時候可以先想想看你會怎麼說。我們也把延伸單字用底線標示，讓你學得更多喔！

到爺爺奶奶家玩 Visiting Grandparents

　　茉莉的爺爺與奶奶住得離茉莉家很遠，但茉莉非常喜歡去爺爺奶奶家玩，因為他們都會帶她去隔壁的便利商店¹買糖果、然後到巷口吃麵。茉莉的爸爸媽媽是走養生主義的，他們都喜歡吃有機²蔬菜、不贊成讓小孩吃糖，所以只有跟爺爺奶奶在一起的時候她才能吃到零食³。

　　這天，茉莉跟著爸爸媽媽到爺爺奶奶家玩。可能因為很久沒回去了，爺爺奶奶看到茉莉都又抱又親、猛稱讚：「好久不見了！妳看看妳！都長那麼大了！」讓茉莉很不好意思⁴，忍不住在兩人的懷中掙扎。不過她覺得沒關係，反正現在抱完親完以後就會有糖可以吃了，所以還是忍著點吧！

延伸單字多學一點

❶ 便利商店 n. convenience store
❷ 有機的 adj. ／ɔrˋgænɪk ／ organic
❸ 零食 n. ／snæk ／ snack
❹ 不好意思的 adj. ／ɪmˋbærəst ／ embarrassed

💬 道地生活英語會話，這樣用就對了

🕐 只要 *0.7* 秒就可以學會！　　　　　　　　🔊 *Track 005*

❶ How you've grown! 你都長這麼大了！

▶ 這句這樣用

　　傳統家庭什麼不多，就是親戚一大堆。人一多起來，就沒辦法常常見面。當很久沒看到的親戚小孩出現在你面前時，你很可能也會忍不住想說一句：「How you've grown!」（你都長這麼大了！）。而對外國人來說，由於地大人稀，許多親戚也是要很久才會見上一次面，因此這句會話也非常地實用。

　　同樣地，如果你有一陣子沒有看到某人，當再度見到他時，想要表達這個人外表上的改變，或單單只是想要開啟一個話題時，這個短句就派上用場了。而且只要在「How」和「you've」之間加上形容詞，就可以讓句子的意思變得不一樣。看看以下的例句就知道了！

▶ 來看個例句就知道怎麼用！

How tall you've grown! 你都長這麼高了！
How fat you've grown! 你都長這麼胖了！

- -

🕐 只要 *2.5* 秒就可以學會！　　　　　　　　🔊 *Track 006*

❷ It's been a while. 已經有一陣子沒見了。

▶ 這句這樣用

　　遇到很久不見的親戚朋友，你可以說：「It's been a while.」。這句直譯就是「已經有一陣子了」，是什麼事已經一陣子了呢？在這句中代表的就是「已經沒見面有一陣子了」，只是對外國人來說，英文中習慣把「沒見面」這一部分省略而已。

▶ 來看個例句就知道怎麼用！

A：It's been a while, sweetheart. 已經有一陣子沒見了，甜心。
B：I don't think it's been long enough...
　　我倒是覺得（沒見面的時間）不夠久……

還可以使用在這些場景

　　這些絕對用得到的會話當然不只在故事中的場景可以使用，還可以用在很多其他的地方！一起來看看你可以如何在日常生活中用到這些會話。

❶ How you've grown! 你都長這麼大了！

和親戚小孩打招呼時用

姪子：**Hi, uncle.**
叔叔好。

我：**How you've grown!**
你都長這麼大了！

國小同學會時用

同學：**Hey, long time no see.**
欸，好久不見。

我：**How you've grown!**
你都長這麼大了！

返校探視老師時用

我：**Mrs. Lin, do you remember me?**
林老師，您還記得我嗎？

老師：**Of course! How you've grown!**
當然！你都長這麼大了！

❷ It's been a while. 已經有一陣子沒見了。

路上碰到老友時用

老友：**Fancy running into you here!**
居然在這裡遇到你！

我：**Yeah. It's been a while.**
對啊。已經有一陣子沒見了。

暑假結束回到學校時用

我：**It's been a while.**
已經有一陣子沒見了。

同學：**It's been two months, to be exact.**
確切來說是兩個月沒見了。

和移民後偶爾回國看看的朋友見面時用

我：**It's been a while.**
已經有一陣子沒見了。

朋友：**I know! How've you been?**
我知道啊，你最近如何？

4 道地的：「這（東西）是給你的。／你人最好了。」該怎麼說？

Lesson 1

Lesson 2

Lesson 3

Lesson 4

Lesson 5

Lesson 6

Lesson 7

Lesson 8

Lesson 9

Lesson 1

Lesson 1

先從故事裡找到道地生活會話吧

下面的小故事引導你更快速地進入道地會話的英文世界。即將學到的會話用套色表現，看到的時候可以先想想看你會怎麼說。我們也把延伸單字用底線標示，讓你學得更多喔！

和奶奶去市場 At the Market with Grandma

到爺爺奶奶家玩時，茉莉最喜歡的就是和奶奶一起去市場，因為奶奶總是會買雞蛋糕給她吃。有的時候，奶奶不只會買給她雞蛋糕，更會偷偷地在玩具店¹裡買一些機器狗啦、紙娃娃²啦……等等的小東西給茉莉帶回家去。也難怪茉莉總是很喜歡去市場，而茉莉的父母卻很討厭她去市場了。

這天，奶奶又趁著茉莉在攤販打香腸³的時候，在玩具店裡買了一隻絨毛⁴兔子讓她帶回家。當奶奶偷偷把兔子從背後拿出來時，茉莉簡直欣喜若狂，雙眼發亮地問道：「是給我的嗎？」奶奶一說「是給妳的」，茉莉立刻撲上去大喊：「奶奶，妳人最好了！」差點把只有40公斤的奶奶給壓到地上。

延伸單字多學一點

❶ 玩具店 **n.** toy store
❷ 紙娃娃 **n.** paper doll
❸ 香腸 **n.** /ˋsɔsɪdʒ / sausage
❹ 絨毛 **adj.** /ˋflʌfɪ / fluffy

💬 道地生活英語會話，這樣用就對了

⏰ 只要 *0.7* 秒就可以學會！　　　　　　　　🔊 *Track 007*

❶ It's for you！ 是給你的啦！

▶ 這句這樣用

　　買了一個禮物或特別找了個小東西要送人，但對方整個受寵若驚，好像無法相信這是要給他的……面對這種令你哭笑不得的親朋好友，你可以和他再次強調：「It's for you!」（是給你的啦！）。把準備好的禮物遞出去的當下就是說出這句短句最好的時機啦！除了「給你的」以外，「for you」也可以當作是「為了你」的意思。我們來在下面例句中比較看看兩種不同的「for you」用法。

▶ 來看個例句就知道怎麼用！

A：Look at this pony. <u>It's for you</u>! 看看這匹小馬！是給你的。
B：Wow, thank you so much! 哇，太謝謝你了！

A：I washed the dishes <u>for you</u>. 我為你把碗洗了。
B：Great, thanks. 太好了，謝謝。

⏰ 只要 *2.5* 秒就可以學會！　　　　　　　　🔊 *Track 008*

❷ You're the best！ 你最好了！

▶ 這句這樣用

　　無論是人家送你東西或替你把事情做好，當然都要好好向對方表示感激。除了說「謝謝」以外，不妨直接稱讚對方：「你最好了！」這句聽起來有點撒嬌的話，用英文說就是「You're the best!」，不過在英文中則沒什麼撒嬌的意味。

▶ 來看個例句就知道怎麼用！

A：Here's your lunchbox. It's still hot so be careful with it.
　　這是你的便當。它還很燙所以要小心。
B：Wow, <u>you're the best</u>! 哇，你最好了！

還可以使用在這些場景

這些絕對用得到的會話當然不只在故事中的場景可以使用，還可以用在很多其他的地方！一起來看看你可以如何在日常生活中用到這些會話。

Lesson 1
Lesson 2
Lesson 3
Lesson 4
Lesson 5
Lesson 6
Lesson 7
Lesson 8
Lesson 9
Lesson 1
Lesson 1

❶ It's for you! 是給你的啦！

送人禮物時用

媽媽：**Why is there a bouquet on the table?**
為什麼桌上有一束花？

我：**It's for you!**
是給妳的啦！

接電話發現是找別人時用

同事：**Who's calling?**
誰打來的？

我：**It's for you!**
是找你的啦！

幫人家收快遞包裹時用

爸爸：**Who's the package for?**
那個包裹是給誰的？

我：**It's for you!**
是給你的啦！

❷ You're the best! 你最好了！

「盧」朋友時用

朋友：**Ugh, do I have to wash your dishes?**
嗯，我一定要幫你洗碗嗎？

我：**You're the best!**
你最好了！

謝家人時用

媽媽：**I got you some pudding.**
我買了布丁給你。

我：**You're the best!**
你最好了！

在工作時用

同事：**There, the printer's all fixed.**
好了，印表機修好囉。

我：**You're the best!**
你最好了！

5/ 道地的：「我贏了！／你輸了。」該怎麼說？

💬 先從故事裡找到道地生活會話吧

下面的小故事引導你更快速地進入道地會話的英文世界。即將學到的會話用套色表現，看到的時候可以先想想看你會怎麼說。我們也把延伸單字用底線標示，讓你學得更多喔！

躲貓貓Hide-and-seek

　　從幼稚園[1]下課後，茉莉最喜歡和鄰居小朋友們在家附近玩躲貓貓[2]。這天，他們一共八個人一起玩，由隔壁的胖姊姊當鬼。茉莉靈機一動，跳進一個比較大的垃圾桶[3]裡。雖然待會回家一定會被媽媽罵，但她也覺得沒關係，因為反正贏得遊戲要緊嘛！

　　想不到，胖姊姊超強，一轉眼間就找到了另外兩個朋友，然後就在垃圾桶裡找到了茉莉，還一臉機車地笑[4]她：「哈哈！我贏了！妳輸了！」，讓茉莉很不甘心。他們後來又一起到處找剩下的人，在樹後面找到了一個、草叢裡找到一個、舊衣回收箱後面找到一個、在旁邊的便利商店裡找到了最後兩個。這時天也差不多黑了，媽媽也出來叫大家回家吃飯了，所以茉莉便和朋友們約好下次再一起玩，然後開開心心地回家。回家以後，茉莉仔細想了想，忽然覺得好像有哪裡不對……

延伸單字多學一點

❶ 幼稚園 **n.** ／ˋkɪndəˌgɑrtn／ kindergarten
❷ 躲貓貓 **n.** hide-and-seek
❸ 垃圾桶 **n.** garbage can
❹ （嘲）笑 **v.** jeer (+at)

💬 道地生活英語會話，這樣用就對了

🕐 只要 *0.7* 秒就可以學會！　　　　　　　　　　　🔊 **Track 009**

Lesson 1
Lesson 2
Lesson 3
Lesson 4
Lesson 5
Lesson 6
Lesson 7
Lesson 8
Lesson 9
Lesson 10
Lesson 1

❶ I win！ 我贏了！

▶ **這句這樣用**

　　多了一個人這種恐怖的事先不提，我們來學一學只要玩遊戲或比賽就一定會用到的「我贏了」。很簡單，只要兩個字「I win!」就可以了。大家在玩一些電動或其他遊戲時，如果勝利了，遊戲也常會顯示：「You win!」

　　既然是「贏了」，那為什麼不用過去式，說「I won!」呢？這樣說當然也可以（注意win是不規則動詞，所以過去式不是winned，是won喔），但老外和我們都一樣，贏的時候通常都挺開心的，心理上總會想維持在這個「勝者」的狀態下，所以雖然明明是剛剛贏的，還是會習慣用現在式，說「I win.」。

▶ **來看個例句就知道怎麼應用！**

A : **You're not going to win this game. Not in a million years!**
你不會贏得這場比賽的。絕對不會！

B : **Yay! I win!** 耶我贏了！

- -

🕐 只要 *0.7* 秒就可以學會！　　　　　　　　　　　🔊 **Track 010**

❷ You lose！ 你輸了！

▶ **這句這樣用**

　　除了「我贏了」以外，「你輸了」也是說起來會覺得心裡很爽快的一句話。用英文講就是「You lose.」。順帶一提，可能也跟大家輸了總是不太開心、不會想維持在這個「敗者」的狀態下有關，說「我輸了」時，較常用過去式，說「I lost.」，而不是現在式的「I lose.」。

▶ **來看個例句就知道怎麼應用！**

A : **Dude, you lose. I can't believe it.** 老兄，你輸了。我不敢相信。

B : **I know, because I did it on purpose.** 我知道，因為我是故意的。

還可以使用在這些場景

　　這些絕對用得到的會話當然不只在故事中的場景可以使用，還可以用在很多其他的地方！一起來看看你可以如何在日常生活中用到這些會話。

❶ I win! 我贏了！

打賭時用 朋友：**Wow, the game ended in a tie like you said it would!**
哇，比賽最後是平手，跟你說的一樣！

我：**I win!**
我贏了！

玩遊戲時用 同學：**I'm all out of moves.**
我沒步可走了。

我：**I win!**
我贏你！

互相比較時用 表弟：**I'm 150 centimeters tall!**
我150公分！

我：**I win!**
我贏了！

❷ You lose! 你輸了！

嘲笑朋友時用 朋友：**Oh no, I was so sure that I'd win.**
哎呀，我本來想說我一定會贏的。

我：**You lose!**
你輸了！

猜拳時用 朋友：**Damn, you beat me with scissors again!**
可惡，你又出剪刀打敗我了！

我：**You lose!**
你輸了！

賽跑贏了時用 隊友：**Wow, you're so fast.**
哇，你好快喔。

我：**You lose!**
你輸了！

6 道地的：「等等我！／你好過分！」該怎麼說？

 ## 先從故事裡找到道地生活會話吧

下面的小故事引導你更快速地進入道地會話的英文世界。即將學到的會話用套色表現，看到的時候可以先想想看你會怎麼說。我們也把延伸單字用底線標示，讓你學得更多喔！

我最愛騎三輪車 I Love my Tricycle

　　自從六歲生日時收到爺爺奶奶合送的一台三輪車¹，傑克就騎個沒停。雖然鄰居²的哥哥們都笑他都幾歲了還不會騎兩個輪子³的車，但傑克一點也不介意，他還是愛他的三輪車。就算鄰居哥哥很壞心地把他的輪子戳破，他還是照樣可以騎。

　　是的，這本書的男主角小時候都因為人太好而被人家踩在頭上。這點一直到他長大以後也沒有太大的改善，所以大家不用期待在本書後來的部分他會變得比較有骨氣。

　　這天，傑克和鄰居哥哥們一起騎車去旁邊的國小玩，但三輪車畢竟是追不上腳踏車的，所以他追得很辛苦，還一直喊「等等我！你好過分！」。但鄰居哥哥們都不理他，轉眼間就不見蹤影了，傑克則自己騎著騎著就迷了路，後來還是被里長拎起來送回家的。沒錯，這就是這本書男主角悲慘的童年⁴。

延伸單字多學一點

❶ 三輪車 n. /ˋtraɪsɪkḷ / tricycle
❷ 鄰居 n. /ˋnebɚ / neighbor
❸ 輪子 n. /hwil / wheel
❹ 童年 n. /ˋtʃaɪld͵hʊd / childhood

💬 道地生活英語會話，這樣用就對了

🕐 只要 *0.8* 秒就可以學會！　　　　　　　　　　◀ *Track 011*

❶ Wait for me！ 等等我！

▶ 這句這樣用

和朋友一起出去，但朋友實在走得太快了……。公司電梯門就要關了，你還在打卡……。全家人都收拾完畢要出門，只有你一個人還在穿襪子……。遇到這種要請人等你的情境，請説一句「Wait for me!」（等等我！）

順帶一提，Wait for... 這個片語後面除了接「人」以外，也可以接一件「事」或一個「物品」，例如「等著媽媽回家」就可以説wait for mom to come home；大家常需要説到的「等公車」則是wait for the bus。注意for這個介系詞是不能省略的喔！

▶ 來看個例句就知道怎麼用！

A : Hey! Wait for me! 喂！等我一下啦！
B : Okay, but it's your fault if we're late.
好，不過如果我們遲到那都要怪你。

- -

🕐 只要 *0.9* 秒就可以學會！　　　　　　　　　　◀ *Track 012*

❷ You're so mean！ 你好過分！

▶ 這句這樣用

傑克的鄰居哥哥們對他很過分，如果傑克不是這麼逆來順受的孩子，他一定會大罵一句：「你們太過分了」！遇到讓你很想大罵的狀況時，你也可以用英文來一句：「You're so mean!」（你好過分！）

▶ 來看個例句就知道怎麼用！

A : I kicked my brother in the face once. 我有一次一腳踢中我弟的臉。
B : You're so mean! 你好過分！

還可以使用在這些場景

這些絕對用得到的會話當然不只在故事中的場景可以使用，還可以用在很多其他的地方！一起來看看你可以如何在日常生活中用到這些會話。

❶ Wait for me! 等等我！

在家裡用　媽媽：**We're going to the supermarket.**
　　　　　　　　我們要去超級市場。

　　　　　　我：**Wait for me!**
　　　　　　　　等等我！

在學校時用　同學：**Who wants to go to the restroom together?**
　　　　　　　　誰要一起去廁所？

　　　　　　我：**Wait for me!**
　　　　　　　　等等我！

在公司時用　同事：**I'll head to the meeting room now.**
　　　　　　　　我現在就過去會議室。

　　　　　　我：**Wait for me!**
　　　　　　　　等等我！

❷ You're so mean! 你好過分！

和朋友用　朋友：**I just drowned some ants by accident.**
　　　　　　　　我剛不小心淹死了一些螞蟻。

　　　　　　我：**You're so mean!**
　　　　　　　　你好過分！

和情人用　男友：**I bought cookies for you, but I already ate one.**
　　　　　　　　我買了餅乾給妳，但我自己已經先吃掉一塊了。

　　　　　　我：**You're so mean!**
　　　　　　　　你好過分！

和鄰居用　鄰居：**Have you heard? We kicked out the guards and got new ones.**
　　　　　　　　你有聽說嗎？我們把原本的警衛趕走，換了一批新的。

　　　　　　我：**You're so mean!**
　　　　　　　　你們好過分！

7 道地的：「我很失望。／你必須從頭開始。」該怎麼說？

💬 先從故事裡找到道地生活會話吧

下面的小故事引導你更快速地進入道地會話的英文世界。即將學到的會話用套色表現，看到的時候可以先想想看你會怎麼說。我們也把延伸單字用底線標示，讓你學得更多喔！

被媽媽罵 Mom Scolded me

傑克的媽媽對傑克的功課要求很高，不但要求傑克把作業寫到完美，還要求他用「正確的手」寫，也就是右手。小小年紀的左撇子[1]傑克還不知道要（也不敢）跟媽媽說「一定要用右手」這觀念早就落伍了，他老師就是用左手寫黑板，所以他只能默默承受媽媽每次對他的責備。

這天，傑克千辛萬苦地用右手寫完功課，但因為這真的不是他的慣用手，所以他的字都寫得歪七扭八，好像閉[2]著眼睛寫的一樣。媽媽看到了，當然不會開心，拿著作業本[3]直搖頭：「傑克，你寫的這什麼字？我用腳寫都會比你好看！我很失望！你必須重新開始！」可憐的小傑克知道和媽媽爭吵[4]是沒用的，所以他就只好拿起作業本，回到房間一筆一劃地繼續開始努力……

延伸單字多學一點

1. 左撇子 **n.** ／ˋlɛftɪ／ lefty
2. 閉（眼睛）**v.** ／ʃʌt／ shut
3. 作業本 **n.** ／ˋwɝk͵bʊk／ workbook
4. 爭吵 **v.** ／ˋɑrgju／ argue

🗨 道地生活英語會話，這樣用就對了

Lesson 1
Lesson 2
Lesson 3
Lesson 4
Lesson 5
Lesson 6
Lesson 7
Lesson 8
Lesson 9
Lesson 10
Lesson 11

⏰ 只要 *2.5* 秒就可以學會！　　　　　　　　　🔊 *Track 013*

❶ I'm so disappointed. 我很失望。

▶ 這句這樣用

　　想要責備別人，有時與其大罵他們這裡不對、那裡做得不好，還不如深深嘆一口氣，淡淡地說句「我很失望」，更能給他們帶來超大的心理壓力。如果你想要用英文說，並達到同樣好的效果，就可以來一句：「I'm so disappointed.」（我很失望）。這一句會話除了拿來責備人用以外，只要是發生了令你失望的事，都可以用這一句來表示。

▶ 來看個例句就知道怎麼用！

A：Well, seems like this ice cream is actually durian flavored, not mango. 喔，看來這冰淇淋其實是榴槤口味，不是芒果的。

B：I'm so disappointed. 我好失望。

A：I bought a cake, but it's not for you.
我買了一個蛋糕，但不是給你的。

B：I'm so disappointed. 我好失望。

⏰ 只要 *2.5* 秒就可以學會！　　　　　　　　　🔊 *Track 014*

❷ You must start over. 你必須重新開始。

▶ 這句這樣用

　　傑克的媽媽罵完他以後，叫他重新開始寫功課。如果媽媽是用英文講的話，她可能會說：「You must start over.」（你必須重新開始）。不只在功課方面，工作上、玩遊戲不小心死掉時也可能會用到這樣一句話，相當實用，唯獨人生是無法 start over 的。

▶ 來看個例句就知道怎麼用！

A：You must start over. 你必須重新開始。

B：But I spent two days on this! 但我花了兩天做這個耶！

還可以使用在這些場景

　　這些絕對用得到的會話當然不只在故事中的場景可以使用，還可以用在很多其他的地方！一起來看看你可以如何在日常生活中用到這些會話。

❶ I'm so disappointed. 我很失望。

在餐廳用　店員：**We don't have beef stew today.**
　　　　　　我們今天沒有賣燉牛肉。
　　　　　我：**I'm so disappointed.**
　　　　　　我好失望。

在飲料店用　店員：**We're out of boba.**
　　　　　　我們沒珍珠了。
　　　　　我：**I'm so disappointed.**
　　　　　　我好失望。

在公司用　下屬：**Here's a rough draft of my proposal.**
　　　　　　這是我的提案草稿。
　　　　　我：**I'm so disappointed.**
　　　　　　我好失望。

❷ You must start over. 你必須重新開始。

在學校用　學生：**I just realized that I did the wrong assignment.**
　　　　　　我剛發現我做到別次的作業了。
　　　　　我：**You must start over.**
　　　　　　那你只好重新開始了。

在家裡用　兒子：**The cat peed on my art homework.**
　　　　　　貓在我的美術作業上尿尿了。
　　　　　我：**You must start over.**
　　　　　　那你只好重新開始了。

在辦公室用　同事：**I forgot to save my document.**
　　　　　　我忘記存檔了。
　　　　　我：**You must start over.**
　　　　　　那你只好重新開始了。

8/道地的：「你在哪裡？／我在路上了。」該怎麼說？

 ## 先從故事裡找到道地生活會話吧

下面的小故事引導你更快速地進入道地會話的英文世界。即將學到的會話用套色表現，看到的時候可以先想想看你會怎麼說。我們也把延伸單字用底線標示，讓你學得更多喔！

迷路 Getting Lost

傑克和爸爸感情很好，他一直覺得人家說兒子都比較黏媽媽是騙人的。不過，爸爸雖然對傑克很好，常常帶他到處玩，但他卻有個致命¹傷，就是非常健忘²。有的時候，爸爸帶著傑克去市場³，結果就把傑克忘在那裡，然後自己回家了呢！

這天，這樣的情形又發生了。傑克嘗試著自己走回家，但因為傑克不太巧地是個路痴，所以他不但沒有越走離家越近，還踏入了一輩子沒去過的未知領域。最後，天都黑了，傑克只好走進一家雜貨店借電話打回家。爸爸一接起電話，就大吼大叫：「你在哪裡？我在路上了，現在就去接你！」傑克的爸爸一向很安靜，不曾聽到他大吼大叫，所以傑克就拿著電話嚎啕大哭起來。一直到雜貨店的人拿糖果哄他、陪他等到爸爸來，才結束他這場意外的冒險⁴。

延伸單字多學一點

❶ 致命的 **adj.** /ˋfetḷ/ fatal
❷ 健忘 **adj.** /fəˋgɛtfəl/ forgetful
❸ 市場 **n.** /ˋmɑrkɪt/ market
❹ 冒險 **n.** /ədˋvɛntʃɚ/ adventure

💬 道地生活英語會話，這樣用就對了

⏰ 只要 *2.0* 秒就可以學會！　　　　　　　　　　🔊 *Track 015*

❶ Where are you? 你在哪裡？

▶ 這句這樣用

　　你朋友迷路了、打電話跟你求救……。你兒子到了半夜，居然還沒有回家……。你奶奶不過出去散個步，結果後來打電話來說被號稱是舅公的孫子的學生的妹夫接走了……。這時接起電話的你一定很想問一句：「Where are you?」（你在哪裡？）。

　　「Where are you?」和我們大家都學過的「How are you?」是伙伴，只是後者是問人過得如何，而「Where are you?」則是問對方所在的位置。此外，他們還有一個伙伴「Who are you?」（你是誰？），不過因為聽起來有點不禮貌，帶點「你誰啊」的冒犯感覺，所以除了天真可愛的小朋友，一般是不用這一句的。

▶ 來看個例句就知道怎麼用！

A : **Where are you?** 你在哪裡？
B : **I'm at your granny's house.** 我在你奶奶家。

- -

⏰ 只要 *2.0* 秒就可以學會！　　　　　　　　　　🔊 *Track 016*

❷ I'm on my way. 我在路上了。

▶ 這句這樣用

　　爸爸知道了傑克所在的位置後，一定馬上快馬加鞭地去接他。這時，爸爸會在電話中對傑克說一句：「I'm on my way.」，告訴他「我在路上了」。和「my way」有關的片語還有一個「out of my way」，意思是「別擋路」，兩個別搞混了。

▶ 來看個例句就知道怎麼用！

A : **I'm on my way.** 我在路上了。
B : **Great! Hurry up or there will be no food left for you.**
太好了！快點來，不然你就沒得吃了。

還可以使用在這些場景

　　這些絕對用得到的會話當然不只在故事中的場景可以使用，還可以用在很多其他的地方！一起來看看你可以如何在日常生活中用到這些會話。

Lesson 1

Lesson 2

Lesson 3

Lesson 4

Lesson 5

Lesson 6

Lesson 7

Lesson 8

Lesson 9

Lesson 10

Lesson 11

❶ Where are you? 你在哪裡？

問家人用

媽媽：**We're almost there.**
我們快到了喔。

我：**Where are you?**
你們在哪啊？

問朋友用

我：**Where are you?**
你在哪？

朋友：**I'm having afternoon tea.**
我在喝下午茶。

問同事用

我：**Where are you?**
你在哪？

同事：**Having a meeting with the boss.**
在跟老闆開會。

❷ I'm on my way. 我在路上了。

告訴家人用

妹妹：**Come pick me up at school.**
來學校接我。

我：**I'm on my way.**
我在路上了。

告訴同學用

同學：**You're already an hour late!**
你已經遲到一個小時了耶！

我：**I'm on my way.**
我在路上了。

告訴老闆用

老闆：**I can't talk to the guests right now, so you'd have to go deal with them.**
我現在不能跟客戶講話，你必須去對付他們。

我：**I'm on my way.**
我在路上了。

9 道地的：「我不要（這樣做）啦！／ 試試看啊！」該怎麼說？

先從故事裡找到道地生活會話吧

下面的小故事引導你更快速地進入道地會話的英文世界。即將學到的會話用套色表現，看到的時候可以先想想看你會怎麼說。我們也把延伸單字用底線標示，讓你學得更多喔！

在河裡玩 Playing in the River

傑克家附近有一條小河，鄰居們總是呼朋引伴地去玩。傑克雖然也很喜歡這條小河，但也僅限於夏天的時候，要是在十二月的時候要他跳進河裡，他可會受不了。

偏偏傑克的鄰居們都是那種不怕死的小孩，越刺激¹的事就越要挑戰一下。因此，這天他們就拖²著很不情願的傑克，一行人風塵僕僕地來到河邊，而且還爭先恐後地脫光光跳進去，完全不考慮到現在的氣溫是攝氏³九度。只有傑克一個人很沒膽，不肯馬上脫，此舉反而讓鄰居小朋友們更有幹勁了，「把傑克推進水裡」也就成為他們這天最重要的目標⁴。

於是，這天經過河邊的人們，就會目睹一個小男孩像殺豬一樣喊著「不要啊！」，一群其他的小男孩則一邊唸著「試試看嘛！試試看嘛！」一邊把他往河裡推。十二月，真是個和平的季節。

延伸單字多學一點

❶ 刺激的 adj. /ɪkˋsaɪtɪŋ/ exciting
❷ 拖 v. /dræg/ drag
❸ 攝氏 adj. /ˋsɛlsɪəs/ Celsius
❹ 目標 n. /gol/ goal

道地生活英語會話，這樣用就對了

只要 **2.0** 秒就可以學會！　　　　　　　　　　　　🔊 *Track 017*

❶ I don't want to！ 我不要啦！

▶ 這句這樣用

　　傑克不想踏入冰冷的水裡，所以他一定會大叫「I don't want to!」（我不要啦）。這是一句很簡單但非常實用的會話，講英文的小朋友十分愛用。只要遇到任何讓你覺得「我就是不想做」的事，無論是吃很難吃的菜或是掃廁所，都可以用這一句來表達你的心情。

　　「I don't want to!」既然是講英文的小朋友在說的，可想而知地在正式場合不能用，因為實在有點太要賴。那如果在面對客戶時，非得說你「不要」不可呢？那也別就這麼直接地說出「I don't want to!」，改說委婉一點的「I'm afraid it's not possible.」（恐怕是不可能的）吧。

▶ 來看個例句就知道怎麼應用！

A：**Eat your vegetables, dear.** 把蔬菜吃掉，親愛的。
B：**I don't want to!** 我不要啦！

只要 **0.7** 秒就可以學會！　　　　　　　　　　　　🔊 *Track 018*

❷ Try it！ 試試看啊！

▶ 這句這樣用

　　別人越是說「不要啦」，你就越是想慫恿他「試試看啊！」，這是人之常情。在英文中的「試試看啊！」就是「Try it!」，不但在慫恿別人做事時可以用，請別人品嚐一道菜時也常會用到這一句會話。

▶ 來看個例句就知道怎麼應用！

A：**Try it! It's good!** 試試看！很好吃喔！
B：**But it looks disgusting.** 可是看起來好噁。

還可以使用在這些場景

　　這些絕對用得到的會話當然不只在故事中的場景可以使用，還可以用在很多其他的地方！一起來看看你可以如何在日常生活中用到這些會話。

❶ I don't want to! 我不要啦！

在遊樂園說 朋友：**Let's go on the pirate ship.**
　　　　　　　　我們去坐海盜船吧。

　　　　　　 我：**I don't want to!**
　　　　　　　　我不要啦！

在餐廳說 媽媽：**Have some of my green beans.**
　　　　　　　　吃點我叫的青豆吧。

　　　　　　 我：**I don't want to!**
　　　　　　　　我不要啦！

在家裡說 姊姊：**Can you do the dishes for me?**
　　　　　　　　幫我洗個碗好不好？

　　　　　　 我：**I don't want to!**
　　　　　　　　我不要啦！

❷ Try it! 試試看啊！

鼓勵朋友用 朋友：**Do you think I should sign up?**
　　　　　　　　你覺得我應該報名嗎？

　　　　　　 我：**Try it!**
　　　　　　　　試試看啊！

鼓勵家人用 弟弟：**Are you even sure this edible?**
　　　　　　　　你確定這能吃嗎？

　　　　　　 我：**Try it!**
　　　　　　　　試試看啊！

鼓勵老婆用 老婆：**I don't think I'll look good in that dress.**
　　　　　　　　我覺得我穿那件洋裝不會好看。

　　　　　　 我：**Try it!**
　　　　　　　　試試看啊！

10 道地的：「你麻煩大了。／你會感冒的。」該怎麼說？

先從故事裡找到道地生活會話吧

下面的小故事引導你更快速地進入道地會話的英文世界。即將學到的會話用套色表現，看到的時候可以先想想看你會怎麼説。我們也把延伸單字用底線標示，讓你學得更多喔！

快樂的下雨天 Happy Rainy Days

自從傑克被丟進河裡、發燒¹到四十二度之後，已經過了一個月，傑克現在又生龍活虎了。雖然傑克的媽媽歇斯底里地嚴格禁止²傑克跟鄰居那些可惡的小孩再往來，但畢竟就住在旁邊，根本躲也躲不了，所以這個下著雨的下午，傑克又跑出去和他們一起玩了。反正媽媽不在嘛！

傑克本來乖乖地拿著傘，但他後來發現拿著傘玩遊戲真的很不方便，像在玩鬼抓人的時候，就很容易打到人家的頭，害他被住隔壁樓上的姊姊白眼。所以為了避免又被白眼，他就把傘收起來，一邊淋雨一邊在水窪³裡跳來跳去，真是太開心了。

快樂的時光總有結束的時候，傑克眼尖地看到媽媽從巷⁴口走來，但現在要躲已經來不及了。媽媽瞪著傑克說：「你麻煩大了。你會感冒的。」他被媽媽抓起來硬拖著回家，他知道，接下來免不了又要被大罵一場……

延伸單字多學一點

❶ 發燒 **v.** have a fever
❷ 禁止 **v.** /fə`bɪd / forbid
❸ 水窪 **n.** /`pʌdl̩ / puddle
❹ 巷子 **n.** /`ælɪ / alley

道地生活英語會話，這樣用就對了

只要 *2.0* 秒就可以學會！

❶ You're in trouble. 你麻煩大了。

▶ 這句這樣用

　　傑克的媽媽接下來會對傑克說什麼呢？他媽媽這麼兇，我們應該可以想像，她一定會說：「你麻煩大了。」這句可怕的罵小孩用語，用英文說就是：「You're in trouble.」。想讓這麻煩聽起來再更「大」一點，還可以加一個字，說：「You're in big trouble.」

　　「你麻煩大了」不只用在父母罵小孩、或是霸凌你同學的時候，你也可以對你朋友這樣說，當作警告的意思，前提是對方真的有麻煩了時用。比較看看下面的例子吧！

▶ 來看個例句就知道怎麼用！

You told the teacher I cheated, didn't you? <u>You're in trouble</u>.
你跟老師說我作弊，是不是？你麻煩大了。

You flunked that test? Uh oh, <u>you're in trouble</u>.
你考不及格喔？慘了，你麻煩大了。

- -

只要 *2.5* 秒就可以學會！

❷ You're going to catch a cold. 你會感冒的。

▶ 這句這樣用

　　媽媽修理完傑克後，或許還有可能稍微溫柔一點，說一句：「You're going to catch a cold.」（你會感冒的）。「catch a cold」是表示「得感冒」的片語，也可以說「get a cold」，而「have a cold」指的是正在感冒的這個狀態。

▶ 來看個例句就知道怎麼用！

A : It was pouring outside and I had no umbrella.
　外面雨下好大，而且我沒傘。

B : <u>You're going to catch a cold</u>. 你會感冒的。

還可以使用在這些場景

　　這些絕對用得到的會話當然不只在故事中的場景可以使用，還可以用在很多其他的地方！一起來看看你可以如何在日常生活中用到這些會話。

Lesson 1

Lesson 2

Lesson 3

Lesson 4

Lesson 5

Lesson 6

Lesson 7

Lesson 8

Lesson 9

Lesson 1

Lesson 1

❶ You're in trouble. 你麻煩大了。

責罵人用
兒子：**I broke your favorite vase.**
　　　我打破了你最喜歡的花瓶。
我：**You're in trouble.**
　　你麻煩大了。

威脅人用
同學：**I told the teachers that you smoke.**
　　　我跟老師講了你會吸菸的事。
我：**You're in trouble.**
　　你麻煩大了。

幸災樂禍用
朋友：**My girlfriend saw me kissing another girl.**
　　　我女朋友看到我親別的女生。
我：**Aw, you're in trouble.**
　　哎呀，你麻煩大了。

❷ You're going to catch a cold. 你會感冒的。

在家裡用
哥哥：**I just love playing basketball in the rain!**
　　　我最喜歡下雨天打籃球了！
我：**You're going to catch a cold.**
　　你會感冒的。

在學校用
同學：**Isn't ice cream in the winter the best?**
　　　你不覺得冬天吃冰淇淋超棒的嗎？
我：**You're going to catch a cold.**
　　你會感冒的。

在捷運上用
乘客：**Someone just sneezed into my face.**
　　　有人對著我的臉打噴嚏。
我：**You're going to catch a cold.**
　　你會感冒的。

Lesson 2

在這個部分，你會學到這些生活會話：

★同意別人的話時，應該說……

★安慰、鼓勵別人時，應該說……

★道別、祝福時，應該說……

Lesson 2

1/ 道地的：「**我也是！**」該怎麼說？

💬 先從故事裡找到道地生活會話吧

下面的小故事引導你更快速地進入道地會話的英文世界。即將學到的會話用套色表現，看到的時候可以先想想看你會怎麼說。我們也把延伸單字用底線標示，讓你學得更多喔！

開學第一天 The First Day of School

　　開學了！今天是茉莉升上國中的第一天。她早上差一點就起不來，因為昨天晚上她根本就睡不著，<u>數綿羊</u>[1]數到三萬五千八百一十七隻也還是睡不著。她於是睜著大大的眼睛盯著掛在衣櫥前<u>全新的</u>[2]制服，想像自己已經換上一整套<u>湛藍</u>[3]色的衣裙，開心地往學校的路上大步走著走著走著……然後「茉莉！」媽媽清晨才發得出來的尖銳聲音就穿過房門把她叫醒了。

　　到了新教室，茉莉又睏又緊張，一直到坐在隔壁滿臉<u>雀斑</u>[4]的女孩跟她搭訕，問她：「妳看起來很眼熟，我住在東方社區，妳也是嗎？」「對啊！我也是！」茉莉鬆了一口氣，心想：「也許這會是個不錯的開始！」

延伸單字多學一點

❶ 數羊（幫助入睡）**v.** count sheep
❷ 全新的 **adj.** ／`brænd`nju ／ brand-new
❸ 湛藍 **adj.** azure blue
❹ 雀斑 **n.** ／`frɛk!／ freckle

💬 道地生活英語會話，這樣用就對了

⏱ 只要 *0.7* 秒就可以學會！　　　　　　　　　　　　🔈 *Track 021*

Lesson 1
Lesson 2
Lesson 3
Lesson 4
Lesson 5
Lesson 6
Lesson 7
Lesson 8
Lesson 9
Lesson 10
Lesson 1

❶ Me too！ 我也是！

▶ 這句這樣用

　　開學第一天，你會不會跟茉莉一樣從前一天晚上就開始緊張兮兮的呢？我們都不喜歡陌生的環境，所以如果幸運地在人生地不熟的地方遇到熟悉的人或事，你一定會很想大喊一聲：「Me too!」不要小看這個短短的慣用語，它可是非常實用喔！當你想要和別人說：「我和你一樣。」或是「我也是、我也是！」的時候就可以大膽地說出這兩個字。不過啊，雖然中文是「我」，你可不要說成「I too!」，文法雖然是對的，但是沒有人這樣說喔！

▶ 來看個例句就知道怎麼用！

A : I absolutely love Ben Stiller's new movie.
　　我超愛班・史提勒的新電影。

B : Me too! I think it's funny and inspiring at the same time.
　　我也是！我覺得那部電影既有趣又有啟發性。

- -

⏱ 只要 *0.7* 秒就可以學會！　　　　　　　　　　　　🔈 *Track 022*

❷ Same here！ 我也是！

▶ 這句這樣用

　　是不是永遠只能說「Me too!」而沒有別的說法？當然不會那麼無聊啦！除了說「Me too!」，如果你還想表達「我同意」，或是在餐廳懶得自己選餐，想要和朋友點一樣的東西的時候，也可以用這一句表達。看看以下的例句吧！

▶ 來看個例句就知道怎麼用！

A : I want a double-cheese burger and a diet coke.
　　我要一個雙層吉士堡和一杯健怡可樂。

B : Same here! 我也一樣！

還可以使用在這些場景

這些絕對用得到的會話當然不只在故事中的場景可以使用，還可以用在很多其他的地方！一起來看看你可以如何在日常生活中用到這些會話。

❶ Me too! 我也是！

在家裡用　弟弟：**I have so much homework.**
　　　　　　　我功課好多。

　　　　　　我：**Me too!**
　　　　　　　我也是！

工作時用　老闆：**I think those clients look fishy.**
　　　　　　　我覺得那些客戶看起來很可疑。

　　　　　　我：**Me too!**
　　　　　　　我也是！

在學校用　同學：**I wish today was Saturday.**
　　　　　　　真希望今天是星期六。

　　　　　　我：**Me too!**
　　　　　　　我也是！

❷ Same here! 我也是！

在餐廳用　女友：**Just a steak, please.**
　　　　　　　請給我一客牛排就好。

　　　　　　我：**Same here!**
　　　　　　　我也是！

在服飾店用　朋友：**I'm looking for a dress to wear to a wedding.**
　　　　　　　我要買一件可以穿去婚禮的洋裝。

　　　　　　我：**Same here!**
　　　　　　　我也是！

放學後用　同學：**I'm going this way.**
　　　　　　　我要走這邊。

　　　　　　我：**Same here!**
　　　　　　　我也是！

2 道地的：「我同意！／我也這樣想！」該怎麼說？

Lesson 1
Lesson 2
Lesson 3
Lesson 4
Lesson 5
Lesson 6
Lesson 7
Lesson 8
Lesson 9
Lesson
Lesson

先從故事裡找到道地生活會話吧

下面的小故事引導你更快速地進入道地會話的英文世界。即將學到的會話用套色表現，看到的時候可以先想想看你會怎麼說。我們也把延伸單字用底線標示，讓你學得更多喔！

交到新朋友 A New Friend

已經開學第二天了，眼看身邊的同學們都一群一群地組成了小團體[1]，只有自己還形影單隻，茉莉不禁覺得有點焦躁[2]。隔壁滿臉雀斑的女孩已經交到一個同樣滿臉雀斑的好朋友了，兩人整天手牽手去福利社，讓茉莉看了好羨慕。她也好想和新朋友手牽手一起去福利社啊！

正低著頭這麼想著，忽然有個聲音從上面傳來。抬頭一看，是一名綁著辮子[3]、有酒窩的女同學。她說：「妳的鉛筆盒好可愛！」茉莉也覺得自己的鉛筆盒很可愛。那是一個柯基犬造型的鉛筆盒，還有尾巴，最重要的是只花了她100元就在夜市買到，真是超划算。「妳也喜歡狗嗎？狗超可愛的！」茉莉抬頭笑著問。女同學馬上說：「我同意！我也這樣想欸！」茉莉想，她接下來或許不會再孤單[4]了。

延伸單字多學一點

❶ 小團體 n. ／klik ／clique
❷ 焦躁 adj. ／`æŋkʃəs ／anxious
❸ 辮子 n. ／bred ／braid
❹ 孤單 adj. ／`lonlı ／lonely

💬 道地生活英語會話，這樣用就對了

🕐 只要 0.7 秒就可以學會！　　　　　　　　　　🔊 *Track 023*

❶ I agree! 我同意！

▶ 這句這樣用

在交新朋友時，如果對方和你有相同的興趣，總是能很快就聊起來，也容易有源源不絕的話題。假如你遇到了一個興趣和你一模一樣的人，說出了讓你完全同意的話，你就可以用英文回他一句：「I agree!」

這一句雖然短，但表達你的意思卻是非常好用。在非正式的場合時可以用，像是當你的朋友說出「我覺得最可愛的狗就是柴犬，再來就是柯基」，而你也完全就是這麼覺得時，你就可以用這一句表達你對他所說的話完全支持。但在正式場合時也可以用喔！在會議中、或和老闆與同事討論事項時，都可以用這一句話表示你同意其他人的意見。

▶ 來看個例句就知道怎麼用！

A：**That lasagna tasted like armpits.**
那千層麵吃起來跟腋下的味道沒兩樣。

B：**I agree!** 我同意！

- -

🕐 只要 1.0 秒就可以學會！　　　　　　　　　　🔊 *Track 024*

❷ I think so too! 我也這樣想！

▶ 這句這樣用

除了「I agree!」以外，你還可以說「I think so too!」表達「我也這樣想！」的意思。「I think so」就是「我是這樣想的」的意思，加上表示「也」的「too」，就會變成「我也是這樣想的」的意思。

▶ 來看個例句就知道怎麼用！

A：**I think her mom is prettier than she is.**
我覺得她媽比她更正。

B：**I think so too!** 我也這樣想！

還可以使用在這些場景

　　這些絕對用得到的會話當然不只在故事中的場景可以使用，還可以用在很多其他的地方！一起來看看你可以如何在日常生活中用到這些會話。

Lesson 1

❶ I agree! 我同意！

Lesson 2

工作場合用 老闆：**I like plan A better than plan B.**
　　　　　　　　比起A計畫，我更喜歡B計畫。

　　　　　　　我：**I agree!**
　　　　　　　　我同意！

Lesson 3
Lesson 4

學校場合用 同學：**We should sell pancakes for our school fair.**
　　　　　　　　我們學校園遊會來賣煎餅好了。

Lesson 5

　　　　　　　我：**I agree!**
　　　　　　　　我同意！

Lesson 6

家中場合用 爺爺：**I hate politicians.**
　　　　　　　　政治人物真討厭。

Lesson 7

　　　　　　　我：**I agree!**
　　　　　　　　我同意！

Lesson 8

❷ I think so too! 我也這樣想！

Lesson 9

和朋友用 朋友：**Man, Cindy is so hot.**
　　　　　　　天啊，辛蒂正翻了。

Lesson 1

　　　　　　我：**I think so too!**
　　　　　　　我也這樣想！

Lesson 1

和情人用 情人：**We look so good together in the photo.**
　　　　　　　我們在這合照裡看起來超棒的。

　　　　　　我：**I think so too!**
　　　　　　　我也這樣想！

和網友用 網友：**Jay's first album is his best one.**
　　　　　　　Jay的第一張專輯是他最好的一張。

　　　　　　我：**I think so too!**
　　　　　　　我也這樣想！

3/ 道地的：「放輕鬆！／不用擔心！」該怎麼說？

先從故事裡找到道地生活會話吧

下面的小故事引導你更快速地進入道地會話的英文世界。即將學到的會話用套色表現，看到的時候可以先想想看你會怎麼說。我們也把延伸單字用底線標示，讓你學得更多喔！

考試前一晚 Night before the Exam

第二天就是可怕的段考了！茉莉在上一次段考的時候考了全班第11名，她自己覺得還不錯，但爸爸媽媽都跟她說：「再加一點油，就是第10名了耶！妳不覺得第10名聽起來好像就比較帥嗎？」

茉莉想了想，覺得第10名聽起來好像真的比較帥，於是她決定這次考試要加倍努力，名次才能進步。她每天回到家都認真複習¹老師當天教的內容，複習完以後就吃一根冰棒²犒賞³自己。雖然做了這麼萬全的準備，到了考試的前一晚，茉莉還是不禁擔心起來。這時，她多麼希望有個人可以來安慰⁴她，跟她說：「放輕鬆！不用擔心！」

延伸單字多學一點

1. 複習 **v.** /rɪˋvju / review
2. 冰棒 **n.** /ˋpɑpsəkl̩ / popsicle
3. 犒賞 **v.** /rɪˋwɔrd / reward
4. 安慰 **v.** /ˋkʌmfɚt / comfort

💬 道地生活英語會話,這樣用就對了

🕐 只要 *1.2* 秒就可以學會! 🔊 *Track 025*

Lesson 1
Lesson 2
Lesson 3
Lesson 4
Lesson 5
Lesson 6
Lesson 7
Lesson 8
Lesson 9
Lesson 1
Lesson 1

❶ Take it easy ! 放輕鬆!

▶ **這句這樣用**

考試前,教室裡總是瀰漫著一股緊張的氣氛。雖然每個班級總是會有那麼幾個很淡定的人,考前五分鐘還在看漫畫,但大部分的同學一定都很不安。你的朋友已經緊張到開始發抖了嗎?那就對他/她說一句:「Take it easy!」

Take it easy! 光看字面上的意思,是不是覺得很奇怪呢?什麼叫做「拿它簡單」呢?其實想像一下,把事情看待得很簡單,就是「放輕鬆」的意思了啊!在氣氛很嚴肅、很緊張的時候,就可以說這句來舒緩其他人的不安,要他們別再擔心那麼多了。

▶ **來看個例句就知道怎麼用!**

A : **I'm so nervous I'm trembling like a leaf.**
　　我緊張到像片葉子一樣抖個不停。

B : **Take it easy!** 放輕鬆!

🕐 只要 *0.9* 秒就可以學會! 🔊 *Track 026*

❷ Don't worry ! 不用擔心!

▶ **這句這樣用**

要叫其他人「不要擔心」,更直接的說法就是「Don't worry!」。無論你的朋友煩惱的是考試的成績、告白成功與否,都可以用這句話勸他不要想太多,船到橋頭自然直。

▶ **來看個例句就知道怎麼用!**

A : **Where is Tommy? It's six and he's still not home!**
　　湯米人呢?六點了耶,他還沒回家!

B : **Don't worry!** 不用擔心!

還可以使用在這些場景

　　這些絕對用得到的會話當然不只在故事中的場景可以使用，還可以用在很多其他的地方！一起來看看你可以如何在日常生活中用到這些會話。

❶ Take it easy! 放輕鬆！

工作場合用

同事：**Oh my god, I need to see an important client in five minutes. I'm gonna die.**
天啊，我五分鐘後就要見重要客戶，我要死了。

我：**Take it easy!**
放輕鬆！

學校場合用

同學：**I'm so nervous about the basketball match.**
籃球比賽讓我好緊張。

我：**Take it easy!**
放輕鬆！

醫院場合用

媽媽：**I'm so anxious about your aunt Lily! She's in labor!**
我好擔心你的莉莉阿姨！她快生了！

我：**Take it easy!**
放輕鬆！

❷ Don't worry! 不用擔心！

和朋友用

朋友：**Do you think Judy hates me? I think she hates me.**
你覺得茱蒂是不是討厭我？我覺得她一定是討厭我。

我：**Don't worry!**
不用擔心！

和親戚用

奶奶：**I can't sleep at night! Does that mean I'm sick?**
我晚上都睡不著，是不是生病了？

我：**Don't worry!**
不用擔心！

和同事用

同事：**Do I look okay? Is my suit too shabby?**
我看起來還好嗎？我的西裝是不是看起來太窮酸了？

我：**Don't worry!**
不要擔心啦！

4 道地的：「我不知道。／快下決定。」該怎麼說？

先從故事裡找到道地生活會話吧

下面的小故事引導你更快速地進入道地會話的英文世界。即將學到的會話用套色表現，看到的時候可以先想想看你會怎麼說。我們也把延伸單字用底線標示，讓你學得更多喔！

上數學課 In Math Class

茉莉最害怕的就是數學課了。他們班的數學老師很可怕，滿臉都是痣¹，而且講話感覺好像每個人都欠他三百萬一樣。星期五下午的數學課中，茉莉正偷偷在算老師臉上的痣到底有幾顆（70，71，啊，脖子²上好像還有一顆……），老師就叫了她的名字。

「茉莉同學，這題的x是多少？」茉莉完全答不出來，只能很窘地隨便亂猜：「我不知道……是70。啊，不然就是71！」

「到底是70還是71，可不可以選³一個就好？快下決定！」老師生氣地說。茉莉知道，下課後她一定又要被罰⁴了。

延伸單字多學一點

❶ 痣 **n.** ／mol／mole
❷ 脖子 **n.** ／nɛk／neck
❸ 選 **v.** ／tʃuz／choose
❹ 罰 **v.** ／ˋpʌnɪʃ／punish

💬 道地生活英語會話，這樣用就對了

⏱ 只要 *1.3* 秒就可以學會！　　　　　　　　　　🔊 *Track 027*

❶ I have no idea. 我不知道。

▶ 這句這樣用

　　有人問你一個你完全答不出來的問題，你該怎麼回應呢？相信大家一定都知道最簡單的「I don't know.」吧！不過，除了「I don't know.」以外，還有一個稍微複雜一點的「I have no idea.」也是老外很常用的喔！「I have no idea.」字面上就是「我沒有主意」的意思。對一件事情完全沒有主意，不就是「完全不知道」的意思嗎？如果每次都回答「I don't know.」讓你覺得有點無聊了，也可以換一個說法，用「I have no idea.」試試看！

▶ 來看個例句就知道怎麼用！

A : **Where did your mom go?**
　　你媽去哪了？

B : <u>**I have no idea.**</u>
　　我不知道。

⏱ 只要 *1.7* 秒就可以學會！　　　　　　　　　　🔊 *Track 028*

❷ Make up your mind. 快下決定。

▶ 這句這樣用

　　一直拿不定主意，不知道講哪個答案的茉莉，想必會讓老師覺得很不高興吧！老師接下來應該會叫茉莉「趕快下決定」。「趕快下決定」的英文怎麼說呢？就是「Make up your mind.」

▶ 來看個例句就知道怎麼用！

A : **Sushi or sashimi? I can't decide!**
　　壽司還是生魚片？我無法決定啊！

B : <u>**Make up your mind.**</u>
　　快下決定。

還可以使用在這些場景

　　這些絕對用得到的會話當然不只在故事中的場景可以使用,還可以用在很多其他的地方!一起來看看你可以如何在日常生活中用到這些會話。

Lesson 1
Lesson 2
Lesson 3
Lesson 4
Lesson 5
Lesson 6
Lesson 7
Lesson 8
Lesson 9
Lesson 10
Lesson 11

❶ I have no idea. 我不知道。

在家裡用　媽媽:**Who ate the cheese?**
　　　　　　是誰把乳酪吃掉了?
　　　　　我:**I have no idea.**
　　　　　　我不知道。

在車上用　乘客:**How often does this bus run?**
　　　　　　這公車多久一班?
　　　　　我:**I have no idea.**
　　　　　　我不知道。

被問路時用　旅客:**How do I get to the zoo?**
　　　　　　　動物園怎麼去?
　　　　　　我:**I have no idea.**
　　　　　　　我不知道。

❷ Make up your mind. 快下決定。

催朋友用　朋友:**Blue? White? Blue? Which should I wear?**
　　　　　　藍色?白色?藍色?我該穿哪一件?
　　　　　我:**Make up your mind.**
　　　　　　快下決定。

催晚輩用　姪女:**Should I adopt this kitty or that kitty?**
　　　　　　我應該領養這隻貓咪還是那隻貓咪?
　　　　　我:**Make up your mind, or just adopt both!**
　　　　　　快下決定,不然妳乾脆兩隻都養好了!

催同學用　同學:**Should we study in the library or at my home? I can't
　　　　　　　decide!**
　　　　　　要在圖書館念書還是到我家念?我好難決定啊!
　　　　　我:**Make up your mind.**
　　　　　　快下決定。

Lesson 2

5 / 道地的：「再見！」該怎麼說？

💬 先從故事裡找到道地生活會話吧

下面的小故事引導你更快速地進入道地會話的英文世界。即將學到的會話用粗體表現，看到的時候可以先想想看你會怎麼說。我們也把延伸單字用底線標示，讓你學得更多喔！

放學路上 On the Way Home

轉眼間一個禮拜又過去了，又到了星期五放學的時間。因為第二天不用上學，茉莉最喜歡在星期五放學後和好朋友一起去吃<u>冰淇淋</u>[1]、聊喜歡的明星和隔壁班的男生。那傢伙轉籃球的樣子超帥的好嗎！

今天茉莉也一如往常地點了她喜歡的<u>草莓口味</u>[2]冰淇淋，和好朋友們坐在她們最喜歡的位子，一起點了一盤<u>薯條</u>[3]，大家分著吃。這感覺真是太棒了！有時候茉莉甚至覺得，辛苦念了一個禮拜的書，都是為了這一天呢！不過美好的時光總是要結束的，太陽漸漸<u>下山</u>[4]，茉莉也和朋友們說聲「再見」，結束了這愜意的放學後聚會。

延伸單字多學一點

❶ 冰淇淋 **n.** ice cream
❷ 草莓口味的 **adj.** strawberry-flavored
❸ 薯條 **n.** ／fraɪz／ fries
❹ （太陽）下山 **v.** ／sɛt／ set

💬 道地生活英語會話，這樣用就對了

⏰ 只要 0.5 秒就可以學會！　　　　　　　　🔊 **Track 029**

Lesson 1
Lesson 2
Lesson 3
Lesson 4
Lesson 5
Lesson 6
Lesson 7
Lesson 8
Lesson 9
Lesson 10
Lesson 11

❶ See you！ 再見！

▶ **這句這樣用**

　　放學後，要和班上的同學們道別，要怎麼說呢？相信大家一定都知道「Goodbye!」這一句吧！每次都講「Goodbye!」有點膩了嗎？想換個口味，你也可以說「See you!」。「See you!」帶有「下次見！」的意思。像是和學校朋友、公司同事等固定都會見到面的人，就可以用這句，反正不用特別說清楚「下次」是哪一次，你們總是會見到的。但如果對方是以後很可能再也見不到面的人，就比較不會用這一句。

▶ **來看個例句就知道怎麼用！**

A：**What a hectic day! I'm heading home.**
今天有夠忙！我要回家了。

B：**See you!**
再見！

⏰ 只要 0.5 秒就可以學會！　　　　　　　　🔊 **Track 030**

❷ So long！ 再見！

▶ **這句這樣用**

　　除了「See you!」以外，「So long!」也是個說再見的方式，這個說法稍微古老一些，比較不會和年輕人用。別看字面上有「long」這個字，就以為這句是「好長」的意思喔！如果有人跟你說「So long!」時，就別在那裡猶豫、思考他到底是在說什麼東西好長了。

▶ **來看個例句就知道怎麼用！**

A：**Be careful on your way home, children.**
孩子們，回家路上要小心。

B：**So long, Mrs. Smith!**
再見，史密斯太太！

還可以使用在這些場景

這些絕對用得到的會話當然不只在故事中的場景可以使用，還可以用在很多其他的地方！一起來看看你可以如何在日常生活中用到這些會話。

❶ See you! 再見！

出門時用　媽媽：**I'm heading to work now.**
　　　　　　　我現在要去工作了。
　　　　　　我：**See you!**
　　　　　　　再見！

放學時用　同學：**See you!**
　　　　　　　再見！
　　　　　　我：**Have a great weekend.**
　　　　　　　祝你週末愉快。

下班時用　同事：**Time to go see a movie!**
　　　　　　　該去看電影了！
　　　　　　我：**I'll be heading home. See you!**
　　　　　　　我要回家，再見！

❷ So long! 再見！

和親戚用　我：**So long, grandma!**
　　　　　　　再見，奶奶！
　　　　　　奶奶：**I'll visit soon.**
　　　　　　　我很快會再來玩的。

和鄰居用　鄰居太太：**Bring this pie home with you, dear.**
　　　　　　　親愛的，順便把這個派帶回家吧。
　　　　　　我：**Thank you! So long!**
　　　　　　　謝謝！再見！

和師長用　老師：**Don't go home too late, kids.**
　　　　　　　別太晚回家了，孩子們。
　　　　　　我：**So long, Ms. Lu!**
　　　　　　　再見，盧老師！

6 道地的：「**你不會錯過它的。**／**剛好趕上。**」該怎麼說？

 ## 先從故事裡找到道地生活會話吧

下面的小故事引導你更快速地進入道地會話的英文世界。即將學到的會話用套色表現，看到的時候可以先想想看你會怎麼說。我們也把延伸單字用底線標示，讓你學得更多喔！

新的轉學生 A Transfer Student

傑克一家人剛搬到新家，傑克今天第一次去上新的學校。他很緊張，不只是因為他要轉¹到一個新的班級，更是因為他是個超級大路痴！要是上學的第一天就因為迷路而遲到，他的新同學們一定會笑他一輩子的。

很不幸地，雖然傑克前一天就特別跟著哥哥走到學校一次，回家後還在網路上搜尋²了地圖印³下來，但他還是迷路了。地圖到底哪一面才是上面，他真的看不出來啊！還好，就在他快要遲到的時候，有個好心的婆婆替他指路了。她說：「只要沿著這條路直直走，一定不會錯的。學校那麼大一棟，你不會錯過它的。」傑克非常感激⁴，忍不住要說一句：「還好有這個婆婆，來得正是時候，剛好趕上。」多虧有她，他今天應該是不會遲到了！

延伸單字多學一點

① 轉（學、班）**v.** ／træns`fɝ／ transfer
② 搜尋 **v.** ／sɝtʃ／ search
③ 印 **v.** ／prɪnt／ print
④ 感激的 **adj.** ／`gretfəl／ grateful

💬 道地生活英語會話，這樣用就對了

🕐 只要 *1.3* 秒就可以學會！　　　　　　　　　　🔊 *Track 031*

❶ You can't miss it. 你不會錯過它的。

▶ 這句這樣用

　　替別人指路的時候，如果他要去的地方目標很明顯，他再怎麼路痴也不可能錯過時，你就可以用「You can't miss it.」這句告訴他：「你不會錯過它的。」這樣講也會讓問路的人覺得認路很簡單、對自己更有信心喔！

　　在「You can't miss it.」這一句中的「miss」，不是大家常說的「I miss you.」中的「想念」的意思。這個「miss」是「錯過」的意思。像是如果錯過了公車，你也可以說：I missed the bus. 我錯過了公車。

▶ 來看個例句就知道怎麼用！

A：Is the museum behind that ferris wheel?
博物館是在那座摩天輪後面嗎？

B：Yep, you can't miss it.
對啊，你不會錯過它的。

🕐 只要 *1.0* 秒就可以學會！　　　　　　　　　　🔊 *Track 032*

❷ Just in time. 剛好趕上。

▶ 這句這樣用

　　傑克好不容易到了學校，總算沒有遲到！「剛好趕上」、「剛好來得及」的道地英文怎麼說呢？就是「Just in time.」。要說人家回答得「正是時候」、來得「正是時候」，也可以用這一句。

▶ 來看個例句就知道怎麼用！

A：I ran all the way home to watch the baseball game!
我為了看棒球比賽一路跑回家！

B：Just in time. 剛好趕上。

還可以使用在這些場景

　　這些絕對用得到的會話當然不只在故事中的場景可以使用，還可以用在很多其他的地方！一起來看看你可以如何在日常生活中用到這些會話。

Lesson 1
Lesson 2
Lesson 3
Lesson 4
Lesson 5
Lesson 6
Lesson 7
Lesson 8
Lesson 9
Lesson 10
Lesson 11

❶ You can't miss it. 你不會錯過它的。

被問路時用

路人：**Where's the nearest restroom?**
最近的廁所在哪？

我：**Oh, it's right across the street. You can't miss it.**
喔，就在馬路對面而已，你不會錯過它的。

商量約會地點時用

同學：**Where do I meet you for the movie tomorrow?**
我們明天看電影要在哪見？

我：**How about at the giant statue? You can't miss it.**
在巨人雕像那裡怎麼樣？你不會錯過它的。

討論旅遊計畫時用

朋友：**Should we go on the London Eye?**
我們應該要去搭倫敦眼摩天輪嗎？

我：**Of course! You can't miss it.**
當然啊！你不能錯過它。

❷ Just in time. 剛好趕上。

和家人用

哥哥：**Let me give you a ride.**
我載你吧。

我：**Just in time.**
剛好趕上。

和同學用

同學：**We're here! Are we late?**
我們到了！有遲到嗎？

我：**Nope, just in time.**
沒有，剛好趕上。

和同事用

同事：**Hooray! The copier is fixed!**
萬歲！影印機修好了！

我：**Just in time.**
正是時候。

7 道地的：「做得好！／我為你感到驕傲。」該怎麼說？

💬 先從故事裡找到道地生活會話吧

下面的小故事引導你更快速地進入道地會話的英文世界。即將學到的會話用套色表現，看到的時候可以先想想看你會怎麼說。我們也把延伸單字用底線標示，讓你學得更多喔！

樂隊練習 Band Practice

傑克在以前的學校就有參加樂隊¹，因為升旗的時候其他的人都要站在大太陽下，只有樂隊可以站在樹蔭²下。於是，傑克轉到新學校後，也馬上就決定加入樂隊。他在以前的學校是吹薩克斯風³的，正好這所新學校的樂隊缺薩克斯風，音樂老師就叫傑克去試試看。

傑克非常緊張，因為他在以前的學校只是個小學弟，一直沒有自己獨立表演⁴的機會，想不到才剛加入樂隊，老師就要他獨挑薩克斯風的大樑。老師請他先吹一段給她聽聽看，看他的實力如何。傑克一時想不出來吹什麼好，只好吹了〈妹妹背著洋娃娃〉。

讓傑克意外的是，老師居然對他讚賞有加，還說：「做得好，我為你感到驕傲。」傑克鬆了一口氣。看來，他的緊張是多餘的！

延伸單字多學一點

❶ 樂隊 n. /bænd/ band
❷ 樹蔭 n. /ʃed/ shade
❸ 薩克斯風 n. /ˈsæksəˌfon/ saxophone
❹ 表演 v. /pɚˈfɔrm/ perform

💬 道地生活英語會話，這樣用就對了

⏰ 只要 *0.6* 秒就可以學會！　　　　　　　　　　　🔊 *Track 033*

Lesson 1
Lesson 2
Lesson 3
Lesson 4
Lesson 5
Lesson 6
Lesson 7
Lesson 8
Lesson 9
Lesson 10
Lesson 11

❶ Good job ! 做得好！

▶ 這句這樣用

　　想要稱讚別人「做得不錯」、「表現得不賴」的時候，該怎麼說呢？你可以說「Good job!」。想必當時傑克的老師聽他表演完薩克斯風後，也是和他說了這一句吧！想要稱讚別人做得好時，就是用這一句。別忘了，這句是稱讚別人「做得好」，所以並不是只要想稱讚別人，無論什麼時候都可以拿出來用喔！一定要在對方「做了某件事、表現得很好」時，才可以說這一句。稱讚別人衣服漂亮、造型好看等，是不能用這一句的。

▶ 來看個例句就知道怎麼用！

A : **I scored a 100 on my math exam!**
　　我數學考了一百分！

B : **Good job! That's my boy.**
　　做得好！真是我的好兒子。

- -

⏰ 只要 *1.2* 秒就可以學會！　　　　　　　　　　　🔊 *Track 034*

❷ I'm proud of you. 我為你感到驕傲。

▶ 這句這樣用

　　稱讚別人表現得好，不但可以說「Good job!」，也可以說「I'm proud of you.」，也就是「我為你感到驕傲」的意思。通常這句都是長輩對晚輩說，或在平輩之間使用，你可別跑去對你的老師、老闆說「我為你感到驕傲」啊！

▶ 來看個例句就知道怎麼用！

A : **Mom, I washed the dishes!**
　　媽媽，我洗了碗耶！

B : **I'm proud of you.** 我為你感到驕傲。

還可以使用在這些場景

　　這些絕對用得到的會話當然不只在故事中的場景可以使用，還可以用在很多其他的地方！一起來看看你可以如何在日常生活中用到這些會話。

❶ Good job! 做得好！

稱讚朋友用 朋友：**I ran three miles today.**
我今天跑了三哩。

我：**Good job!**
做得好！

稱讚家人用 我：**Supper is ready!**
晚餐準備好了喲！

媽媽：**Good job!**
做得好！

稱讚同事用 同事：**I sold a hundred bowls of ramen today.**
我今天賣出了一百碗拉麵。

我：**Good job!**
做得好。

❷ I'm proud of you. 我為你感到驕傲。

為孩子感到驕傲 女兒：**I drew a piggy.**
我畫了一隻小豬。

我：**I'm proud of you.**
我為妳感到驕傲。

為學生感到驕傲 學生：**We won the relay race!**
我們接力賽贏了！

我：**I'm proud of you.**
我為你們感到驕傲。

為偶像感到驕傲 偶像：**Thank you for the support! My single topped all the charts!**
謝謝你們的支持！我的單曲在各排行榜上都是第一名！

我：**I'm proud of you.**
我為你感到驕傲。

Lesson 2

8/ 道地的：「**我等不及了！／我很期待這件事。**」該怎麼說？

 ## 先從故事裡找到道地生活會話吧

下面的小故事引導你更快速地進入道地會話的英文世界。即將學到的會話用套色表現，看到的時候可以先想想看你會怎麼說。我們也把延伸單字用底線標示，讓你學得更多喔！

校外教學 Field Trip

　　這次的校外教學¹，決定要去動物園。雖然傑克比較想去遊樂園坐雲霄飛車²，還可以在鬼屋³嚇女生，但他覺得動物園也不賴，因為可以看熊貓⁴。傑克全家人都已經去看過熊貓了，只有他一個人沒看過，所以他決定這次一定要好好看個夠，回去才能跟家裡的人炫耀。

　　一大早，傑克就拖著一整袋的零食，浩浩蕩蕩來到學校操場和同學們會合。同學們一看到傑克，就圍過來了，因為他帶了最新的電動，大家可以在等著出發的時候玩。看到大家這麼興奮、這麼期待校外教學，傑克也不禁興奮起來⋯⋯。他這時真想說：「我等不及了！我好期待！」

延伸單字多學一點

❶ 校外教學 **n.** field trip
❷ 雲霄飛車 **n.** roller coaster
❸ 鬼屋 **n.** haunted house
❹ 熊貓 **n.** /ˋpændə/ panda

💬 道地生活英語會話，這樣用就對了

🕐 只要 *0.8* 秒就可以學會！　　　　　　　　　🔊 *Track 035*

❶ I can't wait ! 我等不及了！

▶ 這句這樣用

要去校外教學，想必你一定很期待吧！是不是從前一個晚上收拾行李開始，就已經開心到不行了呢？這種時候，如果有人問你心情如何，你可以告訴他：「I can't wait!」，也就是「我等不及了！」的意思，傳神地表達你的期待。「I can't wait!」直接翻譯過來，就是「我不能等了！」的意思。就連一點點也沒辦法等了嗎？那就是「等不及了」啊！遇到讓你很期待的事情，像是出去玩、喜歡的電視節目要開始了、披薩快烤好了……都可以用這一句喔！

▶ 來看個例句就知道怎麼用！

A : It's decided! The party will be on Saturday.
定案了！派對會在星期六舉行。

B : <u>I can't wait!</u>
我等不及了！

🕐 只要 *2.1* 秒就可以學會！　　　　　　　　　🔊 *Track 036*

❷ I look forward to it. 我很期待這件事。

▶ 這句這樣用

表達你的期待，也可以說「I look forward to it!」，表示「我很期待這件事」。這一句的用法比「I can't wait!」更正式一點，譬如說如果老闆宣布明天要辦一場說明會，你就可以說「I look forward to it!」而不能說「I can't wait!」。說後者會讓老闆覺得很奇怪喔！

▶ 來看個例句就知道怎麼用！

A : We're inviting an important person to give a speech.
我們要邀一個重要人士來演講。

B : <u>I look forward to it.</u>
我很期待呢。

還可以使用在這些場景

　　這些絕對用得到的會話當然不只在故事中的場景可以使用，還可以用在很多其他的地方！一起來看看你可以如何在日常生活中用到這些會話。

❶ I can't wait! 我等不及了！

在學校用 老師：**The graduation trip is in September.**
九月要辦畢業旅行。

　　我：**I can't wait!**
我等不及了！

在餐廳用 服務生：**Your macaroni and cheese will be ready soon.**
您的起司通心粉就快好了。

　　我：**I can't wait!**
我等不及了！

在電影院用 朋友：**When will we be able to go into the theater?**
我們什麼時候才可以進場啊？

　　我：**I know, right? I can't wait!**
對啊！我等不及了！

❷ I look forward to it. 我很期待。

在公司用 老闆：**Some important clients are visiting soon.**
不久後會有一些重要的客戶來訪。

　　我：**I look forward to it.**
我很期待。

和長輩用 舅舅：**Shall we go hiking together next week?**
我們下禮拜一起去登山好不好？

　　我：**I look forward to it.**
我很期待。

和不熟的人用 路人：**Please come to this really inspiring talk! The details are on the flyer.**
請來聽聽這場超有啟發性的演講！細節都寫在傳單上了。

　　我：**I look forward to it.**
我很期待。

Lesson 2

9 道地的：「總是會有下一次！／做得好！」該怎麼說？

先從故事裡找到道地生活會話吧

下面的小故事引導你更快速地進入道地會話的英文世界。即將學到的會話用套色表現，看到的時候可以先想想看你會怎麼説。我們也把延伸單字用底線標示，讓你學得更多喔！

籃球比賽 Basketball Game

期末考試完以後，學校舉辦了一場班際籃球比賽。傑克早已躍躍欲試了！他雖然有點矮，但跑得很快，而且三分球¹的命中率異常地高。早在幾個禮拜前，他就開始天天和班上的同學們在放學後留下來練習²，就是為了得到好成績。果然他們的努力沒有白費，打了三場，面對三個不同的班級，三場都贏了呢！大家都互相擊掌，說：「做得好！」

但在歡欣鼓舞的同時，傑克等人卻注意到班上的女生們鬱鬱寡歡³。因為男生和女生是分成兩組比賽的，所以他們猜想女生們看起來這麼難過，肯定是輸了。上前一問，果然因為班上籃球最強的女生忽然感冒⁴、第二強的女生又扭到腳，所以她們一直輸球。傑克等人只好安慰女同學們：「沒關係，總是會有下次啊！」

延伸單字多學一點

❶ 三分球 **n.** three-pointer
❷ 練習 **v.** /ˋpræktɪs / practice
❸ 鬱鬱寡歡的 **adj.** /ˋmɛlənˌkɑlɪ / melancholy
❹ 感冒 **v.** catch a cold

道地生活英語會話，這樣用就對了

只要 *2.0* 秒就可以學會！　　　　　　　　　　　Track 037

Lesson 1
Lesson 2
Lesson 3
Lesson 4
Lesson 5
Lesson 6
Lesson 7
Lesson 8
Lesson 9
Lesson 10
Lesson 11

❶ There's always next time！ 總是會有下一次！

▶ 這句這樣用

　　無論是什麼比賽，總是會有人贏有人輸，這是沒辦法避免的。比賽輸了，一定會心情不好吧！看到別人心情不好，要怎麼安慰他們呢？你可以說「There's always next time!」，也就是「總是會有下一次啊！」的意思。

　　不過，要注意，不能一看到人家心情不好，就都拿這句出來用喔！這句只適合用在「真的可能還有下一次」的時候，例如比賽輸了（還會有下一次比賽）、考試考差了（還可以再考一次）等。要是對方是因為寵物走失（最好不要有下一次）、摔斷腿（最好也不要有下一次）等等理由而傷心，就別用「There's always next time!」來安慰他了！

▶ 來看個例句就知道怎麼用！

A：**My crush smiled at me and I didn't smile back! I want to jump off a cliff!** 我暗戀的人對我笑，我卻沒笑！我真想跳崖自盡！

B：**There's always next time!** 總是會有下一次嘛。

只要 *0.6* 秒就可以學會！　　　　　　　　　　　Track 038

❷ Well done！做得好！

▶ 這句這樣用

　　傑克班上的女生雖然輸球了，但男生們卻不斷贏球。這時，如果要恭喜這個連戰皆捷的籃球隊，該說什麼呢？你可以說「Well done!」（做得好！）。「Well done」這個片語也可以用在想叫全熟牛排的時候。

▶ 來看個例句就知道怎麼用！

A：**Look! I drew a picture of a melting kangaroo.**
你看！我畫了一張融化中的袋鼠的圖。

B：**Well done!** 做得好！

還可以使用在這些場景

這些絕對用得到的會話當然不只在故事中的場景可以使用，還可以用在很多其他的地方！一起來看看你可以如何在日常生活中用到這些會話。

❶ There's always next time! 總是會有下一次！

考試後用　同學：**Well, my scores are terrible.**
　　　　　　　　嗯，我分數超低的。

　　　　　　我：**There's always next time!**
　　　　　　　　總是會有下一次啊！

告白失敗後用　朋友：**I give up on love.**
　　　　　　　　我對愛情徹底失望了。

　　　　　　我：**There's always next time!**
　　　　　　　　總是會有下一次啊！

表演不好後用　妹妹：**I forgot my lines in the school play!**
　　　　　　　　我在學校戲劇表演忘詞了。

　　　　　　我：**There's always next time!**
　　　　　　　　總是會有下一次啊！

❷ Well done! 做得好！

在公司用　下屬：**I compiled some files for you.**
　　　　　　　　我幫你整理了一些檔案。

　　　　　　我：**Well done!**
　　　　　　　　做得好！

在學校用　同學：**I invented a game called stacking desks on chairs!**
　　　　　　　　我發明了一種把椅子疊在桌子上的遊戲。

　　　　　　我：**Well done!**
　　　　　　　　做得好！

在家裡用　兒子：**Mom, I painted the wall green.**
　　　　　　　　媽媽，我把牆壁漆成綠色了。

　　　　　　我：**Well done!**
　　　　　　　　做得好！

Lesson 2

10 道地的：「時間過得好快！／祝福你！」該怎麼說？

Lesson 1
Lesson 2
Lesson 3
Lesson 4
Lesson 5
Lesson 6
Lesson 7
Lesson 8
Lesson 9
Lesson 10
Lesson 11

💬 先從故事裡找到道地生活會話吧

下面的小故事引導你更快速地進入道地會話的英文世界。即將學到的會話用套色表現，看到的時候可以先想想看你會怎麼說。我們也把延伸單字用底線標示，讓你學得更多喔！

畢業 Graduation

在國中的這三年，傑克和他的同學、朋友們一起製造了好多好多美好的回憶¹。現在回想起來，無論是大隊接力比賽²、第一次的游泳課、聖誕節的舞會、還有畢業旅行的時候大家半夜偷偷跑出旅館放煙火³的事，都讓傑克永生難忘。對了，他們還有一次自己在教室裡搭了一座木筏，帶去學校後面的水溝⁴划船耶！後來被罵得很慘就是了。

三年轉眼間就過去，這三年過得再怎麼開心，終究也還是要畢業的。傑克最後一次穿上制服，到學校參加畢業典禮。這一天大家都穿得乾淨整齊、頭髮也都梳得漂漂亮亮的，讓傑克不禁感嘆：當年大家都還是一群小毛頭，現在怎麼都變得有點像大人了呢？不禁要讓人感嘆一句「時間過得好快」！離別的時間到來，當年的轉學生傑克，將要在同學們一句句的「祝福你」聲中，和大家說聲再見了。

延伸單字多學一點

❶ 回憶 **n.** ／ˋmɛmərɪ ／ memory
❷ 接力賽 **n.** relay race
❸ 煙火 **n.** ／ˋfaɪrˌwɝ·ks ／ fireworks
❹ 水溝 **n.** ／dɪtʃ ／ ditch

💬 **道地生活英語會話，這樣用就對了**

🕐 只要 *0.6* 秒就可以學會！　　　　　　🔊 *Track 039*

❶ Time flies！ 時間過得好快！

▶ **這句這樣用**

　　大家是否有過那種「不會吧！一個月又過去了！」的驚嘆呢？時間總是在不知不覺中流逝，常常根本還沒意識過來，就又老了一歲。這種時候，你可以說「Time flies!」來表示你的感嘆。我們知道「fly」是「飛」的意思，而「Time flies!」就是「時間會飛！」的意思。不難想像，這句就代表「時間過得好快！」的意思了，畢竟我們中文不是也會說「時光飛逝」嗎？

▶ **來看個例句就知道怎麼用！**

A：Remember? We used to dine here 10 years ago.
　　記不記得？我們十年前都在這裡吃飯。

B：Time flies!
　　時間過得好快！

- -

🕐 只要 *0.6* 秒就可以學會！　　　　　　🔊 *Track 040*

❷ Best wishes！ 祝福你！

▶ **這句這樣用**

　　要畢業了，對朝夕相處這麼多年的同學們，有什麼祝福的話要說呢？你可以說「Best wishes!」，直譯就是「最好的祝福」的意思。對別人說這句話，就等於是要為他獻上最好的祝福，也就是要跟他說「祝福你」囉！

▶ **來看個例句就知道怎麼用！**

A：These few days with you have been great. Best wishes to you!
　　和你一起這幾天很棒。祝福你！

B：Best wishes!
　　祝福你！

還可以使用在這些場景

這些絕對用得到的會話當然不只在故事中的場景可以使用，還可以用在很多其他的地方！一起來看看你可以如何在日常生活中用到這些會話。

❶ Time flies! 時光飛逝！

對家人用　爺爺：**I used to be fifty-six. The next thing I know, I'm ninety!**
　　　　　　我以前才五十六歲，結果一回過神來就九十了！
　　　　　　我：**Time flies!**
　　　　　　時光飛逝！

對老師用　老師：**I still remember when you were a toddler.**
　　　　　　我還記得你是小小朋友的時候。
　　　　　　我：**Time flies!**
　　　　　　時光飛逝！

對同事用　同事：**I can't believe I've worked here for five years!**
　　　　　　真不敢相信我已經在這裡工作五年了！
　　　　　　我：**Time flies!**
　　　　　　時光飛逝！

❷ Best wishes! 祝福你！

祝福畢業學長姐　我：**Best wishes!**
　　　　　　　祝福你！
　　　　　　學長：**Best wishes to you too. You'll need them to get into my school!**
　　　　　　　也祝福你，希望你可以考上我的學校。

祝福轉學的朋友　我：**Best wishes!**
　　　　　　　祝福你！
　　　　　　朋友：**You too. We'll meet again, I promise.**
　　　　　　　你也是。我保證我們還會見面的。

祝福搬家的鄰居　我：**Best wishes, Mrs. Yang.**
　　　　　　　祝福您，楊太太。
　　　　　　鄰居：**Thanks, you're so sweet!**
　　　　　　　謝謝，妳真好！

Lesson3

在這個部分，你會學到這些生活會話：
★罵別人是個爛人時，應該說……
★鼓勵、恭喜別人時，應該說……
★吵架、吐槽別人時，應該說……

1/道地的：「你（對這個）有興趣嗎？／我符合資格嗎？」該怎麼說？

先從故事裡找到道地生活會話吧

下面的小故事引導你更快速地進入道地會話的英文世界。即將學到的會話用套色表現，看到的時候可以先想想看你會怎麼說。我們也把延伸單字用底線標示，讓你學得更多喔！

新社團新氣象 New Club, New Life

茉莉的高中是女校，她非常喜歡，因為以前國中的時候體育課¹要換衣服都要去廁所換，但念女校大家就在教室裡都脫光光了也完全不覺得有什麼。高中另一個讓她覺得很新奇的地方就是社團了。學姊們可是一逮到下課時間，就跳進教室開始一邊表演一邊招攬新成員²呢！

這天中午，大家午餐正吃到一半，教室裡忽然響起了動感的音樂，然後一群學姊就不知道從哪裡冒了出來，開始跳舞。茉莉看得目不轉睛，心想：肢體不協調的我，也有可能變得跟她們一樣嗎？其中一個學姊看到她閃閃發亮的³大眼睛，就湊近問她：「妳有興趣嗎？要不要加入我們？」茉莉當然連連點頭⁴，可是她心裡想的是：「我……符合資格嗎？」

延伸單字多學一點

1. 體育課 **n.** physical education
2. 成員 **n.** /ˈmɛmbɚ/ member
3. 閃閃發亮的 **adj.** /ˈʃaɪnɪŋ/ shining
4. 點頭 **v.** /nɑd/ nod

道地生活英語會話，這樣用就對了

🕐 只要 *1.1* 秒就可以學會！　　　　　　　　　　　　　◀ *Track 041*

❶ Are you interested? 你有興趣嗎？

▶ 這句這樣用

　　和自己興趣相仿的人，當然是永遠不嫌多。在聊某個話題時，看到旁邊有人似乎聽得津津有味，搞不好是同道中人，你就可以問他一句：「Are you interested?」（你有興趣嗎？）。這句在問人「有沒有興趣做某件事」時也可以用，像茉莉的學姊在這裡如果用了這一句，不但是問茉莉對跳舞有沒有興趣，也是問她有沒有興趣加入她們的社團。

▶ 來看個例句就知道怎麼用！

A：We're going to the movies. <u>Are you interested</u>?
　　我們要去看電影。你有興趣一起來嗎？

B：Nah, I'll stay in bed. 不了，我繼續待在床上吧。

- -

🕐 只要 *1.1* 秒就可以學會！　　　　　　　　　　　　　◀ *Track 042*

❷ Am I qualified? 我符合資格嗎？

▶ 這句這樣用

　　就算對加入社團很有興趣，茉莉總是會擔心自己不夠資格，因為她是連走路都會撞到樹的那種人。如果你也一樣，想要參加某個活動、加入某個團體、或報名某個測驗等等，但卻不確定自己的各種條件是否符合，就可以問一句：「Am I qualified?」（我符合資格嗎？）

▶ 來看個例句就知道怎麼用！

A：I want to join. <u>Am I qualified</u>?
　　我想加入。我符合資格嗎？

B：Of course you're not! Our club is for girls only.
　　當然不符合！我們社團只收女生。

還可以使用在這些場景

　　這些絕對用得到的會話當然不只在故事中的場景可以使用，還可以用在很多其他的地方！一起來看看你可以如何在日常生活中用到這些會話。

❶ Are you interested? 你有興趣嗎？

在家裡用

同學：**Here's our club flyer. Are you interested?**
　　　這是我們社團的傳單，你有興趣嗎？

我：**No, thanks.**
　　沒有，謝謝。

工作時用

我：**I want to go shopping. Are you interested?**
　　我要去逛街，你有興趣嗎？

弟弟：**Nah, I'd rather stay home.**
　　　不了，我還是待在家裡吧。

在家裡用

球員：**We're looking for new recruits. Are you interested?**
　　　我們在招新人，你有興趣嗎？

我：**A little.**
　　一點點。

❷ Am I qualified? 我符合資格嗎？

在家裡用

我：**Am I qualified?**
　　我符合資格嗎？

櫃台人員：**I'd need to see your ID.**
　　　　　我要看一下你的身分證件。

工作時用

我：**I want to join. Am I qualified?**
　　我要參賽，我符合資格嗎？

報名人員：**You'll need a team.**
　　　　　你需要組個隊。

拜訪親戚時用

我：**I'd like to join this camp. Am I qualified?**
　　我要參加這個營隊。我符合資格嗎？

報名人員：**Let me check.**
　　　　　我看看。

Lesson 3

2／道地的：「真是個爛人！」該怎麼說？

Lesson 1

Lesson 2

Lesson 3

Lesson 4

Lesson 5

Lesson 6

Lesson 7

Lesson 8

Lesson 9

Lesson 1

Lesson 1

先從故事裡找到道地生活會話吧

下面的小故事引導你更快速地進入道地會話的英文世界。即將學到的會話用套色表現，看到的時候可以先想想看你會怎麼說。我們也把延伸單字用底線標示，讓你學得更多喔！

校園霸凌 Bullies at School

這天，茉莉來到學校，看到一個同學蹲在教室角落哭。慈悲為懷、常在路邊亂撿小動物回家的茉莉當然二話不說，前去問她怎麼了。同學哭得說不出話，只能指著黑板。茉莉一看，原來有人在上面畫了那個同學的畫像¹，而且畫得非常醜，旁邊還寫了「母豬」、「外星人²」等等大字。

茉莉首先覺得很困惑³，都什麼年代了，居然還有人會用「母豬」、「外星人」這種沒有創意⁴的方式罵人，他們平常都沒有在看電視嗎？接著，她立刻為她的同學打抱不平起來，覺得她真是太可憐了。茉莉便豪氣地去安慰那個同學：「真是個爛人，不要理她就好。我明天畫一張更醜的跟她槓上！」

延伸單字多學一點

❶ 畫像 **n.** ／`portret ／portrait
❷ 外星人 **n.** ／`elıən ／alien
❸ 困惑的 **adj.** ／kən`fjuzd ／confused
❹ 創意 **n.** ／ˌkrie`tɪvətɪ ／creativity

💬 道地生活英語會話，這樣用就對了

⏰ 只要 **0.9** 秒就可以學會！　　　　　　　　🔊 *Track 043*

❶ What an asshat！真是個爛人！

▶ 這句這樣用

　　生活中難免遇到討厭的人。該怎麼跟你的親朋好友們形容這些人呢？英文的罵人方式就和中文一樣數也數不清，而且隨時推陳出新，不過我們的故事是很清新的，不能講太多，所以這裡教個簡單的「What an asshat!」（真是個爛人！）就好。

　　「asshat」這個字確切的來由眾說紛紜，有人認為是形容個性白目，白目到頭都塞進了屁股（ass）裡，還不忘加頂帽子（hat）；也有人認為是形容人個性太討厭，你很想請他把屁股當作帽子戴；另一個可能性是形容人個性太糟糕，他的屁股都被大家看做是帽子了，但無論是哪一種，總之這是用來罵人的話。

▶ 來看個例句就知道怎麼用！

A：Kevin stepped on the cat on purpose. 凱文故意踩了貓一腳。
B：<u>What an asshat!</u> 真是個爛人！

⏰ 只要 **0.8** 秒就可以學會！　　　　　　　　🔊 *Track 044*

❷ What a jerk！真是個爛人！

▶ 這句這樣用

　　另一個非常實用、又比較不帶髒字的罵人方式是「What a jerk!」（真是個爛人！）。個性惹人厭的人都可以叫做jerk，不過也有人專門用這個字來形容到處玩弄女人心的花花公子。

▶ 來看個例句就知道怎麼用！

A：His dad knocked his mom's teeth out.
　　他爸把他媽的牙齒打掉了。
B：<u>What a jerk!</u> 真是個爛人！

還可以使用在這些場景

　　這些絕對用得到的會話當然不只在故事中的場景可以使用，還可以用在很多其他的地方！一起來看看你可以如何在日常生活中用到這些會話。

Lesson 1
Lesson 2
Lesson 3
Lesson 4
Lesson 5
Lesson 6
Lesson 7
Lesson 8
Lesson 9
Lesson 10
Lesson 11

❶ What an asshat! 真是個爛人！

在學校用　同學：**Ben sat on my cake and squashed it.**
班恩坐在我的蛋糕上，把它壓扁了。

我：**What an asshat!**
真是個爛人！

在家裡用　妹妹：**Janie stole my doll.**
珍妮偷走了我的洋娃娃。

我：**What an asshat!**
真是個爛人！

在公司用　同事：**Mr. Jacobs hung up on me again.**
約伯先生又掛我電話了。

我：**What an asshat!**
真是個爛人！

❷ What a jerk! 真是個爛人！

和朋友用　朋友：**My boyfriend slapped me!**
我男朋友呼我巴掌！

我：**What a jerk!**
真是個爛人！

和路人用　路人：**Did you see? The driver flattened a pigeon!**
你有看到嗎？那個司機壓扁了一隻鴿子耶！

我：**What a jerk!**
真是個爛人！

和鄰居用　鄰居：**The latest gossip says that Mr. Peters beats his kids!**
最新八卦指出，彼得斯先生會打小孩耶！

我：**What a jerk!**
真是個爛人！

3 / 道地的：「我扭到腳了。／我扭到手腕了。」該怎麼說？

先從故事裡找到道地生活會話吧

下面的小故事引導你更快速地進入道地會話的英文世界。即將學到的會話用套色表現，看到的時候可以先想想看你會怎麼說。我們也把延伸單字用底線標示，讓你學得更多喔！

運動會 Sports Festival

運動會¹的季節²又到來了。這是茉莉上高中以後的第一次運動會，她非常興奮，雖然她在各方面都完全幫不上忙。大家的班上都會有一種同學，就是那種看起來好像很用力了，可是鉛球就是丟不遠、跳高連60公分都跳不過的那種，而茉莉就是這種人。

茉莉本來已經做好心理準備要當一天的啦啦隊³了，但開開心心來到學校，才發現班上的運動健將忽然生理痛。運動健將躺在保健室的床上，握住茉莉的手，熱淚盈眶地說：「茉莉，對不起，大隊接力最後一棒就交給妳了！」茉莉雖然有點緊張，但也很興奮，所以她就先在場邊練習。結果還沒有輪到大隊接力比賽，她就扭到腳了，還順便扭到手腕，只好又把責任⁴交給別的同學。對她們班上來說，這或許是一件好事……

延伸單字多學一點

❶ 運動會 n. sports festival
❷ 季節 n. /ˋsizn / season
❸ 啦啦隊（隊員） n. /ˋtʃɪr͵lidɚ / cheerleader
❹ 責任 n. /rɪ͵spɑnsəˋbɪlətɪ / responsibility

💬 道地生活英語會話，這樣用就對了

Lesson 1
Lesson 2
Lesson 3
Lesson 4
Lesson 5
Lesson 6
Lesson 7
Lesson 8
Lesson 9
Lesson 10
Lesson 11

🕐 只要 *1.3* 秒就可以學會！　　　　　　　　　　🔊 *Track 045*

❶ I sprained my ankle. 我扭到腳了。

▶ 這句這樣用

　　受傷這種事總是很難避免，我們也很難保證在國外旅遊時、或和外國客戶接洽時不會扭到腳。那麼如果你真的不幸在一群外國人面前扭到腳了，你可以怎麼跟他們說明你的狀況呢？你可以說：「I sprained my ankle.」（我扭到腳了。）

　　「ankle」是腳踝的意思，所以「I sprained my ankle.」就是很具體地在講自己扭到腳踝的地方。如果扭到的是身體的其他部位，也可以替換入其他的名詞，說「I sprained my neck.」（我扭到脖子）、「I sprained my knee.」（我扭到膝蓋）等等。

▶ 來看個例句就知道怎麼用！

A：Hey! Why are you sitting on the ground? 喂，你坐在地上幹嘛？
B：**I sprained my ankle.** 我扭到腳了。

- -

🕐 只要 *1.3* 秒就可以學會！　　　　　　　　　　🔊 *Track 046*

❷ I twisted my wrist. 我扭到手腕了。

▶ 這句這樣用

　　那麼如果你不是扭到腳，而是扭到了手腕呢？這時，你可以說：「I twisted my wrist.」（我扭到手腕了）。twist是「扭曲成螺旋狀」的意思，例如我們在扭乾毛巾時就是用twist這個動作。把手腕扭得像毛巾一樣，這個畫面應該夠生動了，大家馬上就會知道要去幫你冰敷、買藥了。

▶ 來看個例句就知道怎麼用！

A：**I twisted my wrist.** 我扭到手腕了。
B：**Told you not to play on Wii for such a long time!**
就叫你不要玩Wii玩那麼久了！

還可以使用在這些場景

　　這些絕對用得到的會話當然不只在故事中的場景可以使用，還可以用在很多其他的地方！一起來看看你可以如何在日常生活中用到這些會話。

❶ I sprained my ankle. 我扭到腳了。

在家裡用　老師：**Go run 10 laps now.**
　　　　　　　　　現在就去跑操場十圈。

　　　　　　我：**But I sprained my ankle.**
　　　　　　　　可是我扭到腳了。

工作時用　媽媽：**Mop the floor, will you?**
　　　　　　　　　拖一下地好不好？

　　　　　　我：**I sprained my ankle.**
　　　　　　　　我扭到腳了。

在家裡用　同事：**Can you help me with an errand?**
　　　　　　　　　幫我跑個腿好不好？

　　　　　　我：**I sprained my ankle.**
　　　　　　　　我扭到腳了。

❷ I twisted my wrist. 我扭到手腕了。

在學校用　朋友：**Carry this for me, okay?**
　　　　　　　　　幫我拿一下這個好不好？

　　　　　　我：**I twisted my wrist.**
　　　　　　　　我扭到手腕了。

工作時用　路人：**What's wrong?**
　　　　　　　　　怎麼了？

　　　　　　我：**I twisted my wrist.**
　　　　　　　　我扭到手腕了。

在家裡用　爸爸：**Your hand is shaking!**
　　　　　　　　　你手在抖耶！

　　　　　　我：**I twisted my wrist.**
　　　　　　　　我扭到手腕了。

4 道地的：「這不公平。／那種事才不會發生呢。」該怎麼說？

Lesson 1

Lesson 2

Lesson 3

Lesson 4

Lesson 5

Lesson 6

Lesson 7

Lesson 8

Lesson 9

Lesson 10

Lesson 1

💬 先從故事裡找到道地生活會話吧

下面的小故事引導你更快速地進入道地會話的英文世界。即將學到的會話用套色表現，看到的時候可以先想想看你會怎麼說。我們也把延伸單字用底線標示，讓你學得更多喔！

父母吵架 Fight between Parents

這天茉莉放學回到家，驚見平常一片祥和的家裡充滿槍彈砲火的氣氛，爸爸和媽媽站在客廳互瞪¹，連她的柯基和家裡新領養的兩隻哈士奇²都縮在角落發抖³。

「這太不公平了！」媽媽歇斯底里⁴地大罵。「為什麼你可以坐頭等艙，我只能坐商務艙？」「因為我長得比較胖，所以我需要比較大的位子啊！」爸爸怒道。「那下次我坐頭等艙，你只能坐商務艙。」媽媽提議。「才不會有這種事。」爸爸就是不肯妥協。

「居然為這種事吵架，真是太驚人了！」茉莉暗自驚嘆，偷偷帶著狗躲回房間。她暗自祈禱，過沒多久，家裡又能恢復以往的和平……

延伸單字多學一點

❶ 瞪 **v.** ／glɛr／glare
❷ 哈士奇 **n.** ／ˋhʌskɪ／Husky
❸ 發抖 **v.** ／ʃɪvɚ／shiver
❹ 歇斯底里的 **adj.** ／hɪsˋtɛrɪkl／hysterical

道地生活英語會話，這樣用就對了

只要 *1.1* 秒就可以學會！　　　　　　　　　　　　◀ *Track 047*

❶ This is not fair. 這不公平。

▶ 這句這樣用

　　無論是誰，生活中總是會遇到一些不公平的事。這時除了忍氣吞聲以外，也可以大方地把你的不滿好好表達出來。英文中，「這不公平」的說法就是「This is not fair.」，說快一點的話，就是「This isn't fair.」。

　　「fair」當作形容詞時，除了「公平」以外，還有一些其他的意思，像是美麗的、晴朗的等等。當作名詞時，有「市集」、「展覽會」的意思。看看以下的例子吧！

▶ 來看個例句就知道怎麼用！

What a <u>fair</u> lady! 真是個美麗的女士！
The weather seems to be <u>fair</u> today. 今天天氣好像很晴朗。
Should we visit the antique <u>fair</u>? 我們該去古董市集嗎？

- -

只要 *2.0* 秒就可以學會！　　　　　　　　　　　　◀ *Track 048*

❷ That's not going to happen. 那種事才不會發生呢。

▶ 這句這樣用

　　有人提出了你完全不願意同意的條件，還要你照著做時，你就可以說「That's not going to happen.」（那種事才不會發生呢。）來表達你不肯妥協的決心。雖然這句的字面上看起來好像是在說一件事絕不會發生，但其實含意是「要我妥協、照著你說的做，哪有這種事？」，所以講的還是自己不願意配合對方的意思。

▶ 來看個例句就知道怎麼用！

A : You must come visit my parents with me.
　　你必須跟我一起來見我父母。
B : <u>That's not going to happen.</u> 才不要咧。

還可以使用在這些場景

　　這些絕對用得到的會話當然不只在故事中的場景可以使用，還可以用在很多其他的地方！一起來看看你可以如何在日常生活中用到這些會話。

❶ This is not fair. 這不公平。

在學校用 老師：Girls have to run two laps, and guys four.
女生跑兩圈，男生跑四圈。

我：This is not fair.
這不公平。

在家裡用 媽媽：Your brother gets 100 dollars allowance. You get 50.
你哥哥可以拿一百塊零用錢，你拿五十。

我：This is not fair.
這不公平。

在公司用 同事：The CEO gave me a raise without even knowing who I was.
總經理根本不知道我是誰，就給我加薪了。

我：This is not fair.
這不公平。

❷ That's not going to happen. 那種事才不會發生呢。

和男友用 男友：My mom wants you to help her in the kitchen every day.
我媽要妳每天到廚房幫她忙。

我：That's not going to happen.
那種事才不會發生呢。

和家人用 奶奶：You should let me spank your son.
讓我打你兒子屁股吧。

我：That's not going to happen.
那種事才不會發生呢。

和朋友用 朋友：Buy me a new phone for my birthday!
買一支新手機給我當生日禮物吧！

我：That's not going to be happen.
那種事才不會發生呢。

Lesson 3

5／道地的：「你願意當我的伴嗎？／你願意跟我一起去逛街嗎？」該怎麼說？

先從故事裡找到道地生活會話吧

下面的小故事引導你更快速地進入道地會話的英文世界。即將學到的會話用套色表現，看到的時候可以先想想看你會怎麼說。我們也把延伸單字用底線標示，讓你學得更多喔！

校際舞會 Prom

說到十二月的重頭戲，就是在聖誕節時會有一場舞會[1]，而且和隔壁的男校合辦。平常見不到男生的女校學生們都很興奮，早早就呼朋引伴去買禮服[2]、買洋裝，拼命打扮自己，只為了當天成為會場上最耀眼的一支花。

茉莉的朋友也邀她「跟我一起去逛街好嗎？」，所以她當然也和朋友們一起去買了禮服，不過她還缺一個最重要的東西：就是舞伴。雖然她很多朋友們都安慰她說她們也沒伴，但茉莉就是很羨慕成雙成對的同學們，這種王子公主般的劇情不是很棒嗎？當茉莉正坐在回家的公車上自怨自艾時，一個穿著隔壁男校制服[3]的人走來了。他一看到茉莉，居然就開門見山地問：「妳要當我的伴嗎？」讓茉莉不禁很想照照鏡子[4]：難道，我看起來就這麼飢渴嗎……

延伸單字多學一點

❶ 舞會 **n.** ／bɔl ／ball
❷ 禮服 **n.** ／gaʊn ／gown
❸ 制服 **n.** ／ˋjunəˏfɔrm ／uniform
❹ 鏡子 **n.** ／ˋmɪrə ／mirror

道地生活英語會話，這樣用就對了

只要 *1.8* 秒就可以學會！　　　　　　　　　　　*Track 049*

Lesson 1
Lesson 2
Lesson 3
Lesson 4
Lesson 5
Lesson 6
Lesson 7
Lesson 8
Lesson 9
Lesson 10
Lesson 11

❶ Will you be my date? 你願意當我的伴嗎？

這句這樣用

　　無論是要開口邀請別人和你一起去參加舞會、或是朋友家的派對有規定要攜伴參加，你可能都會用到「Will you be my date?」（你願意當我的伴嗎？）這一句。注意了，這裡不是要邀請對方和你約會、和你成為戀人，只是單純問對方在「這一天」、「這個場合」願不願意和自己成雙成對地去參加活動，別因為有date這個字就誤會和告白有關。這一句只是單純邀請對方「一起去參加舞會或其他聚會」，不是要對方和你一起跳一首。如果想要邀舞，可以說：「May I have this dance?」（這支舞可以和我一起跳嗎？）

來看個例句就知道怎麼用！

A：**Will you be my date?** 你願意當我去舞會的伴嗎？
B：**Sorry, I won't be at the dance.** 抱歉，我不會去舞會。

只要 *2.0* 秒就可以學會！　　　　　　　　　　　*Track 050*

❷ Will you come shopping with me?
你願意跟我一起去逛街嗎？

這句這樣用

　　有了伴一起去舞會，接下來肯定會更興奮地想找好朋友們一起去置裝，畢竟好看的洋裝、禮服永遠都不夠。這時，你可以用類似的句型問你的好友：「Will you come shopping with me?」（你願意跟我一起去逛街嗎？）。之所以用「come shopping」而不是「go shopping」，是要更強調「跟我一起來」的意思。

來看個例句就知道怎麼用！

A：**Will you come shopping with me?** 你願意跟我一起去逛街嗎？
B：**I can't. I'm at work right now.** 不行，我正在上班。

還可以使用在這些場景

這些絕對用得到的會話當然不只在故事中的場景可以使用，還可以用在很多其他的地方！一起來看看你可以如何在日常生活中用到這些會話。

❶ Will you be my date? 你願意當我的伴嗎？

去家庭聚會

我：**I'm going to a family reunion. Will you be my date?**
我要去家庭聚會，你願意當我的伴嗎？

朋友：**Sounds boring.**
聽起來很無聊啊。

去參加婚禮

我：**I need a date for the wedding. Will you be my date?**
我去參加婚禮需要一個伴，你願意當我的伴嗎？

女友：**Oh, sure.** 喔，好啊。

去參加活動

我：**I need someone to go to the outing with me. Will you be my date?**
我這次出遊要有個人陪我，你願意當我的伴嗎？

同學：**Where's the outing to?** 出遊要去哪裡？

❷ Will you come shopping with me? 你願意跟我一起去逛街嗎？

參加宴會前用

我：**I have a banquet to attend! Will you come shopping with me?**
我要去參加晚宴，你願意跟我一起去逛街嗎？

弟弟：**I don't want to.** 我不想要。

約會前用

我：**I have a date with Jansen tomorrow. Will you come shopping with me?**
我明天要和詹森約會，你願意跟我一起去逛街嗎？

媽媽：**I thought you'd never ask!**
我早就在期待你問我了！

出門玩前用

我：**I want to be prepared for the field trip. Will you come shopping with me?**
我要為校外教學做準備，你願意跟我一起去逛街嗎？

朋友：**Sure, I need to do some shopping too.**
好啊，我也需要買點東西。

Lesson 3

6 道地的：「滾開啦！／別開我玩笑啊！」該怎麼說？

 ## 先從故事裡找到道地生活會話吧

下面的小故事引導你更快速地進入道地會話的英文世界。即將學到的會話用套色表現，看到的時候可以先想想看你會怎麼說。我們也把延伸單字用底線標示，讓你學得更多喔！

同學吵架 Fight between Classmates

　　升上高中、進入男校後，傑克發現念男校真是好，一些以前在班上不能開的玩笑，嗯，現在通通可以開了。而且大家都沒什麼顧忌，想到什麼就去做，所以常常有同學在教室裡偷做實驗[1]，差點把教室燒[2]掉。後來，他發現大家罵人也沒什麼顧忌，常常在教室裡大吵一架，結果過兩分鐘又一起去福利社了。

　　這天，班上兩個人下課時因為不小心摔到計算機[3]之類的不明理由[4]，開始吵了起來。好好先生傑克看班上有人正趴著睡覺，怕他們被吵到了，就很勇敢地去勸架。結果吵得正在氣頭上的兩人竟轉過來，異口同聲地對傑克說「你滾啦！」，讓傑克不禁覺得：開什麼玩笑，這種時候默契倒是很好嘛！

延伸單字多學一點

❶ 實驗 **n.** ／ɪkˋspɛrəmənt ／ experiment
❷ 燒 **v.** ／bɝn ／ burn
❸ 計算機 **n.** ／ˋkælkjəˌletɚ ／ calculator
❹ 理由 **n.** ／ˋrizn ／ reason

💬 道地生活英語會話，這樣用就對了

🕐 只要 0.6 秒就可以學會！　　　　　　　　　　🔊 Track 051

❶ Get lost！ 滾開啦！

▶ 這句這樣用

　　心情已經很不好了，還有人一直在你旁邊像蒼蠅一樣發出各種噪音，是不是很想叫他滾？考試考到一半，居然有先考完的同學在你旁邊玩溜溜球，是不是很想揍他？這時就不用跟他客氣，說一句「Get lost!」（滾開啦！）來表達你的不滿。

　　「get lost」這個片語實際上本來是「迷路」的意思，例如如果你找不到路而遲到了，就可以跟苦等你許久的朋友解釋：「I got lost.」（我迷路了嘛）。命令一個人去「迷路」，不就是在命令他到一個他回不來的地方嗎？所以「Get lost!」就引申為叫人滾得遠遠的意思了。

▶ 來看個例句就知道怎麼用！

A：You're crying again? What a pussy! 你又在哭喔？真是娘砲！
B：Get lost! 滾開啦！

🕐 只要 1.0 秒就可以學會！　　　　　　　　　　🔊 Track 052

❷ Get out of here！ 別開找玩笑啊！

▶ 這句這樣用

　　和「Get lost!」用法類似的一句會話是「Get out of here!」，也是要叫對方離開這裡。但除了不耐煩、罵人用外，這一句也有可能是單純勸對方快點離開時用，沒有任何不耐煩或責備的意思；另外，在對方講了一段令你很難置信的話時，也可以用這句回應他，表示：你在開我玩笑吧！

▶ 來看個例句就知道怎麼用！

Get out of here! There's a bomb inside! 快點離開！裡面有炸彈！

A：I grew 20cm taller last summer. 我去年夏天長高了20公分。
B：Wow, really? Get out of here! 哇，真的嗎？別開我玩笑啊！

還可以使用在這些場景

　　這些絕對用得到的會話當然不只在故事中的場景可以使用，還可以用在很多其他的地方！一起來看看你可以如何在日常生活中用到這些會話。

❶ Get lost! 滾開啦！

和熟人說

朋友：**Hey, let me tell you all about how much I puked yesterday and show you some pics of the—**
　　欸，我跟你說我昨天吐超多的，我給你看一些照片……

我：**Get lost!**
　　滾開啦！

和不熟的人說

路人：**Do you think I should buy Jolin's new album?**
　　你覺得我應該買Jolin的新專輯嗎？

我：**Do I know you? Get lost!**
　　我們認識嗎？滾開啦！

和討厭的人說

同學：**I got 100 on the math test again, haha!**
　　我數學又考一百了，哈哈！

我：**Get lost!**
　　滾開啦！

❷ Get out of here! 別開我玩笑啊！

難以置信時用

哥哥：**I won the lottery.**
　　我中樂透了。

我：**Get out of here!**
　　別開我玩笑啊！

覺得別人根本耍你時用

朋友：**Did you hear? John just grew three heads.**
　　你聽說了嗎？約翰剛長出三顆頭了。

我：**Get out of here!**
　　別開我玩笑啊！

真的想叫人離開某處時用

同學：**Look, there's a weird black box over there and I hear ticking.**
　　你看，那裡有個奇怪的黑箱子，我還聽到滴答滴答的聲音。

我：**Um, let's get out of here.**
　　呃，我們趕快出去好了。

Lesson 3

7／道地的：「不要再找理由了！／不要一直抗議。」該怎麼說？

💬 先從故事裡找到道地生活會話吧

下面的小故事引導你更快速地進入道地會話的英文世界。即將學到的會話用套色表現，看到的時候可以先想想看你會怎麼說。我們也把延伸單字用底線標示，讓你學得更多喔！

很兇的老師 Mean Teacher

傑克班上的歷史老師懷孕¹請假，來了一個兇到不行的代課老師²。老師不但總是帶棍子隨時準備打人，而且動不動就用指甲³刮黑板，還常佔用下課時間，一直到下一堂課的老師都尷尬地站在教室門口了，還滔滔不絕地在講解宋朝的文化。

終於，有同學受不了了，忍不住舉手問老師：「老師，不好意思，現在下課了，我可以去上廁所嗎？」老師卻完全不理他，這位同學只好按著下體可憐兮兮地說：「可是老師，我膀胱⁴快不行了……」

「不要在那邊『可是』，抱怨的話那麼多，上課就好好上課！」老師生氣地說。因為同學打斷他，他都忘記自己講到哪去了，非常不悅。這位同學只能一直苦撐到下一堂數學課的老師走進來，才脫離苦海，奔向美好的廁所。

延伸單字多學一點

❶ 懷孕的 **adj.** ／ˋprɛgnənt／pregnant
❷ 代課老師 **n.** substitute teacher
❸ 指甲 **n.** ／nel／nail
❹ 膀胱 **n.** ／ˋblædɚ／bladder

道地生活英語會話，這樣用就對了

只要 *0.6* 秒就可以學會！　　　　　　　　　　　　🔊 *Track 053*

Lesson 1
Lesson 2
Lesson 3
Lesson 4
Lesson 5
Lesson 6
Lesson 7
Lesson 8
Lesson 9
Lesson 10
Lesson 11

❶ No buts！ 不要可是了！

▶ 這句這樣用

　　在教訓小孩、罵學生、或命令員工去做一些什麼事的時候，對方常會找藉口，說一些「可是……可是……」之類的話來打斷你，是不是會讓你覺得很煩呢？這時就罵他一句：「No buts!」（不要可是了！），意思就是「不要在那邊『可是』、『可是』那麼多，聽我的話就對了。」

　　「but」明明是個連接詞，後面怎麼還能像名詞一樣，加個「s」變成複數呢？這裡是把對方吞吞吐吐說的那些「but」當作是一個東西來看，而對方一直「but」來「but」去，也說了不只一個，所以可以替它加上複數。句型就和餐廳常會掛牌子說「No pets」（禁止寵物）是一樣的喔！

▶ 來看個例句就知道怎麼用！

A : But mom, I didn't eat your cookie! Really!
可是媽媽，我沒吃妳的餅乾啊！真的！

B : No buts! You're grounded. 不要「可是」了，你被禁足了。

只要 *0.9* 秒就可以學會！　　　　　　　　　　　　🔊 *Track 054*

❷ Stop complaining. 不要一直抗議。

▶ 這句這樣用

　　如果都已經叫人家不要一直說「可是」了，對方還一直開口跟你抱怨，讓你沒辦法好好講下去，那就可以罵他一句：「Stop complaining.」，意思就是說「不要一直抗議啦！」。在一首有名的英文民歌〈Donna Donna〉中，歌詞中的農夫就對牛說：「Stop complaining.」，要那隻牛別再抱怨自己不能像鳥一樣自由飛翔了，誰叫牠是牛呢？

▶ 來看個例句就知道怎麼用！

A : Why is it so hot? 為什麼這麼熱啦？
B : Stop complaining! 不要一直抗議！

還可以使用在這些場景

　　這些絕對用得到的會話當然不只在故事中的場景可以使用，還可以用在很多其他的地方！一起來看看你可以如何在日常生活中用到這些會話。

❶ No buts! 不要可是了！

和下屬說　員工：**But I thought you wanted me to write a new proposal.**
　　　　　　　　可是我以為您要我寫新的提案。

　　　　　　　我：**No buts!**
　　　　　　　　不要可是了！

和孩子說　兒子：**But I'm so sleepy!**
　　　　　　　　可是我好想睡喔！

　　　　　　　我：**No buts!**
　　　　　　　　不要可是了！

和晚輩說　姪女：**But you said I could go!**
　　　　　　　　可是你自己說我可以去的！

　　　　　　　我：**No buts!**
　　　　　　　　不要可是了！

❷ Stop complaining. 不要一直抗議。

對朋友用　朋友：**Man, it's freezing here.**
　　　　　　　　欸，這裡好冷喔。

　　　　　　　我：**Stop complaining.**
　　　　　　　　不要一直抗議。

對家人用　妹妹：**I have so much homework.**
　　　　　　　　我的功課好多喔。

　　　　　　　我：**Stop complaining.**
　　　　　　　　不要一直抗議。

對同學用　同學：**Why are there so many tests today?**
　　　　　　　　為什麼今天要考這麼多次試？

　　　　　　　我：**Stop complaining.**
　　　　　　　　不要一直抗議。

Lesson 3

8／道地的：「盡力做到最好吧！／我會努力做到最好！」該怎麼說？

先從故事裡找到道地生活會話吧

下面的小故事引導你更快速地進入道地會話的英文世界。即將學到的會話用套色表現，看到的時候可以先想想看你會怎麼說。我們也把延伸單字用底線標示，讓你學得更多喔！

班際游泳比賽 Schoolwide Swim Meet

　　天漸漸熱了起來，學校的游泳池[1]也開放了。傑克很喜歡游泳，因為他從小就是在家裡附近的小河玩大的，學校游泳課都強迫他戴蛙鏡[2]他還很不習慣。因此，這次學校的班際游泳比賽他當然就躍躍欲試，等不及要拿獎牌[3]了。想不到這比賽居然沒有個人速度的項目，而是比團體接力，還是那種要一邊游一邊穿過障礙物[4]，根本沒辦法好好加個速的接力，讓傑克很困擾。

　　不過就算是這樣，身為一個稱職的體育股長（雖然班上的股長是抽籤決定的），傑克還是得好好努力。他的同學們都對他寄予厚望，還強迫他一個人游兩棒，跟他說「盡力游吧！」傑克也只好強顏歡笑地對同學們說：「好啦！我會加油！」

延伸單字多學一點

❶ 游泳池 **n.** swimming pool
❷ 蛙鏡 **n.** ／ˋɡɑɡļz ／goggles
❸ 獎牌 **n.** ／ˋmɛdļ／medal
❹ 障礙物 **n.** ／ˋɑbstəkļ／obstacle

道地生活英語會話，這樣用就對了

只要 **1.1** 秒就可以學會！　　　　　　　　　　　　　　　◀ *Track 055*

❶ Do your best！ 盡力做到最好！

▶ 這句這樣用

　　在英文中沒有「加油」這個說法，我們自己用中式英文翻的「add oil」雖然也漸漸地影響到了一些比較有接觸多國語言的英文使用者，不過大部分的人還是沒有聽過這個東西的。不能說「加油」，那……想幫人加油的時候到底要說什麼？這個問題真的很令人困擾！超令人困擾！目前實在沒有一個可以直接代替「加油」的說法，所以我們只能轉個彎，改說「盡力做到最好！」，也就是「Do your best!」。

　　就像「加油」沒辦法翻成英文一樣，「Do your best!」直翻成中文也總會有點卡卡，變成「做你的最好的」。「做你的最好的」聽起來很不中文，但要講的其實就是把你最好的表現拿出來，做到這個最好的表現的意思啦。

▶ 來看個例句就知道怎麼用！

A : **It's my turn to present.** 該我上台報告了。

B : <u>**Do your best!**</u> 盡力做到最好吧！

只要 **1.4** 秒就可以學會！　　　　　　　　　　　　　　　◀ *Track 056*

❷ I'll try my hardest. 不要一直抗議。

▶ 這句這樣用

　　當其他人為你加油，說聲「Do your best!」時，你該怎麼回應呢？我們會說「我會加油」，但如前面所說，英文根本不說「加油」兩字，所以我們只好又拐個彎，說：「I'll try my hardest!」（我會努力做到最好！）

▶ 來看個例句就知道怎麼用！

A : **You'd better win this for us.**
　　你可要替我們贏下來啊。

B : <u>**I'll try my hardest!**</u> 我會努力！

還可以使用在這些場景

這些絕對用得到的會話當然不只在故事中的場景可以使用，還可以用在很多其他的地方！一起來看看你可以如何在日常生活中用到這些會話。

❶ Do your best! 盡力做到最好吧！

和同事說

同事：**I'm gonna need all the luck I can get to convince those clients.**
我可需要很好的運氣才能說服那些客戶。

我：**Do your best!**
盡力做到最好吧！

和同學說

同學：**The choir contest is in an hour!**
再一個小時就要合唱比賽了！

我：**Do your best!**
盡力做到最好吧！

和後輩說

後輩：**I'm nervous about the meeting.**
會議讓我好緊張啊。

我：**Do your best!**
盡力做到最好吧！

❷ I'll try my hardest! 我會努力做到最好！

對長輩用

阿姨：**Don't you have an important exam tomorrow?**
你明天不是有很重要的考試嗎？

我：**I'll try my hardest.**
我會加油。

對老師用

老師：**I hope you do well in the speech contest.**
希望你演講比賽表現得好。

我：**I'll try my hardest.**
我會加油。

對同學用

同學：**You're the only one who can beat them now.**
你是唯一一個可以打敗他們的人了。

我：**I'll try my hardest.**
我會加油。

101

9 道地的：「起來！／很累的一天呢，對吧？」該怎麼說？

💬 先從故事裡找到道地生活會話吧

下面的小故事引導你更快速地進入道地會話的英文世界。即將學到的會話用套色表現，看到的時候可以先想想看你會怎麼說。我們也把延伸單字用底線標示，讓你學得更多喔！

補習班 Cram School

隨著高二生活邁向尾聲，可怕的高三高壓¹生活也漸漸逼近了。傑克為了準備考試，和同學們報名了補習班的密集課程²，不但每天放學都要去補習班一趟，週末更是都把補習班當自己家，教室隔壁賣魯肉飯的阿姨都認識他們了，一看到他們就自動幫他們親切地裝好魯肉飯，害傑克都很不好意思說他今天想吃雞肉飯。

每天辛苦地挑燈夜讀，補習班的空氣又悶³，傑克在聽著補習班老師講課時總是忍不住很想睡，但還是會努力撐住。他的好麻吉史考特則管不了那麼多，倒頭就睡，而且鼾聲⁴還無比的大，害傑克總是很尷尬，不知道要叫醒他還是不要叫醒他才好。最後，他還是會叫史考特「起來」，並同情地說一句：「今天很累喔？」

延伸單字多學一點

❶ 壓力 **n.** ／ˋprɛʃɚ／ pressure
❷ 密集課程 **n.** intensive course
❸ 悶的 **adj.** ／ˋstʌfɪ／ stuffy
❹ 鼾聲 **n.** ／snor／ snore

💬 道地生活英語會話，這樣用就對了

⏱ 只要 *0.6* 秒就可以學會！　　　　　　　　　　　🔊 *Track 057*

Lesson 1
Lesson 2
Lesson 3
Lesson 4
Lesson 5
Lesson 6
Lesson 7
Lesson 8
Lesson 9
Lesson 10
Lesson 11

❶ Wake up！ 起來！

▶ 這句這樣用

上課時，你的朋友整個睡到翻過去，還講夢話？半夜聞到奇怪的味道，原來是家裡發生火災？公車要到站了，隔壁的先生卻睡倒在你身上讓你很難下車？這時，你就是需要這一句：「Wake up!」（起來！）

「wake up」和「get up」兩個都是類似的片語，都是「起來」的意思，那它們的用法有什麼差別呢？原來wake up是「醒來」的意思，指的是「從睡著到醒過來」這個過程，而get up是「從床上／地上／任何你正在躺或坐的地方爬起來」。

▶ 來看個例句就知道怎麼用！

A：**Wake up! There's a fire!** 起來！失火了！
B：**Oh, no! We're on the fifteenth floor!** 糟糕！我們在十五樓耶！

⏱ 只要 *1.4* 秒就可以學會！　　　　　　　　　　　🔊 *Track 058*

❷ Exhausting day, huh? 很累的一天呢，對吧？

▶ 這句這樣用

旁邊的人睡得叫都叫不起來，看來他今天一定是很累吧！好不容易把他叫起來了，你可以很同情地跟他說一句：「Exhausting day, huh?」（很累的一天呢，對吧？）。「huh?」是個代表「啊？」、「對吧？」的疑問用語，要確認別人意見時很好用。

▶ 來看個例句就知道怎麼用！

A：**Wow, all I want now is a good night's sleep.**
　　哇，我現在只想好好睡一覺。

B：**Exhausting day, huh?** 很累的一天呢，對吧？

還可以使用在這些場景

　　這些絕對用得到的會話當然不只在故事中的場景可以使用，還可以用在很多其他的地方！一起來看看你可以如何在日常生活中用到這些會話。

❶ Wake up! 起來！

有急事時說

鄰居：**I think the building's gonna explode.**
　　　我覺得大樓好像要爆炸了。

我：**What? Everyone, wake up!**
　　啊？大家快起來啊！

叫別人別妄想時說

朋友：**If only I could date Jenny!**
　　　如果可以跟珍妮約會就太好了！

我：**Wake up! It won't happen.**
　　醒醒吧，不可能的。

叫醒別人時說

老師：**Ah, has Peter fallen asleep again?**
　　　啊，彼得又睡著了啊？

我：**Hey, Peter, wake up!**
　　欸，彼得，快起來！

❷ Exhausting day, huh? 很累的一天呢，對吧？

對朋友用

朋友：**I just fell asleep standing.**
　　　我剛剛站著就睡著了。

我：**Exhausting day, huh?**
　　很累的一天呢，對吧？

對家人用

媽媽：**I have a headache.**
　　　我頭痛。

我：**Exhausting day, huh?**
　　很累的一天呢，對吧？

對同事用

同學：**I need a nap.**
　　　我需要小睡一下。

我：**Exhausting day, huh?**
　　很累的一天呢，對吧？

10 道地的：「恭喜！／我真為你感到開心。」該怎麼說？

Lesson 1

Lesson 2

Lesson 3

Lesson 4

Lesson 5

Lesson 6

Lesson 7

Lesson 8

Lesson 9

Lesson 10

Lesson 11

💬 先從故事裡找到道地生活會話吧

下面的小故事引導你更快速地進入道地會話的英文世界。即將學到的會話用套色表現，看到的時候可以先想想看你會怎麼說。我們也把延伸單字用底線標示，讓你學得更多喔！

考上大學 Getting into University

高中生活劃下了句點，但畢業後的傑克還是完全沒辦法放鬆¹，因為他和全國千萬考生一樣，都在等著大學放榜。對他而言，這可是決定生死的一刻，因為要是考不上理想²的大學，媽媽絕對會揍他的啊！

傑克這天一早戰戰兢兢地打開電腦，找到榜單一查，發現自己居然進入了自己的前三志願之一，這才鬆了一口氣，去和爸爸媽媽報告這個好消息。接下來，班上的好麻吉就都一個一個打來了，大家開始互相報結果³。結果似乎是幾家歡樂幾家愁，但相同的是，大家聽到傑克考上自己想要的校系，都很真誠地說：「恭喜！我真為你感到開心」，讓傑克都快掉下男兒淚⁴了。

延伸單字多學一點

❶ 放鬆 v. ／rɪ`læks／relax
❷ 理想的 adj. ／aɪ`diəl／ideal
❸ 結果 n. ／rɪ`zʌlt／result
❹ 淚水 n. ／tɪr／tear

105

💬 道地生活英語會話，這樣用就對了

⏰ 只要 *0.8* 秒就可以學會！　　　　　　　　🔊 *Track 059*

❶ Congratulations！恭喜！

▶ 這句這樣用

　　面對考上大學的朋友、得獎的同學、升遷的同事，你都可以用簡單的一個字「Congratulations!」（恭喜！）來替他們祝賀。注意這個字的用法很特別，不能把它變成單數，用「Congratulation!」來祝賀人，沒有這種說法的。

　　在非正式場合、或要恭喜的人是你的平輩或晚輩時，可以說得簡短些，講「Congrats!」，也是同樣的意思。在手寫、網路上打字也經常用到這種縮短的用法，畢竟要把這麼長的字寫完實在太累了。

▶ 來看個例句就知道怎麼用！

A : She said yes to my proposal!
她答應我的求婚了！

B : <u>Congratulations!</u>
恭喜！

⏰ 只要 *1.3* 秒就可以學會！　　　　　　　　🔊 *Track 060*

❷ I'm so happy for you. 我真為你感到開心。

▶ 這句這樣用

　　如果不想只恭喜人家，還想很有誠意地說一句「我真為你高興」，你也可以說「I'm so happy for you.」。這句的使用場合又比「Congratulations!」更廣泛一點，因為「Congratulations!」只適合在對方有什麼成就時講，而「I'm so happy for you.」就算對方沒什麼成就，只是發生開心的事時也能講。

▶ 來看個例句就知道怎麼用！

A : My son will be born soon! 我兒子快出生了！
B : <u>I'm so happy for you.</u> 我真為你感到開心。

還可以使用在這些場景

這些絕對用得到的會話當然不只在故事中的場景可以使用，還可以用在很多其他的地方！一起來看看你可以如何在日常生活中用到這些會話。

❶ Congratulations! 恭喜！

對學弟妹說　學弟：**I'm finally graduating.**
　　　　　　　　我終於要畢業了。

　　　　　　我：**Congratulations!**
　　　　　　　　恭喜！

對朋友說　朋友：**I finally have a girlfriend!**
　　　　　　　　我終於交到女友了！

　　　　　　我：**Congratulations!**
　　　　　　　　恭喜！

對家人說　姊姊：**I won a trip to the Himalayas!**
　　　　　　　　我抽到去喜馬拉雅山旅遊的獎品了！

　　　　　　我：**Congratulations!**
　　　　　　　　恭喜！

❷ I'm so happy for you. 我真為你感到開心。

對追星夥伴用　朋友：**I won a chance to shake hands with Jay!**
　　　　　　　　　我得到和Jay握手的機會了！

　　　　　　　我：**I'm so happy for you.**
　　　　　　　　　我真為你感到開心。

對驕傲的父母用　姊姊：**My son is graduating kindergarten!**
　　　　　　　　　我兒子要幼稚園畢業了！

　　　　　　　我：**I'm so happy for you.**
　　　　　　　　　我真為你感到開心。

對有喜的同事用　同事：**I'm pregnant!**
　　　　　　　　　我懷孕了！

　　　　　　　我：**I'm so happy for you.**
　　　　　　　　　我真為你感到開心。

Lesson4

在這個部分，你會學到這些生活會話：
★被錄用、沒被錄用時，應該說⋯⋯
★搞砸要自首時，應該說⋯⋯
★和別人講小秘密時，應該說⋯⋯

1/ 道地的：「太遲了！／（這種事）別又來了！」該怎麼說？

💬 先從故事裡找到道地生活會話吧

下面的小故事引導你更快速地進入道地會話的英文世界。即將學到的會話用套色表現，看到的時候可以先想想看你會怎麼說。我們也把延伸單字用底線標示，讓你學得更多喔！

選課 Enrolling in Classes

　　說到大學和高中不一樣的地方，茉莉第一個有深刻感受的就是選課了。可能因為她在這方面是新手[1]的關係，搞不清楚各種學長姊才知道的策略[2]，所以不知怎地一直選到已經額滿的課、或是明明填了某堂課的號碼，後來卻還是沒上。這讓茉莉非常驚嘆，原來不過是選個課，居然有這麼大的學問！

　　後來，她聽朋友說，如果有很想上的課，卻沒有在網站[3]上選到，也可以在上課時直接殺去現場，央求老師讓她選課。沒有選到體育課的茉莉聽了非常開心，就準時帶著選課的單子到體育館報到，準備選自己喜歡的桌球[4]課。沒想到到現場一看，桌球室已經滿滿都是人了。茉莉只能怨嘆：「別又來了，果然還是太晚到了啊！」

延伸單字多學一點

❶ 新手 **n.** ／`njubɪ`／ newbie
❷ 策略 **n.** ／`strætədʒɪ`／ strategy
❸ 網站 **n.** ／`wɛb,saɪt`／ website
❹ 桌球 **n.** table tennis

💬 道地生活英語會話，這樣用就對了

🕐 只要 0.6 秒就可以學會！　　　　　　　　　　　🔊 *Track 061*

Lesson 1
Lesson 2
Lesson 3
Lesson 4
Lesson 5
Lesson 6
Lesson 7
Lesson 8
Lesson 9
Lesson 1
Lesson 1

❶ Too late！ 太遲了！

▶ 這句這樣用

　　發現考試填錯答案，但已經交卷了……。趕到百貨公司搶購喜歡的特價名牌鞋，卻已經被買走了……。任何人都會遇到這種令人扼腕的狀況，這時，用英文也只能無奈地說一句：「Too late!」（太遲了！）

　　和「too late」這種絕望的會話相反，「never too late」就是一個充滿希望的片語。它的意思是「永遠不會太遲」，所以當你的朋友嚷著「Too late!」時，你就可以回他一句「It's never too late!」，鼓勵他再接再厲。

▶ 來看個例句就知道怎麼應用！

A : Did the bus leave already?
公車已經走了嗎？

B : Yeah. Too late! 走了啊，太遲囉！

- -

🕐 只要 0.7 秒就可以學會！　　　　　　　　　　　🔊 *Track 062*

❷ Not again！ 別又來了！

▶ 這句這樣用

　　要是一次又一次地選課失敗，想必茉莉一定會忍不住大罵：「怎麼又來了啊」吧！你也遇到那種怎麼處理也處理不完的麻煩事嗎？想用英文抱怨幾句，外國人會說：「Not again!」，直翻就是「別又來了！」

▶ 來看個例句就知道怎麼應用！

A : Your mother-in-law is standing at the door.
你岳母站在門外呢。

B : Not again!
別又來了！

還可以使用在這些場景

　　這些絕對用得到的會話當然不只在故事中的場景可以使用，還可以用在很多其他的地方！一起來看看你可以如何在日常生活中用到這些會話。

❶ Too late! 太遲了！

在學校用　同學：I finished my art homework just now.
　　　　　　　　　我剛剛做完美術作業。

　　　　　我：Too late!
　　　　　　　太遲了！

去逛街用　姊姊：Oh no, someone already bought the dress I wanted!
　　　　　　　　　糟糕，有人已經買走我想要的洋裝了！

　　　　　我：Too late!
　　　　　　　太遲了！

在街上用　路人：I need to get to the theater before 8. What's the quickest way?
　　　　　　　　　我在八點前要到戲院，最快的路怎麼走？

　　　　　我：Too late, it's 8:30.
　　　　　　　太遲了，現在八點半了。

❷ Not again! 別又來了！

在家裡用　媽媽：Why are the neighbors playing the saxophone at midnight?
　　　　　　　　　鄰居為什麼在半夜吹薩克斯風？

　　　　　我：Not again!
　　　　　　　別又來了！

在餐廳用　服務生：All the seats are already reserved.
　　　　　　　　　全部的位子都訂滿囉。

　　　　　我：Not again!
　　　　　　　別又來了！

在公司用　同事：It appears that your mouse is broken.
　　　　　　　　　看來你的滑鼠壞了。

　　　　　我：Not again!
　　　　　　　別又來了！

Lesson 4

2/ 道地的：「你主修什麼？／你從哪裡來的？」該怎麼說？

Lesson 1

Lesson 2

Lesson 3

Lesson 4

Lesson 5

Lesson 6

Lesson 7

Lesson 8

Lesson 9

Lesson 1●

Lesson 1

💬 先從故事裡找到道地生活會話吧

下面的小故事引導你更快速地進入道地會話的英文世界。即將學到的會話用套色表現，看到的時候可以先想想看你會怎麼説。我們也把延伸單字用底線標示，讓你學得更多喔！

搬進宿舍 Moving into the Dorm

茉莉念的學校離家很遠，所以她便拖著大大小小的行李¹搬進了女生宿舍²。這是茉莉第一次離家住，她覺得實在太新奇了！終於可以不用聽爸爸媽媽的話，早早上床，也可以自由地睡到自然醒。但看到宿舍破爛的樣子，想起自己豪華³的家（是的，別忘了茉莉是出自好野人家庭），她又忍不住有點悲從中來。

幸好茉莉的室友們跟茉莉一拍即合，一進來就問她：「你主修什麼？你從哪裡來的？」雖然後來發現大家念的都是不同的系⁴，但上課的時間都差不多，不會吵到彼此，而且大家雖然也都是從不同的地方來的，但個性都很合，一開口話匣子就停不下來。大家在寢室裡一起度過的第一個晚上，就一群人聊到了半夜，茉莉似乎可以想像接下來的宿舍生活會有多麼多采多姿了。

延伸單字多學一點

❶ 行李 n. /ˈlʌɡɪdʒ / luggage
❷ 宿舍 n. /dɔrm / dorm
❸ 豪華的 adj. /ɪkˈstrævəɡənt / extravagant
❹ 系所 n. /dɪˈpɑrtmənt / department

道地生活英語會話，這樣用就對了

只要 *1.2* 秒就可以學會！　　　　　　　　　　　　　　🔊 *Track 063*

❶ What is your major? 你主修什麼？

▶ 這句這樣用

　　搬進大學宿舍，和新室友見面時，你很可能會想知道對方是哪個系的。同個系的互相有個照應，不同系也能靠彼此的專長互相幫助。這時你可以用英文問一句：「What is your major?」（你主修什麼？）

　　為什麼問主修是什麼，而不問「Which department are you in?」（你在哪個系？）呢？這和一些英語系國家的大學制度有關。他們經常是沒有一個固定的「系」，而是有一個主修、有時還會有幾個輔修，也有可能一直到二年級才正式選系，不同的學校可能也有不同的制度，所以對許多學生而言，很難定義自己到底是在哪個「系」。因此，如果在國外的學校，通常會習慣問主修，而不是問念哪個系。

▶ 來看個例句就知道怎麼用！

A : **What is your major?** 你主修什麼？
B : **I'm in East Asian Studies.** 我念東亞文化研究。

- -

只要 *1.2* 秒就可以學會！　　　　　　　　　　　　　　🔊 *Track 064*

❷ Where are you from? 你從哪裡來的？

▶ 這句這樣用

　　除了問念哪個系以外，遇到新室友，一定也會問對方是從哪裡來的。家鄉的位置近的話可以一起回家，很遠的話大家也可以互相分享特產，真是太棒了！用英文問的話就是我們常説的「Where are you from?」（你從哪裡來的？）

▶ 來看個例句就知道怎麼用！

A : **Where are you from?** 你從哪裡來的？
B : **Not around here.** 我不是這一帶的人。

還可以使用在這些場景

　　這些絕對用得到的會話當然不只在故事中的場景可以使用，還可以用在很多其他的地方！一起來看看你可以如何在日常生活中用到這些會話。

❶ What is your major? 你主修什麼？

在社團用

學妹：**Nice to meet you. I just joined this club today!**
很高興認識你，我今天才加入這個社團的。

我：**What is your major?**
妳主修什麼？

和親戚用

遠房親戚：**My daughter goes to your school too!**
我女兒也念你學校喔。

我：**Really? What is her major?**
真的喔？她主修什麼？

相親時用

對方：**I went to Tsing-hua University.**
我以前念清大的。

我：**What was your major?**
你主修什麼？

❷ Where are you from? 你從哪裡來的？

交新朋友用

路人：**Hi, I'm new here!**
嗨，我是新來的！

我：**Where are you from?**
你從哪裡來的？

飛機上用

坐隔壁的人：**Hi. It's my first time to London.**
嗨，這是我第一次去倫敦。

我：**Where are you from?**
你從哪裡來的？

在公司用

同事：**It took me two hours to get to work.**
我花了兩個小時來上班。

我：**Wait, where are you from?**
等等，你從哪裡來的？

3 道地的：「我有暗戀的對象。／真是好品味！」該怎麼說？

先從故事裡找到道地生活會話吧

下面的小故事引導你更快速地進入道地會話的英文世界。即將學到的會話用套色表現，看到的時候可以先想想看你會怎麼說。我們也把延伸單字用底線標示，讓你學得更多喔！

迎新宿營 Welcoming Camp

上大學第一個月，茉莉最期待的就是迎新宿營，因為她總覺得自己還和班上很多同學不熟，尤其是念了三年女校，整個忘了世界上還有男生這種東西，一下還真不知道要怎麼和他們打成一片。茉莉新交的朋友麗芙比她更嚴重，呈現那種「只要是雄性[1]的她都會不小心愛上」的狀態，讓茉莉怎麼勸說好像都沒有用。

果然，不出茉莉所料，在迎新宿營的當天，麗芙就看上了隔壁小隊的一個男生，而且還陷得很深[2]，一直抓著茉莉嚷「我暗戀他，他超帥的啊！超帥！」，但茉莉認得這個男生，他和她來自同一個城市[3]，而且有個交往已久的女友。茉莉只能拍拍麗芙，安慰她：「沒關係啦，至少這證明了妳的眼光[4]很好。」

延伸單字多學一點

❶ 雄性的 adj. ／mel ／male
❷ 深的 adj. ／dip ／deep
❸ 城市 n. ／ˋsɪtɪ ／city
❹ 眼光、品味 n. ／test ／taste

💬 道地生活英語會話,這樣用就對了

Lesson 1
Lesson 2
Lesson 3
Lesson 4
Lesson 5
Lesson 6
Lesson 7
Lesson 8
Lesson 9
Lesson 10
Lesson 1

🕐 只要 0.9 秒就可以學會! 🔊 *Track 065*

❶ I've got a crush. 我有暗戀的對象。

▶ 這句這樣用

有了暗戀的對象,想偷偷告訴你的閨中密友這件事,用英文該怎麼說呢?就是「I've got a crush.」(我有暗戀的對象)。「crush」當動詞時有「壓碎」的意思(之前很流行的一個遊戲candy crush就是一例)。

如果你想說清楚自己暗戀的對象是誰,可以說:「I've got a crush on 某人.」。例如要說「我暗戀你」時,可以說「I've got a crush on you.」,而例如要說「我暗戀傑森」時,就可以說「I've got a crush on Jason.」

▶ 來看個例句就知道怎麼用!

A : **I've got a crush.**
我有暗戀的對象。

B : **Who is it?** 是誰?

- -

🕐 只要 0.6 秒就可以學會! 🔊 *Track 066*

❷ Good taste! 好品味!

▶ 這句這樣用

哇,你朋友暗戀的對象真的長得挺帥的!哇,你朋友看上的衣服真的挺好看的!哇,你朋友喜歡的電影真是有夠高水準!這時,你一定很想稱讚你朋友的品味。你可以說:「Good taste!」(好品味!)

▶ 來看個例句就知道怎麼用!

A : *The Grim Reaper* is my favorite book.
《黑暗死神》是我最喜歡的書。

B : **Good taste!** 好品味!

還可以使用在這些場景

這些絕對用得到的會話當然不只在故事中的場景可以使用，還可以用在很多其他的地方！一起來看看你可以如何在日常生活中用到這些會話。

❶ I've got a crush. 我有暗戀的對象。

和朋友用
朋友：**I've got a crush.**
　　　我有暗戀的對象。

我：**On whom?**
　　誰？

和家人用
我：**I've got a crush.**
　　我有暗戀的對象。

媽媽：**Show me some pics.**
　　　給我看他的照片。

和同學用
同學：**I've got a crush.**
　　　我有暗戀的對象。

我：**I know. It's Cassie, right?**
　　我知道，是凱西對不對？

❷ Good taste! 好品味！

稱讚服裝用
姊姊：**Look, I bought this dress online.**
　　　你看，這洋裝是我在網路上買的。

我：**Good taste!**
　　好品味！

稱讚音樂用
朋友：**Listen to this song by my new favorite band.**
　　　聽聽這首，是我最近最愛的樂團的歌。

我：**Good taste!**
　　好品味！

稱讚眼光用
同事：**Wow, this model's got such perfect legs.**
　　　哇，這模特兒的腿有夠完美。

我：**Good taste!**
　　好品味！

4 道地的：「我可以拿張傳單嗎？／我要在哪報名？」該怎麼說？

Lesson 1

Lesson 2

Lesson 3

Lesson 4

Lesson 5

Lesson 6

Lesson 7

Lesson 8

Lesson 9

Lesson 10

Lesson 1

💬 先從故事裡找到道地生活會話吧

下面的小故事引導你更快速地進入道地會話的英文世界。即將學到的會話用套色表現，看到的時候可以先想想看你會怎麼說。我們也把延伸單字用底線標示，讓你學得更多喔！

必修社團學分 Clubs Count as Units

大家都說上大學必修的三個學分就是社團、愛情和課業。愛情這種事不能強求，但社團倒是可以自己去找，所以在社團展覽會¹上，茉莉就很積極地一個攤位²一個攤位去看，還到處問：「我可以拿張傳單³嗎？」後來手提袋裡裝得滿滿都是從各個社團攤位拿到的戰利品。

在展覽會的一角，茉莉找到了一個令她非常心動的社團，原因很簡單，因為攤位上有狗，而且還是七隻。愛狗成痴的茉莉光是看到有狗，就想像著這一定是和愛護動物有關的社團，毫不考慮地就問顧攤的學姊：「我要在哪報名？」學姊看到招到了學妹也很興奮，就豪邁地拿出單子讓茉莉填。一直到後來，茉莉才發現這是划船⁴社，狗只是社團學姊的寵物，剛好帶來散散步而已。媽啊！茉莉最不會運動，更何況是划船。她覺得這下可慘了……

延伸單字多學一點

1. 展覽會 **n.** /͵ɛksəˋbɪʃən/ exhibition
2. 攤位 **n.** /buθ/ booth
3. 傳單 **n.** /ˋflaɪɚ/ flyer
4. 划船 **v.** /ro/ row

💬 道地生活英語會話，這樣用就對了

⏰ 只要 *0.8* 秒就可以學會！　　　　　　　　　🔊 *Track 067*

❶ Can I get a flyer? 我可以拿張傳單嗎？

▶ **這句這樣用**

　　在參觀展覽時，手上有一本小手冊或一張傳單，總是能幫助你理解整個展覽的內容。如果一開始沒拿到傳單，想和別人要一張，你可以怎麼說呢？用英文講就是：「Can I get a flyer?」

　　「flyer」這個字看起來好像和「飛」有關，但並沒有，它是「傳單」的意思。類似的字還有「leaflet」（傳單）、「pamphlet」（手冊），你同樣也可以問攤位的人：「Can I get a leaflet?」、「Can I get a pamphlet?」

▶ **來看個例句就知道怎麼用！**

A : **Can I get a flyer?**
　　我可以拿張傳單嗎？

B : **Sorry, we've run out.**
　　抱歉，我們發完了。

- -

⏰ 只要 *1.8* 秒就可以學會！　　　　　　　　　🔊 *Track 068*

❷ Where do I sign up? 我要在哪報名？

▶ **這句這樣用**

　　遇到讓你心動不已的活動、看起來超吸引人的社團、令人真想一探究竟的課程……你一定很想馬上報名！這時，當然就要問現場的負責人在哪裡報名才對。用英文來說就是「Where do I sign up?」

▶ **來看個例句就知道怎麼用！**

A : **Where do I sign up?**
　　我要在哪報名？

B : **Over there.**
　　在那邊。

還可以使用在這些場景

這些絕對用得到的會話當然不只在故事中的場景可以使用,還可以用在很多其他的地方!一起來看看你可以如何在日常生活中用到這些會話。

❶ Can I get a flyer? 我可以拿張傳單嗎?

觀看展覽時用 工作人員:**Welcome to the Van Gogh exhibition!**
歡迎來到梵谷展!

我:**Can I get a flyer?**
我可以拿張傳單嗎?

在街上用 路邊拉客的人員:**Are you interested in facial products? Come to our shop!**
你對面部保養產品有興趣嗎?就來我們的店裡吧!

我:**Can I get a flyer?**
我可以拿張傳單嗎?

參觀動物園時用 工作人員:**Welcome! Fancy an audio guide?**
歡迎,要語音導覽嗎?

我:**No, thanks. Can I get a flyer?**
不用了,謝謝。我可以拿張傳單嗎?

❷ Where do I sign up? 我要在哪報名?

報名旅行團用 工作人員:**This France tour is just right for you.**
這個法國團很適合你。

我:**Where do I sign up?**
我要在哪報名?

參加比賽用 工作人員:**We're having a hotdog eating contest!**
我們在辦吃熱狗大賽喔!

我:**Where do I sign up?**
我要在哪報名?

報名營隊用 工作人員:**Hey, you want to join this camp?**
欸,你想參加這個營隊嗎?

我:**Where do I sign up?**
我要在哪報名?

5/ 道地的：「剛剛真是抱歉了。／請別跟任何人說！」該怎麼說？

💬 先從故事裡找到道地生活會話吧

下面的小故事引導你更快速地進入道地會話的英文世界。即將學到的會話用套色表現，看到的時候可以先想想看你會怎麼說。我們也把延伸單字用底線標示，讓你學得更多喔！

室友聚餐 Dinner out with Roommates

茉莉和室友們感情很好，但因為大家系上、社團各自有各自的朋友，所以平常不太有機會一起吃飯。一直到有一個禮拜六，四個人剛好都沒有回家、也沒有安排活動，於是就揪一揪去吃麵¹了。可能大家難得一起出來的關係，只不過是吃個麵，卻演變成爆料大會，像有個室友每次都邊睡邊說夢話²，就被大家當作嘲笑的對象。

「上次她睡一睡，就一直說『滾啦！關你什麼事？』，超好笑的。」有個室友就率先說，害那個被攻擊的室友猛道歉³：「真是抱歉了」，畢竟吵到大家也很不好意思。「那還好啦，還有一次，她說『你幹嘛拿我的Hello Kitty雞塊⁴？』」另一個室友也說。「還有一次，她說『怎麼辦？我只有五根腋毛！』」茉莉加入爆料。可憐的室友只能哭笑不得地嚷著「請別跟任何人說！」

延伸單字多學一點

❶ 麵 **n.** /`nud! / noodle
❷ 說夢話 **v.** talk in one's sleep
❸ 道歉 **v.** /ə`palə‚dʒaɪz /apologize
❹ 雞塊 **n.** chicken nugget

💬 道地生活英語會話，這樣用就對了

🕐 只要 *0.9*秒就可以學會！　　　　　　　　　　🔊 *Track 069*

❶ Sorry about that. 剛剛真是抱歉了。

Lesson 1
Lesson 2
Lesson 3
Lesson 4
Lesson 5
Lesson 6
Lesson 7
Lesson 8
Lesson 9
Lesson 10
Lesson 11

▶ 這句這樣用

　　半夜講夢話，把附近所有的人都吵醒了，你一定覺得很不好意思。這時，面對睡眼惺忪爬起來抗議的室友們，你就可以說一句：「Sorry about that.」（剛剛真是抱歉了。）

　　「Sorry about that.」和大家常常講的「I'm sorry.」（對不起）有什麼不同呢？「Sorry about that.」是在「需要道歉的事情才剛發生的時候」用，因為如果是在為很久很久以前發生的事道歉，說「Sorry about that.」的話，對方會不知道你的「that」是什麼而感到困惑。

▶ 來看個例句就知道怎麼用！

A : Hey, you just sneezed in my face!
喂，你剛正對著我的臉打噴嚏耶！

B : Sorry about that. 抱歉囉。

- -

🕐 只要 *0.9*秒就可以學會！　　　　　　　　　　🔊 *Track 070*

❷ Don't tell anyone！別跟任何人說！

▶ 這句這樣用

　　朋友又在講你丟臉的事了？爸爸媽媽又在告訴你男女朋友你小時候的糗事了？你同學又在到處跟大家講你上次考試作弊的祕密了？不行啊！為了趕快封口，就用英文和他們說一句：「Don't tell anyone!」（別跟任何人說！）

▶ 來看個例句就知道怎麼用！

A : Was that you who just burped?
剛剛打嗝的是你嗎？

B : Don't tell anyone! 別跟任何人說！

還可以使用在這些場景

　　這些絕對用得到的會話當然不只在故事中的場景可以使用，還可以用在很多其他的地方！一起來看看你可以如何在日常生活中用到這些會話。

❶ Sorry about that. 剛剛真是抱歉了。

在街上用
路人：**Hey! You stepped on me!**
　　　欸！你踩到我了！
我：**Sorry about that.**
　　真是抱歉了。

在公司用
同事：**You're late for the meeting.**
　　　你開會遲到了。
我：**Sorry about that.**
　　真是抱歉了。

在公車上用
乘客：**Stop leaning into me.**
　　　別靠在我身上。
我：**Sorry about that.**
　　真是抱歉了。

❷ Don't tell anyone! 別跟任何人說！

和家人用
爸爸：**Did you know that my son used to be a—**
　　　你知不知道我兒子以前是個……
我：**Don't tell anyone!**
　　別跟任何人說！

和朋友用
朋友：**Let me tell everyone that last night you ate a—**
　　　我來告訴大家，昨天晚上你吃了……
我：**Don't tell anyone!**
　　別跟任何人說！

和麻煩的親戚用
阿姨：**Dear, I remember when you used to run around the house naked!**
　　　親愛的，我還記得以前你常常赤身裸體在家裡趴趴走！
我：**Don't tell anyone!**
　　別跟任何人說！

6 道地的：「非常有啟發性呢。／我可以怎麼幫忙呢？」該怎麼說？

Lesson 1
Lesson 2
Lesson 3
Lesson 4
Lesson 5
Lesson 6
Lesson 7
Lesson 8
Lesson 9
Lesson 10
Lesson 11

先從故事裡找到道地生活會話吧

下面的小故事引導你更快速地進入道地會話的英文世界。即將學到的會話用套色表現，看到的時候可以先想想看你會怎麼說。我們也把延伸單字用底線標示，讓你學得更多喔！

愛環保愛地球
Love the Environment, Love the Earth

剛上大學的傑克，還在思考自己到底要加入哪個社團。是要去游泳社這種運動性的社團呢？還是要去管樂社這種音樂性的社團呢？還是……傑克正這麼想著想著，他忽然發現一個特別的社團攤位。整個攤位都爬滿了綠綠的藤¹，攤子裡的每個遊戲都是用資源回收²的物品做成的，例如有個套圈圈的遊戲，就是用漆³得漂漂亮亮的保持瓶做的。

這個攤位激起了傑克的興趣。傑克本來就是個愛護地球的好小孩，他也一直覺得該為我們的環境⁴盡一些努力。於是，他便走向正在到處和經過的行人宣傳的學長，問他：「非常有啟發性，我可以幫忙嗎？」

延伸單字多學一點
❶ 藤 **n.** ／vain ／vine
❷ 回收 **v.** ／ri`saɪky ／recycle
❸ 漆 **v.** ／pent ／paint
❹ 環境 **n.** ／ɪn`vaɪrənmənt ／environment

道地生活英語會話，這樣用就對了

只要 *0.8* 秒就可以學會！　　　　　　　　　　　　　　　◀ *Track 071*

❶ Very inspiring. 非常有啟發性。

▶ 這句這樣用

　　聽到在攤位演講宣傳的學長講的話，覺得好像受到了很大的啟發？看了一部令人感動的電影，覺得回家後真要重新思考人生？這時，你可以說一句：「Very inspiring.」（非常有啟發性。）「Very inspiring.」其實就是「It's very inspiring.」（這很有啟發性）的簡略說法，所以也比較不正式一些。因此，如果聽了老師或專家、大人物的演講很感動，想對他們表示你的感激，就要說「It's very inspiring.」，因為對前輩、長輩說「Very inspiring.」感覺不夠尊敬。

▶ 來看個例句就知道怎麼用！

A : Mr. Chen, how was my proposal?
　　陳先生，我的提案如何？
B : Very inspiring. 非常有啟發性。

- -

只要 *1.2* 秒就可以學會！　　　　　　　　　　　　　　　◀ *Track 072*

❷ How can I help? 我可以怎麼幫忙呢？

▶ 這句這樣用

　　傑克受到環保社團的感召，也想替環保盡一份心力。這時，想必他會對社團的學長說一句：「How can I help?」（我可以怎麼幫忙呢？），也就是「有什麼我可以幫忙的事嗎？」的意思。同樣地，如果你發現身邊的人好像需要人家伸出援手，就當個好人跟他們說出這一句吧。

▶ 來看個例句就知道怎麼用！

A : How can I help?
　　我可以怎麼幫忙呢？
B : You can start with erasing the board over there.
　　你可以從擦那邊的黑板開始。

還可以使用在這些場景

　　這些絕對用得到的會話當然不只在故事中的場景可以使用，還可以用在很多其他的地方！一起來看看你可以如何在日常生活中用到這些會話。

Lesson 1
Lesson 2
Lesson 3
Lesson 4
Lesson 5
Lesson 6
Lesson 7
Lesson 8
Lesson 9
Lesson 10
Lesson 11

❶ Very inspiring. 非常有啟發性。

和學弟妹用　學妹：**Did you like my report?**
　　　　　　　你喜歡我的報告嗎？

　　　　　　我：**Very inspiring.**
　　　　　　　非常有啟發性。

和晚輩用　姪子：**Auntie, how did you like the book?**
　　　　　　　阿姨，妳覺得這本書怎樣？

　　　　　　我：**Very inspiring.**
　　　　　　　非常有啟發性。

和後輩用　公司後輩：**Was my proposal okay?**
　　　　　　　　　我的提案還好嗎？

　　　　　　我：**Very inspiring.**
　　　　　　　非常有啟發性。

❷ How can I help? 我可以怎麼幫忙呢？

和家人用　爸爸：**I'm cooking dinner.**
　　　　　　　我在煮晚餐。

　　　　　　我：**How can I help?**
　　　　　　　我可以怎麼幫忙呢？

和同學用　我：**How can I help?**
　　　　　　　我可以怎麼幫忙呢？

　　　　　　同學：**How about helping me to make a poster?**
　　　　　　　你幫我做張海報好不好？

和同事用　我：**How can I help?**
　　　　　　　我可以怎麼幫忙呢？

　　　　　　同事：**It's okay, I can handle this.**
　　　　　　　沒關係，這我自己可以處理。

Lesson 4

7／道地的：「我正在抄筆記。／不要打斷我。」該怎麼說？

先從故事裡找到道地生活會話吧

下面的小故事引導你更快速地進入道地會話的英文世界。即將學到的會話用套色表現，看到的時候可以先想想看你會怎麼說。我們也把延伸單字用底線標示，讓你學得更多喔！

地球暖化課程A Lecture on Global Warming

傑克選了一堂講各種環境議題[1]的通識課，而這天課程講的正是「地球暖化[2]」的議題。身為環保社的社員，傑克當然很認真地抄筆記，也很認真地看老師放的影片，哪像他隔壁的同學馬可，一直在吃蝦味先，根本沒在聽，還一直拿橡擦[3]丟傑克的頭。

「不要打擾啦！我在抄筆記！」傑克生氣地說，都是因為馬可一直打擾他，才害他沒有聽到關於如何節能減碳的重要議題。他還真無法理解，為什麼馬可都不認真上課呢？這堂課明明很有趣啊！像剛剛影片中演到海平面上升、北極熊[4]的家都不見了的那一段，傑克都快哭了呢。

延伸單字多學一點

① 議題 **n.** ／ˋɪʃʊ／issue
② 地球暖化 **n.** global warming
③ 橡擦 **n.** ／ɪˋresə／eraser
④ 北極熊 **n.** polar bear

道地生活英語會話，這樣用就對了

只要 *1.0* 秒就可以學會！ *Track 073*

Lesson 1
Lesson 2
Lesson 3
Lesson 4
Lesson 5
Lesson 6
Lesson 7
Lesson 8
Lesson 9
Lesson 10
Lesson 11

❶ I'm taking notes. 我正在抄筆記。

▶ 這句這樣用

上課時，後面的同學猛踢你椅子，想跟你聊天，可是你正忙著抄筆記，沒空理他？隔壁的同學偷偷問你有沒有抄筆記，他待會想跟你借？那你可以回答他們一句：「I'm taking notes.」（我正在抄筆記。）「take notes」這個片語就是「抄筆記」的意思。看起來非常相近的片語還有「take note of」，代表「注意到」的意思。可以看看下面的例句。

▶ 來看個例句就知道怎麼用！

I would like you to take note of the change in the numbers over here. 我希望您能注意到這裡這些數字的改變。

A : Look at me! I can stand on my head!
快看我！我會倒立！

B : Shut up. I'm taking notes.
閉嘴啦，我正在抄筆記。

只要 *0.7* 秒就可以學會！ *Track 074*

❷ Don't interrupt. 不要打斷。

▶ 這句這樣用

你的同學明明都看到你在抄筆記了，還一直吵你……。你話講到一半，小孩卻一直插嘴……。這時，你需要的是一句簡單的「Don't interrupt.」（不要打斷），要對方別鬧了，讓你可以認真做事。

▶ 來看個例句就知道怎麼用！

A : Look, it's Matt and Marie! Let's go and say hi.
你看，是麥特和瑪麗耶！我們去打個招呼吧。

B : They're kissing! Don't interrupt.
他們在接吻啦，不要打斷他們。

還可以使用在這些場景

這些絕對用得到的會話當然不只在故事中的場景可以使用，還可以用在很多其他的地方！一起來看看你可以如何在日常生活中用到這些會話。

❶ I'm taking notes. 我正在抄筆記。

上課時用

學妹：**Hey, did you watch yesterday's show?**
欸，你有沒有看昨天的節目？

我：**Wait, I'm taking notes.**
等等，我在抄筆記。

聽演講時用

同學：**Man, the speaker has such big earrings.**
哇，這演講者的耳環好大啊。

我：**Shh, I'm taking notes.**
噓，我在抄筆記。

做實驗時用

同學：**I can never remember what we put into the flask.**
我總是不記得我們在燒杯裡到底放什麼。

我：**Don't worry, I'm taking notes.**
別擔心，我有在抄筆記。

❷ Don't interrupt. 不要打斷。

「別打斷我聽……」時用

妹妹：**Hey! How was your date?**
欸，你約會約得怎樣？

我：**Don't interrupt, my favorite song's on.**
別打斷，正在播我最喜歡的歌耶。

「別打斷我看……」時用

同學：**Ah, I love the air conditioner! Don't you?**
啊，我真喜歡冷氣啊！你呢？

我：**Don't interrupt, I'm studying.**
別打斷，我在念書。

「別打斷我做……」時用

朋友：**Yo, give me a hand.**
欸，幫我一個忙。

我：**Don't interrupt, I'm carving an orange.**
別打斷，我正在雕刻橘子皮。

8 道地的：「我搞砸了。／（這種事）再也不會發生了。」該怎麼說？

💬 先從故事裡找到道地生活會話吧

下面的小故事引導你更快速地進入道地會話的英文世界。即將學到的會話用套色表現，看到的時候可以先想想看你會怎麼說。我們也把延伸單字用底線標示，讓你學得更多喔！

被當 Flunking a Class

可能因為整天和上課不認真的馬可混在一起的關係，傑克的成績[1]總是好不起來。更慘的是，期末考[2]的時候他的機車壞了，卡在路上無法趕去考試，教授又很兇，不讓他重考[3]，傑克就這樣拿到了他大學生涯第一次的不及格成績，篤定要重修。

讓傑克最害怕的當然就是媽媽了。從小媽媽就對他的成績非常介意，是會說「少一分打一下」的那種，一直到後來媽媽老了，開始會手痠，才沒有打他。但再怎麼怕，終究還是得面對媽媽，所以傑克只好拿著成績單[4]回家向媽媽認錯：「我搞砸了，以後不會這樣了」。果然，很快地就聽到傑克家裡傳來的叫罵聲……

延伸單字多學一點

1. 成績 **n.** ／gredz／grades
2. 期末考 **n.** final exam
3. 重考 **v.** retake an exam
4. 成績單 **n.** report card

道地生活英語會話，這樣用就對了

⏰ 只要 *0.7* 秒就可以學會！　　　　　　　　　　🔊 *Track 075*

❶ I messed up. 我搞砸了。

▶ **這句這樣用**

　　傑克要和媽媽坦承自己考糟了時，他可能會説：「I messed up.」（我搞砸了）。這句不只用在考試「考砸了」上，只要是把事情弄得很難收拾，想和別人認錯，就都可以用這句來坦白。「mess up」這個片語除了「搞砸」以外，也有「弄亂」的意思。畢竟把東西弄得亂糟糟的應該也算是「搞砸」了嘛！看看下面的例句吧！

▶ **來看個例句就知道怎麼用！**

Did you let the dog inside? The room's all <u>messed up</u>.
是你把狗放進來的嗎？房間都弄亂了。

A : **I <u>messed up</u>. The police saw me.**
　　我搞砸了。警察看到我了。

B : **Great, now we're going to jail.**
　　真好啊，那我們得去坐牢了。

⏰ 只要 *1.6* 秒就可以學會！　　　　　　　　　　🔊 *Track 076*

❷ It won't happen again. 再也不會發生了。

▶ **這句這樣用**

　　面對罵個不停的媽媽，傑克很可能會努力和她保證：「It won't happen again.」（再也不會發生了）。做錯事情要和其他人拍胸脯保證不會再犯、或是別人遇到了衰事，你要安慰他們不會再有第二次時，都可以用這一句好用的道地會話。

▶ **來看個例句就知道怎麼用！**

A : **Why did you leave the door open?** 你幹嘛不關門？
B : **Sorry, <u>it won't happen again</u>.** 抱歉，不會再發生了。

還可以使用在這些場景

這些絕對用得到的會話當然不只在故事中的場景可以使用，還可以用在很多其他的地方！一起來看看你可以如何在日常生活中用到這些會話。

Lesson 1
Lesson 2
Lesson 3
Lesson 4
Lesson 5
Lesson 6
Lesson 7
Lesson 8
Lesson 9
Lesson 10
Lesson 11

❶ I messed up. 我搞砸了。

和家人用

我：I messed up. I got only 15 points on the test.
我搞砸了。我只考了十五分。

弟弟：No worries, I got 2.
沒關係，我才考兩分呢。

和朋友用

我：I messed up. The girl I like hates me now.
我搞砸了。我喜歡的女生現在討厭我了。

朋友：How'd you know?
你怎知？

和同事用

我：I messed up. The boss's gonna kill me.
我搞砸了。老闆會殺了我的。

同事：It's not that bad.
沒那麼糟啦。

❷ It won't happen again. 不會再發生了。

安慰別人用

朋友：My life sucks! I keep falling into ditches!
我的人生好慘啊！我老是摔進水溝！

我：It won't happen again.
不會再發生了。

答應別人用

媽媽：You flunked the class! How could you?
你被當了！你怎麼可以這樣？

我：It won't happen again.
不會再發生了。

為人擔保用

同學：Paul is always pulling my hair!
保羅老是拉我頭髮！

我：It won't happen again.
不會再發生了。

9 道地的：「你被雇用了！／你被開除了！」該怎麼說？

先從故事裡找到道地生活會話吧

下面的小故事引導你更快速地進入道地會話的英文世界。即將學到的會話用套色表現，看到的時候可以先想想看你會怎麼說。我們也把延伸單字用底線標示，讓你學得更多喔！

打工 Part-time Job

從放寒假開始，傑克就開始在學校附近的冰淇淋店打工了。他一開始還很緊張，覺得有這麼多同學都在搶這一個職位¹，自己一定不會被雇用²，但大概因為傑克他實在看起來超級老實，所以老闆一看就喜歡，馬上決定：「你被雇用了！」

傑克一開始當然很高興，到處和朋友炫耀³說自己找到了打工的工作。但接下來，提心吊膽的日子才要開始，因為他的老闆很龜毛，無論是對冰淇淋每一球⁴的大小、或給顧客拿的免洗湯匙數量都很要求，讓做事一向有點粗神經的傑克非常害怕。他總是擔心，搞不好哪一天一個不小心，老闆就會對他說一句：「你被開除了」……

延伸單字多學一點

❶ 職位 n. /pəˋzɪʃən / position
❷ 雇用 v. /haɪr / hire
❸ 炫耀 v. /bost / boast
❹ （冰淇淋的）球 n. /skup / scoop

💬 道地生活英語會話，這樣用就對了

🕐 只要 *0.7* 秒就可以學會！　　　　　　　　　🔊*Track 077*

Lesson 1
Lesson 2
Lesson 3
Lesson 4

❶ You're hired！ 你被雇用了！

▶ 這句這樣用

　　思考了很久，老闆終於決定雇用你了，這時他很可能會說一句：「You're hired!」（你被雇用了！）。想必對於急於找工作的人們，應該沒有比這句更令他們高興的話了吧！「hire」（雇用）這個字除了在「工作上的雇用」外，也可以用在雇用禮車、雇用偵探……等等方面。來看看以下的例子。

▶ 來看個例句就知道怎麼用！

I hired a car to take me to the airport.
我雇用了一台車載我去機場。

She hired an assassin to get rid of her husband.
她雇用了一個殺手來除掉她的老公。

Lesson 5
Lesson 6
Lesson 7
Lesson 8
Lesson 9
Lesson 10
Lesson 11

🕐 只要 *0.7* 秒就可以學會！　　　　　　　　　🔊*Track 078*

❷ You're fired！ 你被開除了！

▶ 這句這樣用

　　和「你被雇用了」這種好事相反的，當然就是最可怕的「你被開除了」。這句最好一輩子都不要聽到的話，英文的說法就是「You're fired!」（你被開除了！）

▶ 來看個例句就知道怎麼用！

A : You're fired!
你被開除了！

B : After all these years of hard work? You have no heart!
我努力工作了這麼多年耶？你沒心沒肺！

還可以使用在這些場景

　　這些絕對用得到的會話當然不只在故事中的場景可以使用，還可以用在很多其他的地方！一起來看看你可以如何在日常生活中用到這些會話。

❶ You're hired! 你被雇用了！

公司會看到　　老闆：**You're hired!**
　　　　　　　　　　　　你被雇用了！

　　　　　　　　　我：**Thank you so much. I'll do my best.**
　　　　　　　　　　　　謝謝您，我會努力的。

店裡會看到　　店主：**You're hired!**
　　　　　　　　　　　　你被雇用了！

　　　　　　　　　我：**When do I start?**
　　　　　　　　　　　　我什麼時候開始工作？

餐廳會看到　　老闆：**You're hired!**
　　　　　　　　　　　　你被雇用了！

　　　　　　　　　我：**You're so kind!**
　　　　　　　　　　　　您人真好！

❷ You're fired! 你被開除了！

電視上會看到　　評審：**You're fired!**
　　　　　　　　　　　　你被開除了！

　　　　　　　　　參賽者：**Oh no...**
　　　　　　　　　　　　糟糕……

公司會看到　　老闆：**You're fired!**
　　　　　　　　　　　　你被開除了！

　　　　　　　　　我：**What's the compensation?**
　　　　　　　　　　　　我會有多少賠償？

團隊會看到　　領袖：**You're fired!**
　　　　　　　　　　　　你被開除了！

　　　　　　　　　我：**You've got to be kidding me.**
　　　　　　　　　　　　你開玩笑的吧。

10 道地的：「**你被接受了。**／**我被拒絕了。**」該怎麼說？

Lesson 1

Lesson 2

Lesson 3

Lesson 4

Lesson 5

Lesson 6

Lesson 7

Lesson 8

Lesson 9

Lesson 10

Lesson 11

💬 先從故事裡找到道地生活會話吧

下面的小故事引導你更快速地進入道地會話的英文世界。即將學到的會話用套色表現，看到的時候可以先想想看你會怎麼說。我們也把延伸單字用底線標示，讓你學得更多喔！

申請國外研究所
Applying for Grad School Abroad

　　傑克的媽媽老是希望他抱個外國學位[1]回來，所以他大四上學期[2]快結束時，媽媽就叫他去申請[3]國外的研究所。這讓傑克非常傻眼，因為這個時候才開始準備，怎麼來得及啊？但母命難違，傑克還是乖乖去考他的托福、多益、GRE，然後找老師寫推薦信[4]。老師們也都很傻眼，不過聽到是媽媽逼的，他們就都很感同身受的樣子，還是幫傑克寫推薦信了。

　　果然，這樣匆匆地準備根本不會有結果，傑克終於收到了從一封封國外寄來的信，每一封都告訴他：「很抱歉，這次沒辦法錄取你」。傑克其實鬆了一口氣，因為他可一點都不想出國唸書啊！要是突然收到了「你被接受了」的信，他還會嚇一跳呢。這下他可以坦然地告訴媽媽：「我被拒絕了。」

延伸單字多學一點

1 學位 **n.** ／dɪˋgri ／degree
2 學期 **n.** ／səˋmɛstə ／semester
3 申請 **v.** ／əˋplaɪ ／apply
4 推薦信 **n.** recommendation letter

道地生活英語會話，這樣用就對了

只要 *1.2* 秒就可以學會！　　　　　　　　　　　　　　*Track 079*

❶ You are accepted. 你被接受了。

▶這句這樣用

　　無論是申請學校或報名活動，你都一定得知道「accept」（接受）這個單字。如果申請的學校或報名的活動願意接受你，你很可能會收到一封信，寫著「You are accepted.」（你被接受了）。

　　當然，為了禮貌起見，學校在信上可能都會寫一大堆話，例如「因為我們經費不足，所以真的很抱歉，這次不能錄用你……」之類的，令人很難一下看懂對方到底是接受你了還是不接受，所以就先在信紙上的茫茫字海中找到「accept」這個字，再接著看四周的文字判斷意思吧。

▶來看個例句就知道怎麼用！

A：<u>You are accepted!</u> 你被接受了！

B：**Amazing! I should throw a party!**
太棒了！我得開派對慶祝了！

只要 *1.2* 秒就可以學會！　　　　　　　　　　　　　　*Track 080*

❷ I was rejected. 我被拒絕了。

▶這句這樣用

　　相反地，沒被接受就叫做「rejected」，是「reject」（拒絕）的被動形式。學校寄來的信多半不會直接說出「rejected」這個字，而是會比較迂迴地講，但總之你還是被拒絕了。這時你就可以告訴身邊的親朋好友們：「I was rejected.」（我被拒絕了）。

▶來看個例句就知道怎麼用！

A：**Did you get into the school?**
你有上那所學校嗎？

B：<u>I was rejected.</u> 我被拒絕了。

還可以使用在這些場景

　　這些絕對用得到的會話當然不只在故事中的場景可以使用，還可以用在很多其他的地方！一起來看看你可以如何在日常生活中用到這些會話。

❶ You are accepted. 你被接受了。

學校告訴你　學校人員：**You are accepted.**
　　　　　　　　　　　　你被接受了。

　　　　　　　　我：**Wow! I'm looking forward to being a student here!**
　　　　　　　　　　哇！我好期待成為這裡的學生！

營隊告訴你　營隊人員：**You are accepted.**
　　　　　　　　　　　　你被接受了！

　　　　　　　　我：**Good, I hope my friend is too.**
　　　　　　　　　　好耶，希望我朋友也有被接受。

比賽告訴你　工作人員：**You are accepted.**
　　　　　　　　　　　　你被接受了！

　　　　　　　　我：**Yay! I can participate in the game!**
　　　　　　　　　　好耶！我可以參賽了！

❷ I was rejected. 我被拒絕了。

和朋友說　朋友：**So did Julia agree to be your girlfriend?**
　　　　　　　　　茱麗雅有答應當你女友嗎？

　　　　　　我：**I was rejected.**
　　　　　　　　我被拒絕了。

和家人說　爸爸：**Did you get in the school?**
　　　　　　　　　學校有收你嗎？

　　　　　　我：**I was rejected.**
　　　　　　　　我被拒絕了。

和同學說　同學：**I got into the summer camp. Did you?**
　　　　　　　　　夏令營收我了，你呢？

　　　　　　我：**I was rejected.**
　　　　　　　　我被拒絕了。

Lesson5

在這個部分，你會學到這些生活會話：
★談論天氣時，應該說……
★抱怨、道歉時，應該說……
★求救、提問時，應該說……

1/ 道地的：「相信自己吧！／祝你好運！」該怎麼說？

先從故事裡找到道地生活會話吧

下面的小故事引導你更快速地進入道地會話的英文世界。即將學到的會話用套色表現，看到的時候可以先想想看你會怎麼說。我們也把延伸單字用底線標示，讓你學得更多喔！

面試 Interview

　　大學畢業後，茉莉迫不及待地要找工作賺錢。她興沖沖地寫好履歷[1]和自傳[2]，然後就開始到處找適合的公司投履歷。果然她的努力很快有了結果，第二天就接到幾家公司的面試[3]通知。

　　這下，茉莉可開始緊張了。她平常的穿著打扮都很隨興，所以根本沒有面試可以穿的衣服。再加上她平常也沒有化妝的習慣，看起來就是一個很青澀的學生，讓她非常擔心：我看起來這麼「嫩」，公司怎麼會要我呢？緊張的茉莉約了大學的好姊妹們來幫她擬定作戰計畫[4]。她們都告訴茉莉：「相信自己吧！妳一定可以的，祝妳好運！」經過一個下午的討論，她才稍微定下心來。有好朋友可以傾訴煩惱真是太棒了！

延伸單字多學一點

❶ 履歷 **n.** /`rɛzə͵me / resume
❷ 自傳 **n.** / ͵ɔtəbaɪˋɑgrəfɪ / autobiography
❸ 面試 **n.** /ˋɪntə͵vju / interview
❹ 計畫 **n.** / plæn / plan

💬 道地生活英語會話，這樣用就對了

🕐 只要 *1.3* 秒就可以學會！　　　　　　　　　　🔊 *Track 081*

Lesson 1
Lesson 2
Lesson 3
Lesson 4
Lesson 5
Lesson 6
Lesson 7
Lesson 8
Lesson 9
Lesson 10
Lesson 1

❶ Believe in yourself！ 相信自己！

▶ 這句這樣用

　　要去工作面試的人，想必多少都會有一點緊張。到底穿什麼才對？該怎樣表現，才不會顯得太有自信、又不會顯得太沒自信呢？真是太難拿捏了！如果你的朋友正因為面試而緊張，就可以勸他：「Believe in yourself!」

　　這句在安慰緊張的人時非常實用，不過別一看到緊張的人就上前用這句話。這句是要人「相信自己」，所以如果人家緊張的理由是他喜歡的歌手快上台表演了、或膽固醇檢查的報告快出來了，叫他「相信自己」也是沒用的，直接改說「Don't be nervous!」（別緊張！）還是比較實際。

▶ 來看個例句就知道怎麼用！

A：I'm sure I'm gonna fail the test! 我很確定，我一定會考不及格！
B：Believe in yourself! 要相信自己！

- -

🕐 只要 *0.6* 秒就可以學會！　　　　　　　　　　🔊 *Track 082*

❷ Good luck！ 祝你好運！

▶ 這句這樣用

　　覺得叫人家「相信自己」感覺太過熱血，有點害羞，你真的說不出來？沒關係，你可以改說一句簡單的「Good luck!」（祝你好運！），這樣就既能替人家加油、幫對方消除一點焦慮，也不會顯得很熱情了。看到為了接下來的考驗而緊張的朋友，就可以上前和他說一句「Good luck!」了！

▶ 來看個例句就知道怎麼用！

A：I have two big exams coming up.
　　我有兩場重要考試快到了。
B：Good luck! 祝你好運！

還可以使用在這些場景

這些絕對用得到的會話當然不只在故事中的場景可以使用，還可以用在很多其他的地方！一起來看看你可以如何在日常生活中用到這些會話。

❶ Believe in yourself! 相信自己！

和晚輩用　兒子：**I'm so worried about the baseball game.**
　　　　　　　　我好擔心棒球比賽的事。

　　　　　　我：**Believe in yourself!**
　　　　　　　　相信自己！

和朋友用　朋友：**I'm so nervous about the speech!**
　　　　　　　　演講讓我好緊張啊！

　　　　　　我：**Believe in yourself!**
　　　　　　　　相信自己！

和隊友用　隊友：**We're up against a strong team tonight.**
　　　　　　　　我們今天晚上要和一個強隊比賽。

　　　　　　我：**Believe in yourself!**
　　　　　　　　相信自己！

❷ Good luck! 祝你好運！

在家裡用　奶奶：**I'm going to give that noisy Mrs. Chang a piece of my mind.**
　　　　　　　　我要去好好念念那個吵死人的張太太一頓。

　　　　　　我：**Good luck!**
　　　　　　　　祝你好運！

工作時用　同事：**I do hate calling that company.**
　　　　　　　　我真討厭打給那家公司。

　　　　　　我：**Good luck!**
　　　　　　　　祝你好運！

在閒聊時用　朋友：**I'm proposing to Diana today.**
　　　　　　　　我今天要和黛安娜求婚。

　　　　　　我：**Good luck!**
　　　　　　　　祝你好運！

2／道地的：「我覺得好煩！／我再也受不了了！」該怎麼說？

Lesson 1
Lesson 2
Lesson 3
Lesson 4
Lesson 5
Lesson 6
Lesson 7
Lesson 8
Lesson 9
Lesson 10
Lesson 11

先從故事裡找到道地生活會話吧

下面的小故事引導你更快速地進入道地會話的英文世界。即將學到的會話用套色表現，看到的時候可以先想想看你會怎麼說。我們也把延伸單字用底線標示，讓你學得更多喔！

影印機卡紙 Copier Jam

找到工作後，茉莉發現，讓她最煩惱的事不是同事難相處（她的同事人都很好），也不是老闆很難搞（她的老闆也很親切），而是影印機¹老是卡紙，她快發瘋了。開會前要影印重要的文件，結果卡紙，見客戶²前要把客戶資料多印幾份，結果又卡紙！茉莉覺得這機器根本就是存心跟她過不去。

這天，老闆叫茉莉幫他影印一份資料，但茉莉已經在影印機前面弄了一個小時了，還是毫無進展，路過的同事³都停下來幫忙，但影印機還是照樣卡紙，茉莉後來只好去拿筷子⁴來把紙夾出來。她真想踢這台機器一腳，大罵：「好煩！我受夠了！」

延伸單字多學一點

① 影印機 n. ／`kɑpɪɚ ／copier
② 客戶 n. ／`klaɪənt ／client
③ 同事 n. ／`kɑlig ／colleague
④ 筷子 n. ／`tʃɑp͵stɪks ／chopsticks

💬 道地生活英語會話，這樣用就對了

🕐 只要 *1.0* 秒就可以學會！　　　　　　　　　　　🔊 *Track 083*

❶ I'm so annoyed！ 我覺得好煩！

▶ 這句這樣用

　　影印機又卡紙了？還是印表機卡紙了呢？還是滑鼠不動了？電話沒辦法轉接？冷氣都不會冷？還是冷氣太冷了？沒錯，在工作場所總是會遇到這種大大小小的煩人問題，讓你忍不住想說一句：「I'm so annoyed!」

　　很多人搞不清楚annoyed和annoying兩個都是「煩」，到底差在哪裡？以這句舉例，應該就很明白了。I'm so annoyed! 是「我覺得好煩」，而I'm so annoying!是指「我（這個人）令人覺得好煩」。看出差別了嗎？後面那句可是在罵自己耶！所以這兩者可不能搞混喔！

▶ 來看個例句就知道怎麼用！

A : **Why is that dog barking again?**
　　那隻狗怎麼又在叫？

B : **I know! I'm so annoyed!** 我懂！超煩的！

- -

🕐 只要 *1.9* 秒就可以學會！　　　　　　　　　　　🔊 *Track 084*

❷ I can't take this anymore！ 我再也受不了了！

▶ 這句這樣用

　　實在好煩好煩、煩得受不了、已經不是「I'm so annoyed」的等級可以解決的了嗎？那麼你還可以說「I can't take this anymore!」，也就是「我再也受不了了！」的意思。覺得很煩、很生氣時就很好用喔！

▶ 來看個例句就知道怎麼用！

A : **The neighbors are fighting again! I can't take this anymore!**
　　鄰居又在打架了！我再也受不了了！

B : **I agree. Let's call the police.**
　　我同意。我們報警吧。

還可以使用在這些場景

　　這些絕對用得到的會話當然不只在故事中的場景可以使用，還可以用在很多其他的地方！一起來看看你可以如何在日常生活中用到這些會話。

❶ I'm so annoyed! 我覺得好煩！

在學校用　同學：I heard PE is cancelled today and we'll be having additional Physics lessons instead.
聽說今天體育課取消了，我們要改上物理課。

我：I'm so annoyed!
我覺得好煩！

在家裡用　爸爸：The cat's peed on the bed again.
貓又尿在床上了。

我：I'm so annoyed!
我覺得好煩！

上班時用　同事：The office is infested with rats.
辦公室裡老鼠猖獗。

我：I'm so annoyed!
我覺得好煩！

❷ I can't take this anymore! 我再也受不了了！

跟家人說　媽媽：There are so many mosquitoes that I can't sleep.
蚊子太多了，我都不能睡了。

我：I know. I can't take this anymore!
是啊！我再也受不了了！

跟同事說　同事：The phones in the office don't work.
辦公室的電話都打不通了。

我：I can't take this anymore!
我再也受不了了！

跟朋友說　朋友：We've been waiting in line for three years.
我們排隊已經排三年了。

我：I can't take this anymore!
我再也受不了了！

Lesson 5

3 / 道地的：「真是天氣好的一天！／好糟的天氣，不是嗎？」該怎麼說？

💬 先從故事裡找到道地生活會話吧

下面的小故事引導你更快速地進入道地會話的英文世界。即將學到的會話用套色表現，看到的時候可以先想想看你會怎麼說。我們也把延伸單字用底線標示，讓你學得更多喔！

在廁所遇到經理
Running into the Manager in the Restroom

　　茉莉最喜歡一邊工作一邊喝咖啡，但咖啡喝多了有個缺點[1]，就是上廁所的頻率會因此變高。因此，每天到了一定的時間，大家就會發現茉莉不斷地往廁所跑。茉莉並不覺得經常上廁所是件壞事，反正在辦公桌[2]前坐久了，可以站起來動一動也不錯。有的時候在廁所遇到同事，還可以稍微聊一下天。但這天茉莉一走到廁所，竟看到可怕的經理[3]正好從廁所裡走出來！

　　這個經理平常總是臉很臭，比臭豆腐[4]還臭。在廁所遇到這樣的人，到底要跟他講什麼呢？茉莉一時緊張，忍不住脫口而出：「經理，今天天氣真好！」但其實今天的天氣超差的，茉莉很後悔，她應該說「天氣好糟，不是嗎？」才對。

延伸單字多學一點

1. 缺點 **n.** ／`ʃɔrt͵kʌmɪŋ／ shortcoming
2. 辦公桌 **n.** office desk
3. 經理 **n.** ／`mænɪdʒɚ／ manager
4. 臭豆腐 **n.** stinky tofu

💬 道地生活英語會話，這樣用就對了

⏰ 只要 *1.1* 秒就可以學會！　　　　　　　　　　🔊 *Track 085*

Lesson 1
Lesson 2
Lesson 3
Lesson 4
Lesson 5
Lesson 6
Lesson 7
Lesson 8
Lesson 9
Lesson 10
Lesson 11

❶ What a nice day！真是天氣好的一天！

▶ 這句這樣用

碰到不熟的人，常常會不知道要聊什麼。為了避免陷入一片尷尬的沉默，最後就只好拿出「天氣」這個萬用的招數了。如果今天天氣很好的話，你就可以說：「What a nice day!」（真是天氣好的一天！）

遇到一個好人，我們常會說這個人很nice。nice這個字也可以用在天氣上，說這一天天氣很好、溫度剛剛好，很舒服。那如果你一點都不喜歡今天的天氣呢？你可以把nice換成其他的形容詞，如：「What a hot day!」、「What a cold day!」

▶ 來看個例句就知道怎麼用！

A：What a nice day! 真是天氣好的一天！
B：Yeah, we should go picnicking. 對啊，我們該去野餐。

- -

⏰ 只要 *1.5* 秒就可以學會！　　　　　　　　　　🔊 *Track 086*

❷ Horrible weather, isn't it?
好糟的天氣，不是嗎？

▶ 這句這樣用

覺得「今天天氣真好」無法引起共鳴嗎？那不妨試試看說「Horrible weather, isn't it?」（好糟的天氣，不是嗎？）。一般而言，只要提到糟糕的天氣，大家都會有很多想抱怨的，就算是臉很臭的經理也一樣，再加上最後巧妙地補充一句「isn't it?」，彷彿在徵求對方同意，相信對方一定會順著你的話題說下去，不會冷場囉！

▶ 來看個例句就知道怎麼用！

A：Horrible weather, isn't it? 好糟的天氣，不是嗎？
B：It is! Why do we still have to work? 是啊！我們為什麼還得上班啊？

還可以使用在這些場景

這些絕對用得到的會話當然不只在故事中的場景可以使用，還可以用在很多其他的地方！一起來看看你可以如何在日常生活中用到這些會話。

❶ What a nice day! 真是天氣好的一天！

扯開話題用

同學：**I heard that you and Joanna broke up! Is that true?.**
聽說你跟喬安娜分手了，真的嗎？

我：**What a nice day!**
今天天氣真好！

硬搭訕用

我：**What a nice day!**
今天天氣真好！

路人：**Do I know you?**
我認識你嗎？

避免尷尬找話題用

我：**What a nice day!**
今天天氣真好！

經理：**Yes, it is.**
是啊，真的。

❷ Horrible weather, isn't it? 好糟的天氣，不是嗎？

等電梯沒話找話時說

我：**Horrible weather, isn't it?**
好糟的天氣，不是嗎？

鄰居：**So it is.**
是啊。

排隊很無聊時說

我：**Horrible weather, isn't it?**
好糟的天氣，不是嗎？

路人：**I totally agree.**
我完全同意。

真的想聊天氣時說

我：**Horrible weather, isn't it?**
好糟的天氣，不是嗎？

朋友：**Man, I know.**
真的，我知道。

4 道地的：「我需要幫忙。／我不確定。」該怎麼說？

💬 先從故事裡找到道地生活會話吧

下面的小故事引導你更快速地進入道地會話的英文世界。即將學到的會話用套色表現，看到的時候可以先想想看你會怎麼說。我們也把延伸單字用底線標示，讓你學得更多喔！

電腦出問題 Computer Problems

經過了一天的努力，茉莉好不容易寫好了落落長的提案[1]，為第二天的會議[2]做好萬全的準備。想不到就在快要下班時，她的電腦居然當機了！茉莉是個每次都忘記存檔[3]的迷糊鬼，所以她急得有如熱鍋上的螞蟻，趕快跑去找電機系畢業的同事求救，跟他說：「我需要幫忙。」

「我不確定耶，我也不知道怎麼辦啊！我們電機系又不是學這個！」電機系畢業的同事無辜地說。茉莉更慌張了，要是連電機系畢業的同事都救不了她的電腦，那該怎麼辦呢？想不到，歷史系畢業的同事走進來，隨便按了幾個鍵，竟然就把她的電腦修復了，檔案也好端端的，沒有不見。茉莉覺得自己好像看到神仙一樣，差點就要跪[4]下來拜了！

延伸單字多學一點

❶ 提案 n. /prə`pozḷ/ proposal
❷ 會議 n. /`mitɪŋ/ meeting
❸ 存檔 v. save a file
❹ 跪 v. /nil/ kneel

💬 道地生活英語會話，這樣用就對了

🕐 只要 *0.6* 秒就可以學會！　　　　　　　　　　　🔊 *Track 087*

❶ I need help. 我需要幫忙。

▶ 這句這樣用

　　電腦壞了，一定很慌張，急著要找人幫忙吧！尤其是如果電腦裡有很重要的文件，那一定更令人焦急。遇到這種需要別人幫忙的情形，你可以說：「I need help.」來表達你需要幫忙的心情。無論是電腦壞了，或是其他東西壞了，只要需要幫助，都可以用「I need help.」這句來請求其他人幫助，但如果遇到比較急的狀況，例如包包被搶了、衣服被電梯門夾住了，沒有空慢慢說那麼多字，也可以直接大喊「Help!」一個字就夠。

▶ 來看個例句就知道怎麼用！

A : **I need help.**
　　我需要幫忙。

B : **What's wrong?**
　　怎麼了？

🕐 只要 *0.7* 秒就可以學會！　　　　　　　　　　　🔊 *Track 088*

❷ I'm not sure. 我不確定。

▶ 這句這樣用

　　茉莉的同事不知道該怎麼幫她修電腦，看來看去，還是不確定哪裡出了問題。這種時候，他應該會說：「I'm not sure.」，中文就是「我不確定」的意思。當有人問了你一個問題，但你不知道怎麼回答時，就可以用這一句來答覆對方囉！

▶ 來看個例句就知道怎麼用！

A : **What's wrong with her today?**
　　她今天是怎樣？

B : **I'm not sure.** 我不確定耶。

還可以使用在這些場景

　　這些絕對用得到的會話當然不只在故事中的場景可以使用，還可以用在很多其他的地方！一起來看看你可以如何在日常生活中用到這些會話。

❶ I need help. 我需要幫忙。

和路人用
我：**I need help. My car is stuck in the ditch.**
　　我需要幫忙。我車子卡在水溝了。

路人：**Okay. Where is it?**
　　　好的，車在哪？

和朋友用
我：**I need help. I want to know what Lucy likes.**
　　我需要幫忙。我想知道露西喜歡什麼東西。

朋友：**Why for?**
　　　為什麼你想知道？

和同事用
我：**I need help. My phone fell into the toilet.**
　　我需要幫忙。我手機掉到馬桶裡了。

同事：**Did you flush it?**
　　　那你有沖水嗎？

❷ I'm not sure. 我不確定。

回答店員
店員：**What size do you wear?**
　　　你穿幾號的？

我：**I'm not sure.**
　　我不確定。

回答路人
路人：**What time is it?**
　　　現在幾點？

我：**I'm not sure.**
　　我不確定。

回答客戶
客戶：**Is your boss in now?**
　　　你老闆現在在嗎？

我：**I'm not sure.**
　　我不確定。

Lesson 1
Lesson 2
Lesson 3
Lesson 4
Lesson 5
Lesson 6
Lesson 7
Lesson 8
Lesson 9
Lesson 10
Lesson 11

Lesson 5

5/ 道地的：「我會去接你。／我會在（7）點鐘在那裡和你碰面。」該怎麼說？

💬 先從故事裡找到道地生活會話吧

下面的小故事引導你更快速地進入道地會話的英文世界。即將學到的會話用套色表現，看到的時候可以先想想看你會怎麼說。我們也把延伸單字用底線標示，讓你學得更多喔！

見重要客戶 Meeting Important Clients

這天茉莉要和一個很重要的客戶約見面的時間。客戶不是當地人，所以她打算和客戶約好一個時間，到時候就開車到飯店去接他。為此她可是特別把她的車子洗得亮晶晶，還在車子裡噴香水¹呢！

一早，她就和客戶通電話，敲定見面的時間。客戶說不用茉莉接，他自己坐公車到會面的地點就好了，但茉莉很堅持：「我會去接你」，因為她想讓客戶留下好印象²。更何況車子都已經千辛萬苦地洗好了，還噴得香香的，要是不去接客戶，車子就白洗了，香水也白噴啦！後來，客戶終於被茉莉的熱情感動，答應在飯店大廳³等茉莉去接他，讓茉莉鬆了一口氣⁴。她告訴客戶：「我會在七點和你碰面。」

延伸單字多學一點

❶ 香水 **n.** /ˋpɝˈfjum/ perfume
❷ 印象 **n.** /ɪmˋprɛʃən/ impression
❸ 大廳 **n.** /ˋlɑbɪ/ lobby
❹ 鬆一口氣的 **adj.** /rɪˋlivd/ relieved

💬 道地生活英語會話，這樣用就對了

⏰ 只要 *1.3* 秒就可以學會！　　　　　　　　　🔊 *Track 089*

Lesson 1
Lesson 2
Lesson 3
Lesson 4
Lesson 5
Lesson 6
Lesson 7
Lesson 8
Lesson 9
Lesson 10
Lesson 11

❶ I will pick you up. 我會去接你。

▶ **這句這樣用**

　　有車一族的人，免不了偶爾要讓沒車的朋友搭個便車。和要搭便車的朋友約好時間和地點後，接下來一定就得說一句「我會去接你」。「我會去接你」這句會話，用英文講就是「I will pick you up.」。

　　「pick up」這個片語用於「人」的時候，就是「接」的意思，而如果用於「物品」，則有「撿起來」、「拿起來」的意思。看看以下的例子吧！

▶ **來看個例句就知道怎麼用！**

Can you <u>pick</u> me <u>up</u> later? 你等一下可以來接我嗎？
Can you <u>pick up</u> the pen for me? 你可以幫我把那枝筆撿起來嗎？

⏰ 只要 *1.7* 秒就可以學會！　　　　　　　　　🔊 *Track 090*

❷ I will meet you there at 7.
我會在7點在那裡和你碰面。

▶ **這句這樣用**

　　如果茉莉的客戶不願意讓茉莉去接他，還是堅持和她約在一個地方碰面，那茉莉接下來或許會跟他說：「I will meet you there at 7.」（我會在7點在那裡和你碰面）。別忘了，在使用這句的時候要先把「7」換成你和對方約定的時間，可別都傻傻地說7點啊！

▶ **來看個例句就知道怎麼用！**

A : <u>I will meet you there at 7.</u>
　　我會在7點在那裡和你碰面。
B : Fine, don't be late. 好，不要遲到。

還可以使用在這些場景

　　這些絕對用得到的會話當然不只在故事中的場景可以使用，還可以用在很多其他的地方！一起來看看你可以如何在日常生活中用到這些會話。

❶ I will pick you up. 我會去接你。

和朋友用　朋友：**My car broke down so I'm stuck on the highway.**
　　　　　　 我的車壞了，我現在被困在公路上了。
　　　　　 我：**I will pick you up.**
　　　　　　 我會去接你。

和女友用　女友：**Which restaurant are we going to?**
　　　　　　 我們要去哪家餐廳？
　　　　　 我：**It's a surprise. Just wait outside your house and I will pick you up.**
　　　　　　 是驚喜喔。妳在妳家外面等一下，我會去接妳。

和家人用　媽媽：**I need a ride to the train station.**
　　　　　　 我需要有人載我到火車站。
　　　　　 我：**I will pick you up.**
　　　　　　 我會去接你。

❷ I will meet you there at 7. 我會在7點在那裡和你碰面。

和客戶約　我：**I will meet you there at 7.**
　　　　　　 我會在7點在那裡和你碰面。
　　　　　 客戶：**Sure.**
　　　　　　 好的。

和朋友約　我：**I will meet you there at 7.**
　　　　　　 我會在7點在那裡和你碰面。
　　　　　 朋友：**Too early! Make it 8.**
　　　　　　 太早了，改八點吧。

和家人約　我：**I will meet you there at 7.**
　　　　　　 我會在7點在那裡和你碰面。
　　　　　 舅舅：**Wait, 7 a.m. or p.m.?**
　　　　　　 等等，早上7點還晚上7點？

道地的：「他出遠門了。／他在開會。」該怎麼說？

Lesson 1

Lesson 2

Lesson 3

Lesson 4

Lesson 5

Lesson 6

Lesson 7

Lesson 8

Lesson 9

Lesson 10

Lesson 11

💬 先從故事裡找到道地生活會話吧

下面的小故事引導你更快速地進入道地會話的英文世界。即將學到的會話用套色表現，看到的時候可以先想想看你會怎麼說。我們也把延伸單字用底線標示，讓你學得更多喔！

接電話 Answering the Phone

說到工作，最讓傑克困擾[1]的就是他們辦公室的電話真是多到不行！和傑克同個辦公室的人個個都是重要人物，每天都很忙，總是不在位子[2]上，所以傑克必須常常接他們的電話，和打電話的人說明：「他在開會」。有時候一天還遇不到一半，傑克就接了50通電話，簡直比總機小姐還要忙呢！

這天是傑克的主管生日，有許多人打來祝他生日快樂。但主管根本就不在啊！所以傑克只好很有耐心地一一告訴每個人「他出遠門了」，並將每個來電者的聯絡方式[3]留下來。一天下來，傑克講到聲音都啞[4]了，他不禁開始同情電台的DJ，要不斷地講話，一定很辛苦吧！

延伸單字多學一點

❶ 困擾的 adj. ／ˋtrʌbl̩d／troubled
❷ 位子 n. ／sit／seat
❸ 聯絡方式 n. contact information
❹ 啞的 adj. ／hors／hoarse

💬 道地生活英語會話，這樣用就對了

⏰ 只要 *1.9* 秒就可以學會！　　　　　　　　　　　🔊 *Track 091*

❶ He's out of town. 他出遠門了。

▶ **這句這樣用**

　　無論是在工作場合或是在家裡，多多少少都會接到找別人的電話。如果對方要找的人出遠門，那光是和對方說「他不在」，搞不好對方過了十分鐘就又打來了。要說「他出遠門了」，該怎麼講呢？用英文就是「He's out of town.」

　　「He's out of town.」字面上直接翻譯，就是「他不在市內（鎮內、城內）」的意思。但建議你不要把這句理解成「他在別的市鎮，搞不好是很近的市鎮，很快就會回來了」的意思，而應該把它理解成「他出遠門了、一時半刻不會回來、今天大概都不會回來了」的意思。也就是說，如果你打電話去找人，對方這樣回應你，你今天以內都別再打去煩他們了。

▶ **來看個例句就知道怎麼用！**

A：Where's the boss? 老闆人呢？
B：He's out of town. 他出遠門了。

⏰ 只要 *1.9* 秒就可以學會！　　　　　　　　　　　🔊 *Track 092*

❷ He's at a meeting. 他出遠門了。

▶ **這句這樣用**

　　如果你接起電話，發現對方要找的人去開會了，要怎麼辦呢？這時，你可以說「He's at a meeting.」，也就是「他在開會。」的意思。此外也可以告訴對方會議大概什麼時候會開完，以免對方以為會議快開完了，一直打來問喔！

▶ **來看個例句就知道怎麼用！**

A：Where did Tom go? 湯姆跑哪去了？
B：He's at a meeting. 他在開會。

還可以使用在這些場景

這些絕對用得到的會話當然不只在故事中的場景可以使用，還可以用在很多其他的地方！一起來看看你可以如何在日常生活中用到這些會話。

❶ He's out of town. 他出遠門了。

告知時用　客戶：**Where's your boss?**
　　　　　　　你老闆呢？

　　　　　我：**He's out of town.**
　　　　　　　他出遠門了。

撒謊時用　討債集團：**We're looking for your boss.**
　　　　　　　我們在找你老闆。

　　　　　我：**Oh, he's out of town.**
　　　　　　　喔，他出遠門了。

找藉口時用　朋友前女友：**You know where George's hiding, don't you?**
　　　　　　　你一定知道喬治躲在哪裡對不對？

　　　　　我：**Huh? He's out of town.**
　　　　　　　啊？他出遠門了啦。

❷ He's at a meeting. 他在開會。

在公司用　客戶：**I'm looking for Mr. Huang.**
　　　　　　　我要找黃先生。

　　　　　我：**He's at a meeting.**
　　　　　　　他在開會。

在學校用　同學：**Why isn't Mr. Liu here for the performance?**
　　　　　　　劉老師怎麼沒來看表演？

　　　　　我：**He's at a meeting.**
　　　　　　　他在開會。

在家裡用　奶奶：**Why's your dad so late?**
　　　　　　　你爸爸怎麼這麼晚還不回來？

　　　　　我：**He's at a meeting.**
　　　　　　　他在開會。

7 道地的：「有問題嗎？／謝謝你注意聽。」該怎麼說？

💬 先從故事裡找到道地生活會話吧

下面的小故事引導你更快速地進入道地會話的英文世界。即將學到的會話用套色表現，看到的時候可以先想想看你會怎麼說。我們也把延伸單字用底線標示，讓你學得更多喔！

做簡報 Making a Presentation

　　這天是傑克第一次在客戶面前做簡報[1]的日子。自從學生時代以來，他就沒有再做過簡報了。還是學生時，他最喜歡把簡報做得花花綠綠的、用很多特效[2]、還在投影片的角落放貓的圖片，但他很清楚，現在面對的是客戶，他不能再這麼做了。於是，他盡力將簡報做得專業[3]，實戰演練了好幾次，才敢踏進會議室做簡報。

　　雖然演練過了很多次，但傑克還是有點緊張，緊張得手中的雷射筆[4]不斷在抖，他都很擔心會不會射到客戶的眼睛。幸好客戶們很配合，最後甚至還有人稱讚了傑克的簡報呢！傑克在收尾時，問客戶們：「有問題嗎？」，但客戶們也都沒有刁難他。傑克覺得自己真是太幸運了，彷彿放下了心中的一塊大石，說了聲「謝謝你注意聽」，趕快下台。

延伸單字多學一點

❶ 做簡報 **v.** make a presentation
❷ 特效 **n.** special effects
❸ 專業的 **adj.** /prəˋfɛʃn̩l / professional
❹ 雷射筆 **n.** laser pen

💬 道地生活英語會話，這樣用就對了

⏰ 只要 *0.8* 秒就可以學會！ 　　　　　　　　　🔊 *Track 093*

❶ Any questions? 有問題嗎？

▶ **這句這樣用**

　　在簡報結束時，通常都會問觀眾有沒有什麼問題。雖然在問這個問題的時候，常會覺得自己好像在找死（因為萬一有人問了你答不出來的問題就丟臉了），但還是免不了需要問一句：「Any questions?」（有問題嗎？）

　　「Any questions?」其實是比較簡短的説法。如果想説得更長、也更正式，你還可以説：「Do you have any questions?」（你有什麼問題嗎？）或「Does anyone have any questions?」（有誰有什麼問題嗎？）

▶ **來看個例句就知道怎麼用！**

A：<u>Any questions</u>? 有問題嗎？

B：No, you can leave. 沒有，你可以走了。

⏰ 只要 *1.6* 秒就可以學會！ 　　　　　　　　　🔊 *Track 094*

❷ Thank you for your attention.
謝謝你注意聽。

▶ **這句這樣用**

　　觀眾問題都問完了，簡報也算是結束了。這時，説一句話來感謝大家認真聽你的簡報吧！你可以説：「Thank you for your attention.」，直譯就是「謝謝你的注意力」，也就是「謝謝你注意聽」的意思啦。

▶ **來看個例句就知道怎麼用！**

A：That's all. <u>Thank you for your attention</u>.
　　我就講到這。謝謝你注意聽。

B：That was a great presentation, man!
　　剛剛你講得真棒，老兄！

還可以使用在這些場景

這些絕對用得到的會話當然不只在故事中的場景可以使用，還可以用在很多其他的地方！一起來看看你可以如何在日常生活中用到這些會話。

❶ Any questions? 有問題嗎？

上課時用

我：**Any questions?**
有問題嗎？

學生：**No, we get it.**
沒有，我們都懂了。

說明時用

我：**That's all you need to know about this exhibition. Any questions?**
這次展覽需要知道的資訊就是這些了。有問題嗎？

遊客：**Hmm, let me think.**
嗯，我想想。

報告時用

我：**That's my report. Any questions?**
這就是我的報告了，有問題嗎？

觀眾：**I'd like you to explain the third chart in more detail.**
我想請你更詳細地解釋第三個表格。

❷ Thank you for your attention. 謝謝你注意聽。

報告完用

主持人：**Time's up. Please finish quickly.**
時間到了，請趕快講完。

我：**I'm done. Thank you for your attention.**
我講完了，謝謝你們注意聽。

演講完用

我：**Thank you for your attention.**
謝謝你們注意聽。

觀眾：**Great speech!**
很棒的演講！

上課完用

我：**Thank you for your attention.**
謝謝你們注意聽。

學生：**No problem, just let us go home!**
不用客氣，快讓我們回家吧。

Lesson 5

8/9 道地的：「有什麼計畫嗎？／有什麼主意嗎？」該怎麼說？

Lesson 1
Lesson 2
Lesson 3
Lesson 4
Lesson 5
Lesson 6
Lesson 7
Lesson 8
Lesson 9
Lesson 10
Lesson 11

💬 先從故事裡找到道地生活會話吧

下面的小故事引導你更快速地進入道地會話的英文世界。即將學到的會話用套色表現，看到的時候可以先想想看你會怎麼說。我們也把延伸單字用底線標示，讓你學得更多喔！

發薪日 Payday

傑克每個月最期待的一天終於到了！沒錯，就是發薪日[1]。傑克早就在盤算，拿到薪水要去買新衣服、吃大餐、還要去看一場電影。一到了下班時間，傑克就迫不及待地和同事們討論起了薪水[2]的使用方法。有些同事要拿回家孝敬父母，有些同事要拿去付房租[3]，有些同事要拿去繳小孩的學費[4]，這不禁讓傑克覺得自己什麼都不用管，真是太幸福了。

下班後，傑克問同事們「有什麼計畫嗎？」最後幾個同事決定要用剛拿到的薪水去大吃一頓。但要吃什麼呢？在大城市中工作的問題就是附近好吃的東西太多了，讓他們非常難選擇。大家紛紛互相問：「有什麼主意嗎？」他們足足討論了一個小時，還上網查資料，卻都還無法下決定呢！

延伸單字多學一點

1. 發薪日 **n.** ／`pe͵de／payday
2. 薪水 **n.** ／`sælərɪ／salary
3. 房租 **n.** ／rɛnt／rent
4. 學費 **n.** ／tjuˋɪʃən／tuition

道地生活英語會話，這樣用就對了

只要 *0.7* 秒就可以學會！ ◀Track 095

❶ Any plans? 有什麼計畫嗎？

▶ 這句這樣用

下班後、下課後，想找朋友去喝一杯嗎？那你可以用「Any plans?」這句先問朋友「有什麼計畫嗎？」，以免朋友已經有事了，不能陪你去喝。如果已經和朋友約好了，但不知道該去哪裡，也可以說這一句「Any plans?」，問朋友是不是已經計畫好了。

「Any plans?」這句的使用場合很廣泛，想邀別人出去，但想先確定別人有沒有空時可以用；不知道接下來要做什麼，也可以用這一句問別人有沒有主意。還有，在工作上或進行某些遊戲、比賽時，常會需要擬一些作戰計畫，這時也可以用這一句喔！

▶ 來看個例句就知道怎麼用！

A : **What are you doing tomorrow? Any plans?**
你明天要幹嘛？有什麼計畫嗎？

B : **None. I'm gonna sleep in.** 沒啊，我會睡很晚。

只要 *0.6* 秒就可以學會！ ◀Track 096

❷ Any ideas? 有什麼主意嗎？

▶ 這句這樣用

一群人在討論要吃什麼，可是你一點主意也沒有時，就得靠其他人的意見了。想問其他人有沒有什麼主意，你可以說：「Any ideas?」（有主意嗎？）。當然，不只在決定吃什麼這一方面，在其他各種方面，只要需要別人給點建議、提供一點想法，也都可以用這一句。

▶ 來看個例句就知道怎麼用！

A : **I'm getting a gift for my dad. Any ideas?**
我要買禮物給我爸。有什麼主意嗎？

B : **Hmm, how about a bicycle seat?** 嗯，買個腳踏車坐墊怎樣？

Lesson 1

Lesson 2

Lesson 3

Lesson 4

Lesson 5

Lesson 6

Lesson 7

Lesson 8

Lesson 9

Lesson 10

Lesson 11

還可以使用在這些場景

　　這些絕對用得到的會話當然不只在故事中的場景可以使用，還可以用在很多其他的地方！一起來看看你可以如何在日常生活中用到這些會話。

❶ Any plans? 有什麼計畫嗎？

問別人有沒有空時用

我：**Tomorrow's a holiday. Any plans?**
　　明天是假日，有什麼計畫嗎？

朋友：**Nope, let's hang out.**
　　　沒啊，我們一起出去晃晃吧。

問別人是否有作戰計畫時用

我：**We need to take down the base. Any plans?**
　　我們得攻陷基地，有什麼計畫嗎？

電玩隊友：**I'll circle around from the back.**
　　　　　我從後面繞過去。

問別人待會要幹嘛時用

我：**I'm bored. Any plans?**
　　我好無聊，有什麼計畫嗎？

朋友：**We might go drinking.**
　　　可能會去喝酒。

❷ Any ideas? 有主意嗎？

和同事用

我：**I need to make my powerpoints look pretty. Any ideas?**
　　我想讓我的投影片看起來更漂亮，有主意嗎？

同事：**Use nicer colors.**
　　　用漂亮一點的顏色啊。

和同學用

我：**What should we perform for next month's drama contest? Any ideas?**
　　下個月的戲劇比賽要表演什麼？有主意嗎？

同學：**Let's do something simple and short.**
　　　表演簡短一點的就好。

和朋友用

我：**I need a creative way to propose. Any ideas?**
　　我需要有創意的求婚方式。有主意嗎？

朋友：**Propose while skydiving.**
　　　一邊高空跳傘一邊求婚。

9 道地的：「**我要做的工作太多了。／我沒空。**」該怎麼說？

💬 先從故事裡找到道地生活會話吧

下面的小故事引導你更快速地進入道地會話的英文世界。即將學到的會話用套色表現，看到的時候可以先想想看你會怎麼說。我們也把延伸單字用底線標示，讓你學得更多喔！

辦公室戀情Office Romance

　　一開始傑克只是單純地覺得有人在盯¹著他，不論他走到哪裡、做什麼、跟誰說話，那個「目光²」就像禿鷹³發現獵物一樣，死咬著他不放，他覺得不太舒服但也沒放在心上。但漸漸地他注意到有人動過他的辦公桌，更確切地說應該是有人每天都幫他整理桌面，傑克於是開始覺得不太對勁。

　　有一天，當傑克和隔壁桌的瑪莉聊得開懷的時候，他又感受到同一個炙熱的目光。他心一橫猛然回頭，沒想到與他四目相對的竟然是他的主管珍妮。珍妮當天晚上就向他表白，不知所措的傑克只能隨便找個理由⁴搪塞：「我要做的工作太多了，所以沒空。」畢竟，是主管大人啊！

延伸單字多學一點

- ❶ 盯 **v.** stare at／fix one's eyes on
- ❷ 目光 **n.** ／geɪz／gaze
- ❸ 禿鷹 **n.** ／ˋvʌltʃɚ／vulture
- ❹ 理由 **n.** ／ɪkˋskjuz／excuse

💬 道地生活英語會話，這樣用就對了

🕐 只要 *2.5* 秒就可以學會！　　　　　　　　　　🔊 *Track 097*

Lesson 1

❶ I've got too much work to do. 我要做的工作太多了。

Lesson 2

Lesson 3

Lesson 4

Lesson 5

▶ 這句這樣用

　　辦公室戀情，聽起來好像很浪漫，可是如果對象是你的主管，而且他會用愛慕的眼神不斷地「監視」你的一舉一動，三不五時還替你整理環境，那確實是會讓人感覺毛毛的。不過，正因為是主管，你又不想破壞彼此的關係，這種時候你可以很委婉地回答：「I've got too much work.」

　　乍看之下，這個句子好像跟主管的真情告白一點也不相關，但其實當你說「I've got too much work.」時，你間接表達的是「I've got too much work on my hands at the moment, so I really don't have time or energy for a relationship.」（我現在手上有太多工作了，所以我真的沒有時間或心力和你交往。）

▶ 來看個例句就知道怎麼用！

A : **Will you come tomorrow?** 你明天會來嗎？
B : **Sorry. I've got too much work to do.** 抱歉，我要做的工作太多了。

Lesson 6

Lesson 7

Lesson 8

Lesson 9

Lesson 10

Lesson 11

🕐 只要 *2.0* 秒就可以學會！　　　　　　　　　　🔊 *Track 098*

❷ I'm not available. 我沒空。

▶ 這句這樣用

　　不想要牽扯到工作或是不想要說得那麼白？你有另外一種說法！available 這個字原本就是「有空的」的意思。例如，有人打電話來找老闆，但是老闆去開會了，你就可以說：Sorry. My boss is not available now. 「很抱歉，我的老闆現在不方便接電話。」若是你想要用這一句婉拒別人的追求也是可以的喔！

▶ 來看個例句就知道怎麼用！

A : **Please be my girlfriend.** 當我的女朋友吧！
B : **Sorry, I'm not available.** 抱歉，我沒有空。

還可以使用在這些場景

　　這些絕對用得到的會話當然不只在故事中的場景可以使用，還可以用在很多其他的地方！一起來看看你可以如何在日常生活中用到這些會話。

❶ I've got too much work to do. 我要做的工作太多了。

婉拒麻煩的親戚時用

嬸嬸：**Do come visit us!**
　　　來拜訪我們嘛！

我：**I've got too much work to do.**
　　我要做的工作太多了。

婉拒麻煩的朋友時用

朋友：**Can I sleep over at your place tomorrow?**
　　　我明天去你家睡好不好？

我：**I've got too much work to do.**
　　我要做的工作太多了。

婉拒麻煩的應酬時用

客戶：**How about grabbing a couple of drinks?**
　　　去喝個幾杯如何？

我：**I've got too much work to do.**
　　我要做的工作太多了。

❷ I'm not available. 我沒空。

婉拒追求時用

追求者：**Marry me!**
　　　　嫁給我！

我：**I'm not available.**
　　我沒空。

婉拒介紹時用

伯母：**I want to introduce you to a handsome young man!**
　　　我要介紹一個帥氣的年輕人給你！

我：**I'm not available.**
　　我沒空。

婉拒訪客時用

親戚：**I'd love to visit you next Sunday.**
　　　我下禮拜天想去拜訪你。

我：**I'm not available.**
　　我沒空。

10 道地的：「我很抱歉。／我睡過頭了。」該怎麼說？

Lesson 1

💬 先從故事裡找到道地生活會話吧

Lesson 2

下面的小故事引導你更快速地進入道地會話的英文世界。即將學到的會
話用套色表現，看到的時候可以先想想看你會怎麼說。我們也把延伸單
字用底線標示，讓你學得更多喔！

Lesson 3

Lesson 4

上班遲到 Late for Work

Lesson 5

　　這天傑克一如往常地起來要去上班，想不到他正準備要上車，卻發現
他的車頂上睡著一隻流浪貓¹，是黑色的，超級可愛。傑克最喜歡貓了。
他想，這隻貓搞不好歷經了千辛萬苦才找到他的車頂這麼好的一個位置，
好不容易才安頓²下來。要是他現在發動³了車子，一定會吵醒這隻貓。看
牠睡得這麼香，還發出呼嚕呼嚕的聲音⁴，他怎麼捨得呢？

Lesson 6

Lesson 7

Lesson 8

Lesson 9

　　於是傑克只好改搭公車去上班。但傑克平常不喜歡搭公車去上班是有
原因的，就是他家這裡的公車超難等。因此，他遲到了半個小時才到公
司。老闆問他為什麼遲到？唉，傑克知道，他總不能跟老闆說他是為了要
讓貓好好睡覺才遲到的啊！他只能不斷說「我很抱歉，我睡過頭了」。

Lesson 10

Lesson 11

延伸單字多學一點

❶ 流浪貓 n. stray cat
❷ 安頓 v. settle down
❸ 發動（車子） v. /start /start
❹ （貓）發出呼嚕聲 v. /pɜ /purr

💬 **道地生活英語會話，這樣用就對了**

🕐 只要 *0.8* 秒就可以學會！　　　　　　　　　　　🔊 *Track 099*

❶ My apologies. 我很抱歉。

▶ **這句這樣用**

　　上班遲到，當然就非和老闆道歉不可了。用英文道歉要怎麼說呢？除了大家都知道的「I'm sorry.」以外，還可以說比較正式的「My apologies.」，帶有一種把錯都攬在自己身上的含意喔！

　　「My apologies.」和簡單的「I'm sorry.」有什麼不同呢？其實「I'm sorry.」的用法比較廣泛，例如當他人發生不幸的事（像是被女朋友甩了），你覺得很同情時，也可以說「I'm sorry.」。然而這時就不能說「My apologies.」了喔！「My apologies.」帶有「錯在我」的含意，所以如果你朋友被女朋友甩了，你說「My apologies.」，那就代表他會被甩都是你害的。你可不希望讓他以為是這樣吧！

▶ **來看個例句就知道怎麼用！**

A：**Why did you lock us out again?** 你怎麼又把我們鎖在外面了？
B：<u>**My apologies.**</u> 我很抱歉。

- -

🕐 只要 *1.0* 秒就可以學會！　　　　　　　　　　　🔊 *Track 100*

❷ I overslept. 我睡過頭了。

▶ **這句這樣用**

　　如果你遲到的理由不像傑克的那麼瞎，而是很單純地睡過頭了，你要怎麼說呢？很簡單，這時就說「I overslept.」就好了！over有「過度」的意思，而我們都知道sleep是睡覺的意思。「過度睡覺」，不就是睡過頭的意思了嗎？

▶ **來看個例句就知道怎麼用！**

A：**You're 2 hours late!** 你遲到兩小時耶！
B：<u>**I overslept.**</u> 我睡過頭了。

還可以使用在這些場景

這些絕對用得到的會話當然不只在故事中的場景可以使用，還可以用在很多其他的地方！一起來看看你可以如何在日常生活中用到這些會話。

Lesson 1

Lesson 2

Lesson 3

Lesson 4

Lesson 5

Lesson 6

Lesson 7

Lesson 8

Lesson 9

Lesson 10

Lesson 11

❶ My apologies. 我很抱歉。

和老師用　老師：**Your scores are surprisingly low this time.**
你這次分數意外地很低。

　　　　　　我：**My apologies.**
我很抱歉。

和朋友用　朋友：**I'm fed up with your excuses.**
我受不了你一直找藉口。

　　　　　　我：**My apologies.**
我很抱歉。

和家人用　爺爺：**You sat on my false teeth.**
你坐到我的假牙上了。

　　　　　　我：**My apologies.**
我很抱歉。

❷ I overslept. 我睡過頭了。

對同學說　同學：**Why are you late?**
你怎麼遲到了？

　　　　　　我：**I overslept.**
我睡過頭了。

對路人說　路人：**Why are you running?**
你怎麼跑這麼快？

　　　　　　我：**I overslept. I'm late!**
我睡過頭了。我遲到了！

對同事說　同事：**I didn't see you at the meeting.**
我沒在會議上看到你。

　　　　　　我：**I overslept.**
我睡過頭了。

Lesson6

在這個部分，你會學到這些生活會話：

★身體不舒服、自怨自艾時，應該說……
★搭各種交通工具時，應該說……
★購物有疑問時，應該說……

Lesson 6

1/ 道地的：「我感覺不太舒服。／我頭暈。」該怎麼說？

💬 先從故事裡找到道地生活會話吧

下面的小故事引導你更快速地進入道地會話的英文世界。即將學到的會話用套色表現，看到的時候可以先想想看你會怎麼說。我們也把延伸單字用底線標示，讓你學得更多喔！

去醫院 At the Hospital

　　這天茉莉上班上到一半忽然覺得頭暈¹到不行，比她上次玩咖啡杯吐²了一地那時還暈。上司看她一副快在座位上融化³的樣子，就好心叫她去看醫生。於是茉莉叫了計程車，到最近的大醫院掛號。

　　這個醫生似乎是女性殺手⁴等級的，戴著金邊眼鏡，看起來文質彬彬，用那種電台DJ的口氣問：「小姐，妳怎麼了？」「我不太舒服，頭暈暈的。」茉莉這麼回答，不過她心裡總覺得看到這麼帥的DJ，啊不，是醫生，她好像又頭更暈了……

延伸單字多學一點

❶ 頭暈的 **adj.** /ˋdɪzɪ/ dizzy
❷ 吐 **v.** throw up
❸ 融化 **v.** /mɛlt/ melt
❹ 女性殺手 **n.** lady killer

💬 道地生活英語會話，這樣用就對了

⏰ 只要 *1.3* 秒就可以學會！　　　　　　　　　　🔊 *Track 101*

Lesson 1
Lesson 2
Lesson 3
Lesson 4
Lesson 5
Lesson 6
Lesson 7
Lesson 8
Lesson 9
Lesson 10
Lesson 11

❶ I'm not feeling well. 我感覺不太舒服。

▶ 這句這樣用

身體不舒服，旁邊的人過來關心時，你就可以告訴他們：「I'm not feeling well.」（我感覺不太舒服）。有時身體不舒服卻很難精確說明是哪裡不舒服，要請假時就可以直接用這句概括「不舒服」這件事。

「not feel well」（不舒服）和「not feel good」（感覺不好）的差別到底是什麼呢？就是「not feel well」講的是身體健康上的狀態不太好，而「not feel good」也有可能是心理上感覺不好。看看下面的例句吧！

▶ 來看個例句就知道怎麼用！

I'm not feeling well. Please call an ambulance for me.
我不太舒服，請幫我叫救護車。

I don't feel good about leaving the poor child behind.
把那個可憐的小孩丟下，我覺得不太好。

- -

⏰ 只要 *1.3* 秒就可以學會！　　　　　　　　　　🔊 *Track 102*

❷ My head is spinning. 我頭暈。

▶ 這句這樣用

頭暈得好像裡面有陀螺在轉？如果要詳細跟醫師說明你頭暈的症狀，光是說「I'm not feeling well .」當然是不夠的。你可以說：「My head is spinning.」，字面上直譯就是「我的頭正在轉轉轉呢」，可見代表的就是「我頭暈」的意思啦。

▶ 來看個例句就知道怎麼用！

A : **My head is spinning.** 我頭暈。
B : **No wonder you look so pale.**
難怪你看起來面色蒼白。

175

還可以使用在這些場景

　　這些絕對用得到的會話當然不只在故事中的場景可以使用，還可以用在很多其他的地方！一起來看看你可以如何在日常生活中用到這些會話。

❶ I'm not feeling well. 我感覺不太舒服。

在學校用
同學：**What's wrong?**
　　　怎麼了嗎？
我：**I'm not feeling well.**
　　我感覺不太舒服。

在宿舍用
室友：**You're shaking.**
　　　你在發抖耶。
我：**I'm not feeling well.**
　　我感覺不太舒服。

在公司用
我：**I'm not feeling well.**
　　我感覺不太舒服。
老闆：**Go see a doctor.**
　　　去看醫生吧。

❷ My head is spinning. 我頭暈。

在診所說
醫師：**So how are you feeling?**
　　　你感覺如何呢？
我：**My head is spinning.**
　　我頭暈。

在醫院說
護士：**Which department are you looking for?**
　　　你要找哪一科？
我：**I don't know; my head is spinning.**
　　我不知道耶，我頭暈。

在家裡說
妹妹：**Why are you in bed? It's only eight.**
　　　你為什麼在床上？現在才八點耶。
我：**My head is spinning.**
　　我頭暈。

2/道地的：「你一定是新來的。／這比看起來更簡單嘛。」該怎麼說？

Lesson 1
Lesson 2
Lesson 3
Lesson 4
Lesson 5
Lesson 6
Lesson 7
Lesson 8
Lesson 9
Lesson 10
Lesson 1

先從故事裡找到道地生活會話吧

下面的小故事引導你更快速地進入道地會話的英文世界。即將學到的會話用套色表現，看到的時候可以先想想看你會怎麼說。我們也把延伸單字用底線標示，讓你學得更多喔！

去健身房 At the Gym

由於十二月很冷，令人忍不住就想大吃大喝，茉莉的體重[1]也就直直飆升。她知道這樣不行，所以便決定發憤圖強，找一家健身房[2]消消身上的贅肉[3]。不過可能是因為她第一次到健身房的關係，只覺得這些機器[4]一台比一台奇怪，害她都不知道從哪裡開始。好不容易找了一台滑雪機，可以一邊用一邊看電視（原來看電視才是重點），結果才玩了兩下就被旁邊的阿伯說：「妳新來的吼？這不是這樣用啦。」

阿伯好心地教了茉莉怎麼使用滑雪機，但阿伯越講越複雜，茉莉怎樣也搞不懂。阿伯只能無奈地跟她說「這比看起來更簡單，妳還是自己玩玩看好了，玩久就會了。」

延伸單字多學一點

❶ 體重 **n.** ／wet ／weight
❷ 健身房 **n.** ／dʒɪm ／gym
❸ 贅肉 **n.** ／`flæb ／flab
❹ 機器 **n.** ／məˋʃɪn ／machine

💬 道地生活英語會話，這樣用就對了

🕐 只要 *1.1* 秒就可以學會！　　　　　　　　　　🔊 *Track 103*

❶ You must be new. 你一定是新來的。

▶ 這句這樣用

　　無論是健身房還是任何其他的地方（學校、職場等），只要是新來的人，總會不自覺地散發出一種「我是新來的唷」的訊息。這時，老鳥們就會忍不住紛紛過來說：「You must be new.」（你一定是新來的。）

　　「You must be new.」這句話除了在與新來的人表示友善以外，也蠻常被拿來當作嘲笑、挑釁的用語，例如在小說、電視劇中我們就常可以看到有人不小心說錯話、惹錯人、或一副狀況外時，被反派的角色與小嘍囉們訕笑：「You must be new.」

▶ 來看個例句就知道怎麼用！

A : Hey, what's up with that angry-looking guy?
　　喂，那個看起來很生氣的傢伙是怎樣？

B : You must be new. He's the boss here.
　　你一定是新來的。他是這裡的老大。

- -

🕐 只要 *2.0* 秒就可以學會！　　　　　　　　　　🔊 *Track 104*

❷ It's easier than it looks. 比看起來更簡單。

▶ 這句這樣用

　　無論是在健身房或其他地方，總會有一些器具常讓人怎麼做都不得要領，但一旦掌握訣竅就很簡單。安慰一些做事總是做不好的人，你就可以說：「It's easier than it looks.」（比看起來更簡單），告訴他雖然做這件事可能看起來很難，但其實只要掌握對的方法就很容易。

▶ 來看個例句就知道怎麼用！

A : Why is riding a bike so hard? 騎腳踏車為什麼這麼難？
B : It's easier than it looks. 其實比看起來更簡單。

還可以使用在這些場景

　　這些絕對用得到的會話當然不只在故事中的場景可以使用，還可以用在很多其他的地方！一起來看看你可以如何在日常生活中用到這些會話。

❶ You must be new. 你一定是新來的。

在學校用
同學：**Who's that man?**
那男的是誰？

我：**You must be new. That's the principal.**
你一定是新來的，那是校長。

在職場用
同事：**Where do I clock in?**
我要在哪打卡？

我：**You must be new.**
你一定是新來的。

在社團用
成員：**I'm looking for the club president.**
我在找社長。

我：**That's me. You must be new.**
就是我，你一定是新來的。

❷ It's easier than it looks. 比看起來更簡單。

在樂隊說
學妹：**Playing the trombone is super difficult.**
吹長號超難的。

我：**Don't give up. It's easier than it looks.**
不要放棄，比看起來更簡單的。

在球隊說
隊員：**I can't bunt to save my life.**
我怎樣都學不會短打。

我：**Come on, it's easier than it looks.**
拜託，比看起來更簡單啦。

在教室說
同學：**I can't get the hang of this math question.**
我總是搞不清楚這數學題目的要領。

我：**It's easier than it looks.**
比看起來更簡單。

Lesson 6

3/ 道地的：「這個多少錢？／我可以要更大一點的嗎？」該怎麼說？

先從故事裡找到道地生活會話吧

下面的小故事引導你更快速地進入道地會話的英文世界。即將學到的會話用套色表現，看到的時候可以先想想看你會怎麼說。我們也把延伸單字用底線標示，讓你學得更多喔！

去百貨公司 At the Department Store

冬天快過去了，春天還會遠嗎？茉莉一想到可以換季穿春裝就很興奮，所以她決定拖著從大學以來的好姊妹麗芙一起去百貨公司買個夠。兩人在百貨公司最喜歡做的事，就是把喜歡的衣服一件一件拿起來問店員「這個多少錢？」然後異口同聲地說「唉，太貴了！」並走開，真是超欠揍。

兩人好不容易才發現一件好像還算買得起¹，而且看起來還不錯的洋裝²。試穿³後，她們發現對茉莉來說實在太小了，所以便問店員：「我可以要更大一點的嗎？」但穿上一看，又有點太大了……茉莉只能搖頭⁴，看來她跟這件新洋裝就是無緣啊！

延伸單字多學一點

❶ 買得起的 **adj.** ∕ əˋfɔrdəb! ∕ affordable
❷ 洋裝 **n.** ∕ drɛs ∕ dress
❸ 試穿 **v.** try sth. on
❹ 搖頭 **v.** shake one's head

道地生活英語會話，這樣用就對了

只要 *1.0* 秒就可以學會！　　　　　　　　　　　◀ *Track 105*

❶ How much is this? 這個多少錢？

▶ **這句這樣用**

　　出國逛街一族最最需要用到的一句，就是「How much is this?」（這個多少錢？）。沒錯，所有其他的英文會話不會就算了，這句可是無比重要啊！最好要把它寫在手掌上，隨處拿出來用。

　　在英文中，錢是「不可數」的，很奇怪吧！所以要用much這個字，問「How much is this?」。如果要問「可數」的呢？那就用many。像是如果店員問你要買幾條短裙，他會問你：「How many skirts?」（幾條短裙？），而不會用到much。

▶ **來看個例句就知道怎麼用！**

A : **How much is this?** 這個多少錢？
B : **It's 400 Dollars.** 要400美金。

只要 *1.9* 秒就可以學會！　　　　　　　　　　　◀ *Track 106*

❷ Can I get a larger one?

我可以要更大一點的嗎？

▶ **這句這樣用**

　　找到一件簡直完美無缺的衣服，但它實在是太小件了，那就問店員一句：「Can I get a larger one?」（我可以要更大一件的嗎？）。反過來說，如果想要更小件的，你則可以問：「Can I get a smaller one?」（我可以要更小一件的嗎？）

▶ **來看個例句就知道怎麼用！**

A : **Can I get a larger one?** 我可以要更大一點的嗎？
B : **Give me a sec. I'll go get one.** 等我一下。我去找。

還可以使用在這些場景

這些絕對用得到的會話當然不只在故事中的場景可以使用，還可以用在很多其他的地方！一起來看看你可以如何在日常生活中用到這些會話。

❶ How much is this? 這個多少錢？

在市場用
我：**How much is this?**
這個多少錢？
阿婆：**Fifty a bunch.**
一串五十。

在服飾店用
我：**How much is this?**
這個多少錢？
店員：**Two thousand.**
兩千。

在跳蚤市場用
我：**How much is this?**
這個多少錢？
店員：**I'll let you have it for ten.**
我十塊賣你。

❷ Can I get a larger one? 我可以要更大一點的嗎？

衣服太小了時說
我：**Can I get a larger one?**
我可以要更大一點的嗎？
店員：**I'll be right back.**
我馬上回來。

飲料太小了時說
我：**Can I get a larger one?**
我可以要更大一點的嗎？
店員：**Sure, though you need to pay ten dollars extra.**
可以，不過你要多付十塊。

包包太小了時說
我：**Can I get a larger one?**
我可以要更大一點的嗎？
店員：**We only have them in this size.**
我們只有這個大小的。

4 道地的：「壞掉了。／在哪裡可以修這個？」該怎麼說？

先從故事裡找到道地生活會話吧

下面的小故事引導你更快速地進入道地會話的英文世界。即將學到的會話用套色表現，看到的時候可以先想想看你會怎麼說。我們也把延伸單字用底線標示，讓你學得更多喔！

騎腳踏車 Riding a Bike

風光明媚的三月到了，奉行健康生活的傑克便決定每個週末去騎個腳踏車。傑克一向很喜歡騎車，喜歡風吹在臉上的感覺，喜歡陽光[1]撲在臉上的溫暖，也喜歡路上遇到的、其他一起騎車的朋友們。他們不但會陪著傑克聊天[2]，更棒的是，當傑克的車落鏈的時候，他們都會幫他推著去修。

這天，傑克的車又落鏈了（沒辦法，老車嘛！）。幸好正好有兩個老先生跟他一起騎，一聽到傑克不好意思地問：「這個壞了，可以去哪裡修？」他們便二話不說，就把他的車扛在肩上，帶著去附近的腳踏車店了。真看不出來是88歲！傑克暗自想著，自己到了那個年紀[3]的時候，一定也要成為[4]這樣的人……

延伸單字多學一點

1. 陽光 **n.** /ˋsʌn.ʃam/ sunshine
2. 聊天 **v.** /tʃæt/ chat
3. 年紀 **n.** /edʒ/ age
4. 成為 **v.** /bɪˋkʌm/ become

道地生活英語會話，這樣用就對了

⏰ 只要 *0.7* 秒就可以學會！　　　　　　　　　　　🔊 Track 107

❶ It's broken. 壞掉了。

▶ 這句這樣用

　　出門在外，總會有碰到東西壞掉的時候。這時，無論是要和人求救或純粹抱怨東西壞了，你都可以說：「It's broken.」（壞掉了）。像是腳踏車這樣的交通工具、電器等物品壞了，都可以用這句會話，而花瓶之類易碎品破了，也可以這麼說。

　　要注意的是，「It's broken.」只適用於「硬的」東西。舉例來說，像裙子這種軟軟的東西破了，你不能說「My skirt is broken.」（我的裙子壞了），而可以改說「I ripped my skirt.」（我撕裂了裙子）。

▶ 來看個例句就知道怎麼用！

A：**Why aren't you using the microwave?** 你怎麼不用微波爐？
B：<u>**It's broken**</u>. 它壞了。

- -

⏰ 只要 *1.9* 秒就可以學會！　　　　　　　　　　　🔊 Track 108

❷ Where can I fix this? 在哪裡可以修這個？

▶ 這句這樣用

　　如果出門在外東西壞掉，又不能等著帶回家修，非得在當地馬上處理，就可以拿著那個壞掉的物品找人問：「Where can I fix this?」（在哪裡可以修這個？）。此外，你也可以問「Where can I get this fixed?」。

▶ 來看個例句就知道怎麼用！

A：**I dropped my phone into the toilet. <u>Where can I fix this</u>?**
　　我的手機掉進馬桶了，在哪裡可以修？
B：**You need to get your brain fixed first.**
　　你得先修修你的大腦。

還可以使用在這些場景

這些絕對用得到的會話當然不只在故事中的場景可以使用，還可以用在很多其他的地方！一起來看看你可以如何在日常生活中用到這些會話。

❶ It's broken. 壞掉了。

車子壞掉時用

姊姊：**What's up with the car?**
車子是怎麼了？

我：**It's broken.** 壞掉了。

手機壞掉時用

媽媽：**Why didn't you call me? Did you lose your phone?**
你怎麼沒打給我？你手機不見了嗎？

我：**It's broken.** 壞掉了。

電腦壞掉時用

老闆：**Why aren't you working? Is something wrong with your computer?**
你怎麼不工作？電腦怎麼了嗎？

我：**It's broken.**
壞掉了。

❷ Where can I fix this? 在哪裡可以修這個？

想修MP3時說

我：**My MP3's all wonky. Where can I fix this?**
我的MP3怪怪的，在哪裡可以修這個？

同學：**Hm, you might as well get a new one.**
嗯，我看你還是買新的吧。

想修車時說

我：**My car's making strange noises. Where can I fix this?**
我的車子一直發出怪聲，在哪裡可以修這個？

路人：**There's a repair shop down the street.**
街尾就有一家修車行。

想修電腦時說

我：**Something's wrong with my computer. Where can I fix this?**
我電腦出問題了，在哪裡可以修這個？

同事：**You'd better call the tech guy.**
把技術人員叫來吧。

5／道地的：「去哪？／有零錢嗎？」該怎麼說？

先從故事裡找到道地生活會話吧

下面的小故事引導你更快速地進入道地會話的英文世界。即將學到的會話用套色表現，看到的時候可以先想想看你會怎麼說。我們也把延伸單字用底線標示，讓你學得更多喔！

坐計程車 Taxi Ride

這天，傑克趕著和朋友去吃飯，但公車卻死死不來，他只好當機立斷地跳上計程車。司機[1]問：「去哪？」匆匆和司機報上自己要去的地方後，傑克便著急地開始在口袋[2]裡掏錢。哎呀！掏來掏去都只有一張一千，傑克也沒辦法，只好把一千拿給計程車司機，問他：「有零錢可以找嗎？」然而，司機雖然的確有零錢可以找，但一張鈔票都沒有，還真的只有一大堆的零錢[3]，所以他開始一塊錢一塊錢慢慢地數給傑克。傑克快瘋了！他最怕遲到了。他對自己要求很高，他的朋友遲到兩個小時都沒關係，他自己則絕對不能遲到。最後，心急如焚的傑克乾脆嚷著「不用找了！」，跳下車衝進餐廳。

如此豪邁地衝進餐廳的結果就是，到了和朋友吃完飯要付帳[4]時，傑克才發現他已經把唯一的一千塊給司機了，他身上根本就沒有錢⋯⋯

延伸單字多學一點

❶ 司機 **n.** ／`draɪvɚ ／driver
❷ 口袋 **n.** ／`pɑkɪt ／pocket
❸ 零錢 **n.** ／tʃendʒ ／change
❹ 付帳 **v.** ／pe ／pay

💬 道地生活英語會話，這樣用就對了

⏰ 只要 *0.5* 秒就可以學會！　　　　　　　　　🔊 *Track 109*

Lesson 1
Lesson 2
Lesson 3
Lesson 4
Lesson 5
Lesson 6
Lesson 7
Lesson 8
Lesson 9
Lesson 10
Lesson 11

❶ Where to? 去哪？

▶ 這句這樣用

　　跳上計程車，司機一定會問你：「去哪？」。那麼講英文的計程車司機都會怎麼問呢？很簡單，只要兩個字，他們會說：「Where to?」，也就是問你要到哪裡。這時，直接把你要去的地點告訴對方就行了。

　　「Where to?」平常除了用在計程車上外，不常用在其他場合，除非你想扮一天司機討女友歡心，才有可能會慵懶地靠在駕駛座上耍帥問她：「Where to?」。另一個可能性則是你是旅行社的人，要問顧客要飛哪裡。總之，這是一句只有和交通有關職業的人才比較可能用得到的會話。

▶ 來看個例句就知道怎麼用！

A : **Where to?**
　　去哪？

B : **The music hall, please.**
　　請到音樂廳。

⏰ 只要 *1.3* 秒就可以學會！　　　　　　　　　🔊 *Track 110*

❷ Do you have change? 有零錢嗎？

▶ 這句這樣用

　　計程車上常會碰到很趕時間下車，錢卻又一時找不開之類的問題，這時你可能會用到一句「Do you have change?」（有零錢嗎？），類似的用法還有「Can you break this?」（可以換成小鈔或零錢嗎？）。

▶ 來看個例句就知道怎麼用！

A : **Do you have change?**
　　你有零錢嗎？

B : **Yep, here you are.** 有啊，在這。

還可以使用在這些場景

　　這些絕對用得到的會話當然不只在故事中的場景可以使用，還可以用在很多其他的地方！一起來看看你可以如何在日常生活中用到這些會話。

❶ Where to? 去哪？

搭計程車時用

計程車司機：**Where to?**
　　　　　　去哪？

我：**The airport, please.**
　　去機場。

載人一程時用

女婿：**Where to?**
　　　去哪？

我：**The department store.**
　　去百貨公司。

預訂行程時用

旅行社人員：**Where to?**
　　　　　　去哪？

我：**I'd like to book a ticket to Paris.**
　　我想訂去巴黎的票。

❷ Do you have change? 有零錢嗎？

換錢時說

我：**Do you have change?**
　　有零錢嗎？

店員：**Yes, how much do you want to exchange?**
　　　有，你要換多少？

買東西時說

店員：**Do you have change?**
　　　有零錢嗎？

我：**Uh, no, sorry.**
　　不好意思，沒有耶。

跟人借錢時說

我：**Do you have change?**
　　有零錢嗎？

同事：**Some, how much do you need?**
　　　一點，你要多少？

Lesson 6

6 道地的：「我要在哪下車？／這是對的月台嗎？」該怎麼說？

Lesson 1

Lesson 2

Lesson 3

Lesson 4

Lesson 5

Lesson 6

Lesson 7

Lesson 8

Lesson 9

Lesson 10

Lesson 11

💬 先從故事裡找到道地生活會話吧

下面的小故事引導你更快速地進入道地會話的英文世界。即將學到的會話用套色表現，看到的時候可以先想想看你會怎麼説。我們也把延伸單字用底線標示，讓你學得更多喔！

坐火車 Train Ride

　　傑克被老闆派去出差¹，要搭火車去。傑克是那種沒見過什麼世面、也不怎麼有機會搭火車的人，所以這次要搭火車當然就讓他覺得非常緊張刺激。他特別提早了一個小時到，緊握著車票²，仔細聆聽所有的廣播³，就怕自己會搭錯方向、上錯車。為了確保一切沒問題，他走上月台⁴時，還特別問旁邊的老婆婆：「我應該是這個月台嗎？」讓老婆婆很困擾，因為她哪知道他是哪個月台啊！

　　後來要下火車時，傑克又犯了同樣的錯誤。他看到有個車站有一堆人下車，心想搞不好自己也是這一站，他就抓了一個太太來問：「請問，我要在哪下車？」結果被太太甩了一巴掌：「我哪知道！我要下車了，放手啦！」搗著滾燙的臉頰，傑克只覺得果然火車還是要多搭幾次才會熟啊！

延伸單字多學一點

❶ 出差 **v.** go on a business trip
❷ 車票 **n.** ／ˋtɪkɪt ／ticket
❸ 廣播 **n.** ／ˋbrɔdˏkæst ／broadcast
❹ 月台 **n.** ／ˋplætˏfɔrm ／platform

189

💬 道地生活英語會話，這樣用就對了

⏰ 只要 *1.3* 秒就可以學會！　　　　　　　　🔊 *Track 111*

❶ Where do I get off? 我要在哪下車？

▶ 這句這樣用

　　在英語系國家搭火車，真的是蠻值得緊張的事，像英國這種火車很多的國家，就有可能因為你搭錯車（甚至根本沒搭錯，但他們出包）而不得不整個晚上在寒冷的月台上等著。所以搭車前還是先問個清楚吧！想確定自己在哪裡下車才對，把票拿給旁邊的人看，問他：「Where do I get off?」

　　「get off」這個片語常在講下車、下一些其他交通工具時使用，例如下火車是「get off the train」、下汽車是「get off the car」、下公車是「get off the bus」，而天上飛的交通工具也行：下飛機叫做「get off the plane」。

▶ 來看個例句就知道怎麼用！

A：**Where do I get off?** 我要在哪下車？
B：**The stop after the next.** 再下兩站。

⏰ 只要 *1.9* 秒就可以學會！　　　　　　　　🔊 *Track 112*

❷ Is this the right platform?
這是對的月台嗎？

▶ 這句這樣用

　　想確定自己現在所在的月台到底是不是對的，你可以拿車票去問旁邊的人：「Is this the right platform?」（這是對的月台嗎？）。許多英語系國家的火車系統並不一定方便又親切，相信大家都明白火車很難搭，應該會很感同身受地為你解答。

▶ 來看個例句就知道怎麼用！

A：**Is this the right platform?** 這是對的月台嗎？
B：**No, you have to cross over to the opposite one.**
　　不是，你得過到對面的月台。

還可以使用在這些場景

　　這些絕對用得到的會話當然不只在故事中的場景可以使用，還可以用在很多其他的地方！一起來看看你可以如何在日常生活中用到這些會話。

Lesson 1
Lesson 2
Lesson 3
Lesson 4
Lesson 5
Lesson 6
Lesson 7
Lesson 8
Lesson 9
Lesson 10
Lesson 11

❶ Where do I get off? 我要在哪下車？

搭公車時用　　我：**Where do I get off?**
　　　　　　　　　我要在哪下車？

　　　　　　　乘客：**I'm not sure.**
　　　　　　　　　我不確定耶。

搭船時用　　我：**Where do I get off?**
　　　　　　　　我要在哪下車？

　　　　　　乘客：**Your stop's the next one.**
　　　　　　　　下一站就是了。

買票時用　　我：**Where do I get off?**
　　　　　　　　我要在哪下車？

　　　　　　票務人員：**The last stop.**
　　　　　　　　　最後一站。

❷ Is this the right platform? 這是對的月台嗎？

等火車時說　　我：**Is this the right platform?**
　　　　　　　　　這是對的月台嗎？

　　　　　　　路人：**You need to tell me where you're heading first.**
　　　　　　　　　你得先讓我知道你是要去哪啊。

等捷運時說　　我：**Is this the right platform?**
　　　　　　　　　這是對的月台嗎？

　　　　　　　路人：**No, you need to go to the opposite one.**
　　　　　　　　　不用，你要去對面搭。

等高鐵時說　　我：**Is this the right platform?**
　　　　　　　　　這是對的月台嗎？

　　　　　　　站務人員：**Let me see your ticket first.**
　　　　　　　　　　我先看看你的票。

7 道地的：「請坐吧。／我沒關係啦。」該怎麼說？

先從故事裡找到道地生活會話吧

下面的小故事引導你更快速地進入道地會話的英文世界。即將學到的會話用套色表現，看到的時候可以先想想看你會怎麼說。我們也把延伸單字用底線標示，讓你學得更多喔！

坐捷運 Subway Ride

坐捷運時，讓傑克最煩惱的就是：到底要不要讓座？前面這位太太，到底是懷孕了，還是純粹肚子¹大呢？要是搞錯，會不會又被甩一巴掌²呢？而旁邊這位先生，這個尷尬的年紀，要是不讓座好像不禮貌，可是要是讓了，他會不會生氣地說：「俺老身子還很勇健！」又甩他一巴掌呢？沒辦法，一朝被蛇咬，十年怕草繩，所以傑克現在很怕被甩巴掌。

最後，傑克看到一個白髮³蒼蒼的老婆婆，心想這時讓座總不會錯了吧！結果他都站起來了，說：「請坐」，老婆婆卻微笑⁴著說「不用了，我沒關係」，讓傑克坐回去又不是，站起來也不是。讓座真是一門大學問啊！

延伸單字多學一點

❶ 肚子 n. /ˋbɛlɪ/ belly
❷ 甩巴掌 v. /slæp/ slap
❸ 白髮 n. grey hair
❹ 微笑 v. /smaɪl/ smile

💬 道地生活英語會話，這樣用就對了

🕐 只要 *1.1* 秒就可以學會！　　　　　　　　　　　🔊 *Track 113*

Lesson 1
Lesson 2
Lesson 3
Lesson 4
Lesson 5
Lesson 6
Lesson 7
Lesson 8
Lesson 9
Lesson 10
Lesson 11

❶ Please take a seat. 請坐吧。

▶ 這句這樣用

　　無論是搭捷運、搭地鐵還是搭公車，總會有需要讓座的時候。這時，你就可以說：「Please take a seat.」（請坐吧）。就算不是要讓座，單純要請人家坐下來，也可以說這一句。

　　在請人家坐下時，說「Please take a seat.」是比較禮貌的講法。要是說「Please sit down.」，感覺則像是用禮貌的方式表示「你坐下來比較好喔，不然我很麻煩」，沒有留給對方任何選擇的空間，無論如何都要請他坐下，他想站著都不行。

▶ 來看個例句就知道怎麼用！

A：Please take a seat.
　　請坐吧。

B：Thank you.
　　謝了。

🕐 只要 *0.5* 秒就可以學會！　　　　　　　　　　　🔊 *Track 114*

❷ I'm good. 我沒關係啦。

▶ 這句這樣用

　　如果有人要讓座給你，但你覺得你沒關係；如果有人問要不要幫你買點心，但你覺得你沒關係……。這種「你就是覺得沒關係」的狀況，可以說：「I'm good.」（我沒關係啦）。這和說「我很好」的「I'm fine.」不一樣喔！

▶ 來看個例句就知道怎麼用！

A：Orange juice? 來點柳橙汁？
B：No, I'm good. 不用，我沒關係啦。

還可以使用在這些場景

　　這些絕對用得到的會話當然不只在故事中的場景可以使用，還可以用在很多其他的地方！一起來看看你可以如何在日常生活中用到這些會話。

➊ Please take a seat. 請坐吧。

讓座時用　　我：**Please take a seat.**
　　　　　　　　　請坐吧。
　　　　　　老婆婆：**Thank you, young man.**
　　　　　　　　　謝謝了，年輕人。

面對訪客時用　　我：**Please take a seat.**
　　　　　　　　　請坐吧。
　　　　　　訪客：**Sure, thanks.**
　　　　　　　　　好，謝謝。

對學生用　　我：**Please take a seat.**
　　　　　　　　　請坐吧。
　　　　　　學生們：**Okay.**
　　　　　　　　　好。

➋ I'm good. 我沒關係啦。

跟朋友說　　朋友：**I'm going out to buy drinks. Want some?**
　　　　　　　　　我要去外面買飲料。你要嗎？
　　　　　　我：**I'm good.**
　　　　　　　　　我沒關係啦。

跟路人說　　路人：**You look pale. You want to sit down?**
　　　　　　　　　你看起來好蒼白啊，你要坐下來嗎？
　　　　　　我：**I'm good.**
　　　　　　　　　我沒關係啦。

跟家人說　　媽媽：**Want me to heat you some soup?**
　　　　　　　　　我幫你熱點湯如何？
　　　　　　我：**I'm good.**
　　　　　　　　　我沒關係啦。

Lesson 6

8/ 道地的：「真失敗。」該怎麼說？

先從故事裡找到道地生活會話吧

下面的小故事引導你更快速地進入道地會話的英文世界。即將學到的會話用套色表現，看到的時候可以先想想看你會怎麼說。我們也把延伸單字用底線標示，讓你學得更多喔！

滑板人生 Skater Life

這一陣子，傑克的朋友史考特開始玩滑板[1]了，所以傑克也決定找個週末和他一起玩。他總覺得不過是個滑板嘛！一定沒什麼難，很多人不都滑著去上學？所以他啥也沒準備，就這樣到公園去和史考特見面了。

沒想到他才踏上滑板，前進不到一公尺[2]就摔在地上，還被隔壁的國中生笑。傑克知道，做人要有不屈不撓的決心[3]，所以他又站起來繼續滑，但本來想往前滑的，卻向後退[4]了，旁邊的小學生笑到冰淇淋都掉在地上，傑克已找不到任何成語能形容自己現在的窘境。他只能跟史考特搖頭道：「我真失敗。」

延伸單字多學一點

1. 滑板 **n.** /ˋsket͵bord / skateboard
2. 公尺 **n.** /ˋmitə / meter
3. 決心 **n.** /dɪ͵tɝməˋneʃən / determination
4. 後退地 **adv.** /ˋbækwɚdz / backwards

195

💬 **道地生活英語會話，這樣用就對了**

⏰ 只要 *0.9* 秒就可以學會！　　　　　　　　　　🔊 *Track 115*

❶ What a flop. 真失敗。

▶ **這句這樣用**

　　看到旁邊的人滑板玩得超爛，想必這些國中生與小學生都會搖頭：「真爛啊，這傢伙」。要用英文嘲笑別人很沒用、一看就知道只有失敗的命的話，就可以說：「What a flop.」（真失敗。）

　　flop指的是「失敗者」，但不見得一定要用在人身上，物品或事件也可以。例如某個歌手的專輯賣得超差，我們就可以這樣說：「His album was a flop.」（他的專輯真失敗）。同樣代表失敗者的字還有「loser」，也跟「flop」一樣是貶義詞。

▶ **來看個例句就知道怎麼用！**

A : **Her new single sold less than 100 copies.** 她的新單曲賣不到100張。
B : **What a flop.** 真失敗。

- -

⏰ 只要 *0.9* 秒就可以學會！　　　　　　　　　　🔊 *Track 116*

❷ I'm a failure. 我真失敗。

▶ **這句這樣用**

　　如果你也像傑克一樣，在某方面超失敗，那你就可以自嘲地說：「I'm a failure.」（我真失敗）。同樣的，failure這個單字也不一定要拿來說「人」，也可以用來代表事物。舉例來說，如果你家旁邊的水管工程做得很差，你可以說：「That plumbing company is such a failure.」（那家水電公司真是失敗。）

▶ **來看個例句就知道怎麼用！**

A : **I locked myself out again! I'm a failure.**
　　我又把自己鎖在門外了！我真失敗。

B : **Might as well glue your keys to your arm.**
　　乾脆把鑰匙黏在你手臂上吧。

還可以使用在這些場景

　　這些絕對用得到的會話當然不只在故事中的場景可以使用，還可以用在很多其他的地方！一起來看看你可以如何在日常生活中用到這些會話。

❶ What a flop. 真失敗。

用來說別人

朋友：**Jane forgot all her lines in the singing competition.**
　　　珍妮在歌唱比賽把歌詞都忘光了。

我：**What a flop.**
　　真失敗。

用來說物品

弟弟：**Have you watched the boring MV the group just released?**
　　　你有看那個團體剛出的很無趣的MV嗎？

我：**Yeah. What a flop.**
　　有啊。真失敗。

用來說自己

我：**I fell into a ditch. What a flop.**
　　我摔進水溝了，真失敗。

朋友：**Wow, are you okay?**
　　　哇，你還好嗎？

❷ I'm a failure. 我真失敗。

在家裡說

我：**I'm a failure.**
　　我真失敗。

媽媽：**You're not!**
　　　你不是啦！

在臉書上說

我：**I'm a failure.**
　　我真失敗。

朋友：**Cheer up.**
　　　開心點。

在電話中說

我：**I'm a failure.**
　　我真失敗。

男友：**Stop saying that.**
　　　不要再這樣講了。

Lesson 7

在這個部分，你會學到這些生活會話：

★和別人賠不是、別人和你賠不是時，應該說……

★發自真心地稱讚時，應該說……

★關心、告白時，應該說……

Lesson 7

1/ 道地的：「我會補償你的。／我不是故意的。」該怎麼說？

💬 先從故事裡找到道地生活會話吧

下面的小故事引導你更快速地進入道地會話的英文世界。即將學到的會話用套色表現，看到的時候可以先想想看你會怎麼說。我們也把延伸單字用底線標示，讓你學得更多喔！

麻煩的寵物 Troublesome Pets

　　這一陣子，茉莉每天都面容憔悴。為什麼呢？原來她爹娘出國，家裡的兩隻哈士奇就由茉莉一人照顧。這兩隻狗狗非常可愛，她愛死牠們了，但偏偏這兩隻哈士奇晚上吵個不停，讓茉莉沒辦法好好睡覺，也難怪她看起來面如死灰，同事都以為她失戀了。

　　每到了週末，茉莉最喜歡牽著她的哈士奇到公園去散步¹。這天她也一如往常地牽著牠們，開心地沐浴在陽光與眾人羨慕的眼光之下。這時，她忽然聽到身旁傳來一陣哄笑聲。抬頭一看，天啊！她的哈士奇居然在一位男士的皮鞋上撒尿²了！茉莉覺得好丟臉，那位男士更是一臉啞然。茉莉只好趕快拿出衛生紙³替那位男士擦⁴乾淨，並不斷道歉：「不是故意的，我會賠你的。」

延伸單字多學一點

❶ 散步 **v.** go for a walk
❷ 撒尿 **v.** /pi/ pee
❸ 衛生紙 **n.** /ˋtɪʃʊ/ tissue
❹ 擦 **v.** /waɪp/ wipe

💬 道地生活英語會話，這樣用就對了

🕐 只要 *1.9* 秒就可以學會！　　　　　　　　　　　🔊 *Track 117*

Lesson 1
Lesson 2
Lesson 3
Lesson 4
Lesson 5
Lesson 6
Lesson 7
Lesson 8
Lesson 9
Lesson 10
Lesson 11

❶ I will make it up to you. 我會補償你的。

▶ 這句這樣用

　　糟糕，寵物在別人的身上撒尿了？這到底該怎麼賠啊？幸好茉莉遇到的這位男士脾氣很好，沒有跟茉莉的哈士奇計較。不過茉莉當然還是道歉連連，想必她一定說了很多次「I will make it up to you.」（我會補償你的。）吧！

　　「I will make it up to you.」不見得真的都是金錢上的補償喔！也有可能是幫對方做事、對對方好、或送對方東西作為補償。這句話除了在對不起人家、需要跟人家賠不是時可以用，如果接受了別人的好處，也可以用這一句表示自己欠對方一份人情，以後會還。

▶ 來看個例句就知道怎麼用！

A：What? You lied to me just to win a game?
什麼？你為了贏得遊戲對我撒謊？

B：I will make it up to you. 我會補償你的。

- -

🕐 只要 *1.3* 秒就可以學會！　　　　　　　　　　　🔊 *Track 118*

❷ I didn't mean to. 我不是故意的。

▶ 這句這樣用

　　哇！又闖禍了！要是你也是像茉莉這樣迷糊的人，就算你沒有會亂撒尿的寵物，可能也會發生「把飲料灑在別人的皮鞋上」或「把冰沙砸在別人的襯衫上」這種糗事。遇到這樣的狀況時，除了道歉以外，你還可以說：「I didn't mean to.」（我不是故意的。）

▶ 來看個例句就知道怎麼用！

A：Hey! You stepped on my new shoes! 喂！你踩到我的新鞋了！
B：I didn't mean to. 我不是故意的。

還可以使用在這些場景

　　這些絕對用得到的會話當然不只在故事中的場景可以使用，還可以用在很多其他的地方！一起來看看你可以如何在日常生活中用到這些會話。

❶ I will make it up to you. 我會補償你的。

在街上用

路人：**Your coffee's all over my shirt!**
你把咖啡都潑到我的襯衫上了！

我：**I will make it up to you.**
我會補償你的。

求人時用

朋友：**What? You want me to lie to your mom for you?**
什麼？你要我替你向你媽撒謊？

我：**I will make it up to you.**
我會補償你的。

在公司用

同事：**Write your report for you? What's in it for me?**
幫你寫報告？我有什麼好處可拿？

我：**I will make it up to you.**
我會補償你的。

❷ I didn't mean to. 我不是故意的。

拿錯東西時說

旅客：**Hey, you took my suitcase!**
欸，你拿了我的行李箱！

我：**I didn't mean to.**
我不是故意的。

傷害別人時說

朋友：**Did you just call me fat?**
你剛是說我胖嗎？

我：**I didn't mean to.**
我不是故意的。

造成困擾時說

路人：**You smacked me in the face!**
你打到我的臉耶！

我：**I didn't mean to.**
我不是故意的。

2/ 道地的：「不用在意。／別這麼焦慮！」該怎麼說？

Lesson 1
Lesson 2
Lesson 3
Lesson 4
Lesson 5
Lesson 6
Lesson 7
Lesson 8
Lesson 9
Lesson 10
Lesson 11

先從故事裡找到道地生活會話吧

下面的小故事引導你更快速地進入道地會話的英文世界。即將學到的會話用套色表現，看到的時候可以先想想看你會怎麼說。我們也把延伸單字用底線標示，讓你學得更多喔！

小小的意外 A Tiny Accident

傑克在週末的時候最喜歡到公園去散步了。公園不但景色[1]好、有綠地[2]，更重要的是有很多人都會帶著狗來。傑克自己沒有狗，但他很喜歡看狗，所以有時他會坐在那裡觀賞別人的狗，一看就是一個多小時。

這個週末，傑克穿著新買的皮鞋，愉快地在公園溜達。他看到一個女子牽著兩隻哈士奇，眼光馬上被吸引過去了。這兩隻哈士奇真是超漂亮啊！真想摸摸牠們！

正這麼想著，傑克忽然聽到滴滴答答的聲音，覺得腳上一陣濕[3]。低下頭來，媽媽樂！有一隻哈士奇在他的新皮鞋上解放了。哈士奇的主人紅著臉[4]趕緊道歉，傑克只覺得好氣又好笑。他跟那位小姐說：「不用在意，別這麼焦慮。」小姐便一臉感激地拖著她的兩隻大狗走了。傑克搖搖頭，唉！回去要洗鞋子了。

延伸單字多學一點

❶ 景色 **n.** /ˋsinərɪ/ scenery
❷ 綠地 **n.** /ˋgrinərɪ/ greenery
❸ 濕 **adj.** /wɛt/ wet
❹ 臉紅 **v.** /blʌʃ/ blush

💬 **道地生活英語會話，這樣用就對了**

🕐 只要 *0.6* 秒就可以學會！　　　　　　　　　🔊 *Track 119*

❶ Never mind. 不用在意。

▶ **這句這樣用**

　　傑克的鞋子被茉莉的狗狗當作是馬桶了。但他也不能怪茉莉，畢竟拉尿的又不是她！這時傑克能怎麼辦呢？難道要罵哈士奇嗎？牠也聽不懂啊！傑克只能自認倒楣，跟不斷道歉的茉莉說聲「Never mind.」，要她「不用在意」啦！「mind」當作名詞時是「意識」、「心靈」的意思，而當動詞時則是「介意」、「在意」的意思。「Never mind.」除了當作「不用在意」的意思以外，也常帶有「算了、沒事」的含意。例如講話講到一半，忽然改變主意不想講下去時，就可以説「Never mind.」帶過，假裝沒有這回事。

▶ **來看個例句就知道怎麼用！**

A : Sorry, had to answer a call. What did you want to tell me?
　　抱歉，剛得接一下電話。你剛剛是要跟我説什麼？

B : Never mind. 沒事。

- -

🕐 只要 *0.6* 秒就可以學會！　　　　　　　　　🔊 *Track 120*

❷ Don't fret ! 別這麼焦慮！

▶ **這句這樣用**

　　要是傑克都已經説沒關係了，茉莉還是緊張兮兮地在那邊道歉，傑克該如何讓她冷靜下來呢？這時，他可能會説：「Don't fret!」（別這麼焦慮！）。如果你的朋友緊張到在房間裡踱來踱去，或為了一點小事就滿腦子都是一些可怕的想像，你也可以用這句來勸勸他。

▶ **來看個例句就知道怎麼用！**

A : I really need to go home! I left my children alone!
　　我真的要回家了！我把小孩單獨留在家！

B : Don't fret! 別這麼焦慮！

還可以使用在這些場景

　　這些絕對用得到的會話當然不只在故事中的場景可以使用，還可以用在很多其他的地方！一起來看看你可以如何在日常生活中用到這些會話。

Lesson 1
Lesson 2
Lesson 3
Lesson 4
Lesson 5
Lesson 6
Lesson 7
Lesson 8
Lesson 9
Lesson 1
Lesson 1

❶ Never mind. 不用在意。

和家人用

我：**There's something I should tell you... wait, never mind.**
有件事我應該跟妳說……等等，算了，沒事。

姊姊：**What? Tell me!**
什麼？跟我講啊！

和朋友用

朋友：**Didn't you say you were coming to the audition with me?**
你不是說要跟我一起去試鏡的嗎？

我：**Never mind.**
算了，當我沒說。

和同事用

同事：**Sorry about knocking over your files.**
撞倒你的文件真抱歉。

我：**Never mind.**
算了，不用在意。

❷ Don't fret! 別這麼焦慮！

安慰同學

同學：**What should I do? I forgot to study for the exam!**
我該怎麼辦？我忘記準備考試了！

我：**Don't fret!**
別這麼焦慮！

安慰家人

媽媽：**It's so late, yet your brother is still not home!**
已經這麼晚了，你哥哥卻還沒回家！

我：**Don't fret!**
別這麼焦慮！

安慰老闆

老闆：**If we don't ship the products in time the clients are going to kill us!**
如果我們不趕快出貨會被客戶殺掉的！

我：**Don't fret!**
別這麼焦慮！

Lesson 7

3/道地的：「你還好嗎？／你感覺如何？」該怎麼說？

💬 先從故事裡找到道地生活會話吧

下面的小故事引導你更快速地進入道地會話的英文世界。即將學到的會話用套色表現，看到的時候可以先想想看你會怎麼説。我們也把延伸單字用底線標示，讓你學得更多喔！

超市購物 Shopping at the Supermarket

　　又到了週末，也是茉莉到超級市場大採購的日子。這一個禮拜吃的東西可都要在週末買齊才行，因為平常上班日她是絕對沒空去買的。這天，茉莉推著一車的戰利品，心情愉快地準備去結帳¹。她這次買的東西體積都很大，像是整箱的衛生紙啦、一整個披薩²啦、還有兩個野餐³用的冰櫃。這些東西疊在一起非常高，以致茉莉看不到前面的路，但她很樂觀，覺得別人看到她都會自己閃開，所以沒有關係。

　　然而，偏偏就這麼不巧，她撞到人了！而且還把對方撞倒在地上⁴耶！她趕緊蹲下來關心對方的傷勢，問他：「你感覺如何？還好嗎？」這時，她才發現被她撞倒的男士是她上禮拜在公園遇到的人，沒錯，就是被她的哈士奇撒尿的那位……

延伸單字多學一點

❶ 結帳 **v.** check out
❷ 披薩 **n.** /ˋpitsə/ pizza
❸ 野餐 **n.** /ˋpɪknɪk/ picnic
❹ 在地上 **ph.** on the ground

道地生活英語會話，這樣用就對了

只要 *1.3* 秒就可以學會！　　　　　　　　　　　Track 121

❶ Are you all right? 你還好嗎？

▶ 這句這樣用

如果看到有人跌倒在地，無論是你害的（像茉莉的狀況，很明顯就是她害的）或者不是你害的，都可以趕快關心他一下，說一句：「**Are you all right?**」（你還好嗎？）然後趕快把對方扶起來。一直跌坐在地上也很危險嘛！

「**Are you all right?**」這一句除了在看到有人跌倒、受傷時可以問，也可以在別人看起來不太舒服、或看起來心情很差的時候用來關心他一下。像是如果你看到身邊的同學、同事一副快站不起來的樣子，就可以趕快問他這一句，以確認他有沒有事囉！

▶ 來看個例句就知道怎麼用！

A：**Are you all right?** 你還好嗎？
B：**No, I broke my back.** 不好，我把背摔裂了。

只要 *1.7* 秒就可以學會！　　　　　　　　　　　Track 122

❷ How are you feeling? 你感覺怎麼樣？

▶ 這句這樣用

想問別人「感覺怎麼樣？」，還可以說「**How are you feeling?**」。使用時機是在你已經知道對方有生病的時候，或是在對方發生了特別的事情，你預測他的心情會不太一般的時候。畢竟要是對方沒病、心情也很普通，你走上前去問他「欸！你感覺怎麼樣？」他應該會當你是怪人吧！

▶ 來看個例句就知道怎麼用！

A：**How are you feeling?** 你感覺怎麼樣？
B：**I feel like there were ants crawling over me.**
　　我感覺渾身爬滿了螞蟻。

還可以使用在這些場景

　　這些絕對用得到的會話當然不只在故事中的場景可以使用，還可以用在很多其他的地方！一起來看看你可以如何在日常生活中用到這些會話。

❶ Are you all right? 你還好嗎？

和家人用

我：**Are you all right?**
　　你還好嗎？

媽媽：**I've got a headache.**
　　　我頭痛。

和朋友用

朋友：**Can you come with me to the restroom for a sec?**
　　　陪我去一下廁所好不好？

我：**Are you all right?**
　　你還好嗎？

和同學用

同學：**I just rode my bike into a truck.**
　　　我剛騎車撞上卡車。

我：**Are you all right?**
　　你還好嗎？

❷ How are you feeling? 你感覺怎麼樣？

關心別人

朋友：**Please take me to a hospital.**
　　　請帶我去醫院。

我：**Why? How are you feeling?**
　　為什麼？你感覺怎麼樣？

訪問別人

我：**You won the first prize! How are you feeling?**
　　你贏了第一獎，感覺怎麼樣？

獲獎者：**Just amazing!**
　　　　真是太棒了！

詢問別人

醫生：**How are you feeling?**
　　　你感覺怎麼樣？

我：**Woozy.**
　　暈暈的。

4 道地的：「我需要幫忙。／你可以幫我忙嗎？」該怎麼說？

Lesson 1
Lesson 2
Lesson 3
Lesson 4
Lesson 5
Lesson 6
Lesson 7
Lesson 8
Lesson 9
Lesson 10
Lesson 11

💬 先從故事裡找到道地生活會話吧

下面的小故事引導你更快速地進入道地會話的英文世界。即將學到的會話用套色表現，看到的時候可以先想想看你會怎麼說。我們也把延伸單字用底線標示，讓你學得更多喔！

發生糗事 An Embarrassing Incident

傑克最喜歡在週末到超級市場逛了！他跟超級市場是好朋友，哪一樣東西放在哪一條走道¹，他通通都知道。甚至連哪一樣東西標價²多少錢，他都瞭若指掌，他常覺得他根本應該在超級市場工作才對。

這天，他在超級市場走著走著，忽然注意到旁邊那一櫃的臘腸³有打折。而且打很多折耶！他一邊走，都已經走過那一櫃了，還是忍不住一邊回頭看打折的臘腸。他雖然沒有很想吃臘腸，但打折耶！傑克心裡正計算著買臘腸可以省多少錢⁴，根本無暇看路，結果只覺得一股強勁的力道迎面而來，張開眼睛，他已經癱在地上了。媽啊！好糗！超丟臉！

「你沒事吧？」這時，對他伸出手的，居然是上禮拜在公園，帶著兩隻哈士奇的女孩！傑克只能硬著頭皮請她拉他一把：「我需要幫忙，可以幫我嗎？」

延伸單字多學一點

❶ 走道 **n.** ／aɪl／ aisle
❷ 價格標籤 **n.** price tag
❸ 臘腸 **n.** ／ˈsɔsɪdʒ／ sausage
❹ 省錢 **v.** save money

💬 **道地生活英語會話，這樣用就對了**

⏰ 只要 *1.0* 秒就可以學會！　　　　　　　　　　🔊 *Track 123*

❶ I need a hand. 我需要幫忙。

▶ **這句這樣用**

　　跌倒在地，一下無法站起來，需要人家幫忙，該怎麼辦呢？這時，你可以說：「I need a hand.」也就是「我需要幫忙」的意思啦！不只跌倒的時候，只要需要人家幫一下，都可以用這一句喔！

　　「I need a hand.」直翻就是「我需要一隻手」的意思。不用擔心，大家都知道你是需要人家「伸出援手」，而不是真的需要一隻手，不會把手砍下來送給你。類似的說法還有「Give me a hand.」，同樣不是在要求別人給你一隻手，而是在請別人幫忙喔！

▶ **來看個例句就知道怎麼用！**

A : **I need a hand. I can't lift the fridge.** 我需要幫忙。我抬不起冰箱。
B : **Neither can I!** 我也抬不起來啊！

- -

⏰ 只要 *1.2* 秒就可以學會！　　　　　　　　　　🔊 *Track 124*

❷ Can you help me? 你可以幫我忙嗎？

▶ **這句這樣用**

　　想請別人幫忙，除了直接說「我需要幫忙」以外，也可以改用問句，問對方可不可以幫你忙。你可以說：「Can you help me?」，也就是「你可以幫我忙嗎？」，簡單又直接地表達了你的意思。想說明到底是幫忙做那件事，可以說「Can you help me with...?」，例如想請人幫忙教你寫功課，就可以說：「Can you help me with my homework?」

▶ **來看個例句就知道怎麼用！**

A : **I can't find the station. <u>Can you help me?</u>**
　　我找不到車站。你可以幫我嗎？
B : **I'll draw you a map.** 我畫張地圖給你。

還可以使用在這些場景

　　這些絕對用得到的會話當然不只在故事中的場景可以使用，還可以用在很多其他的地方！一起來看看你可以如何在日常生活中用到這些會話。

❶ I need a hand. 我需要幫忙。

在停車場用

我：I need a hand. I want to move this motorbike out of the way.
　　我需要幫忙把這台機車移開。

路人：Sure, I'll help.
　　好，我來幫你。

在公司用

我：I need a hand. The printer is jammed.
　　我需要幫忙，印表機卡紙了。

同事：Oops, I'll get someone.
　　哎呀，我去找人來幫忙。

在家裡用

我：I need a hand. I can't reach the light bulb.
　　我需要幫忙。我碰不到燈泡。

爸爸：I'll fix it.
　　我來修。

❷ Can you help me? 你可以幫我忙嗎？

在路上用

小孩：Can you help me?
　　你可以幫我忙嗎？

我：What's wrong? Are you lost?
　　怎麼了？你迷路了嗎？

在學校用

我：I have trouble with this question. Can you help me?
　　我答不出這題。你可以幫我忙嗎？

同學：I'm not good at math either.
　　我數學也不好耶。

在服務台用

我：Can you help me?
　　你可以幫我忙嗎？

服務人員：Yes, what do you need?
　　可以啊，你需要什麼？

5 道地的：「（你）過去一點啦！／請問你可以過去一點嗎？」該怎麼說？

💬 先從故事裡找到道地生活會話吧

下面的小故事引導你更快速地進入道地會話的英文世界。即將學到的會話用套色表現，看到的時候可以先想想看你會怎麼說。我們也把延伸單字用底線標示，讓你學得更多喔！

搭公車 Taking the Bus

　　早上的公車永遠都是這麼擠。茉莉每次搭公車都覺得心情很差，因為她常常在一片擁擠中不小心踩到別人的腳，然後就會被瞪。她也不是故意的啊！

　　這天，茉莉的心情又格外地差，因為有個穿著<u>無袖</u>¹<u>背心</u>²的男子就站在她的面前，而且他還將手舉得高高的，要抓上面的把手。也就是說，他濃密的腋毛就在茉莉的臉正前方0.5公分的位置呢！茉莉可不敢跟他說：「可不可以過去點？」於是，整趟車程茉莉都非常小心，以免整張臉與對方的腋毛親密<u>接觸</u>³。好不容易捱到下車，茉莉跌跌撞撞地走向車門。因為車上太多人了，把手都被別人佔走了，她根本沒地方可以抓。因此，當司機冷不防地一<u>煞車</u>⁴，她就直接衝撞到前面的男士，把他壓在地上了。茉莉羞得無法自己，但這時她忽然發現，被自己壓到地上的男士，怎麼好像有點眼熟……

延伸單字多學一點

❶ 無袖的 adj. ／ˋslivlɪs／sleeveless
❷ 背心 n. ／vɛst／vest
❸ 接觸 n. ／ˋkɑntækt／contact
❹ 煞車 v. ／brek／brake

💬 道地生活英語會話，這樣用就對了

🕐 只要 *0.8* 秒就可以學會！　　　　　　　　　　◀ *Track 125*

❶ Scoot over！ 過去一點！

▶ 這句這樣用

　　在公車上人多到不行，害你沒有地方可以站嗎？這時，看到有個人明明身後還有很大的位置，他卻偏偏要站在那裡擋路，不讓你過去，是否恨得牙癢癢呢？很不幸地，這世界上就是很多這樣的人。遇到這樣的狀況，你可以說：「Scoot over!」，叫對方「過去一點！」

　　「Scoot over!」除了在「站著」的時候可以說，在對方「坐著」的時候也能用。如果你遇到有人坐在兩個位子中間，硬是不讓別人坐時，也可以跟他說「Scoot over!」，叫他「坐過去一點」。如果對方是「躺著」的，那也一樣可以用這一句叫他躺過去一點，不過使用這一句的情境就不會是公車上，而是你家的床上了。

▶ 來看個例句就知道怎麼用！

A : Scoot over! 過去一點！
B : I can't! 過不去啊！

🕐 只要 *1.9* 秒就可以學會！　　　　　　　　　　◀ *Track 126*

❷ Can you move over? 你可以過去一點嗎？

▶ 這句這樣用

　　已經有禮貌地叫人家「Scoot over!」了，他還是無動於衷地低頭滑他的手機？這時，你可以更直接地問他：「Can you move over?」（你可以過去一點嗎？），並適時搭配極為不爽的表情，相信對方就會接收到你滿滿的恨意，而聽話地往旁邊移動了。

▶ 來看個例句就知道怎麼用！

A : Can you move over? 你可以過去一點嗎？
B : Sorry, but it's kind of crowded here. 抱歉，這裡有點擠啊。

還可以使用在這些場景

　　這些絕對用得到的會話當然不只在故事中的場景可以使用，還可以用在很多其他的地方！一起來看看你可以如何在日常生活中用到這些會話。

❶ Scoot over! 過去一點！

站著用

我：**Scoot over!**
　　過去一點！
路人：**We're all out of space here.**
　　　這裡都沒空間了。

坐著用

我：**Scoot over! Let me sit down.**
　　過去一點，讓我坐。
乘客：**Fine, whatever.**
　　　好啦，隨便啦。

躺著用

我：**Scoot over! It's my bed too.**
　　過去一點，這也是我的床耶。
老公：**Okay, okay.**
　　　好啦，好啦。

❷ Can you move over? 你可以過去一點嗎？

在捷運上用

我：**Can you move over?**
　　你可以過去一點嗎？
乘客：**Let me try.**
　　　我試試看。

排隊時用

我：**Can you move over?**
　　你可以過去一點嗎？
路人：**I can't, sorry.**
　　　不行喔，抱歉。

一大群人擠著看電視時用

我：**Can you move over?**
　　你可以過去一點嗎？
朋友：**Nah, I like where I am.**
　　　不要，我喜歡坐這裡。

6 道地的：「我無法相信！／真巧！」該怎麼說？

Lesson 1

Lesson 2

Lesson 3

Lesson 4

Lesson 5

Lesson 6

Lesson 7

Lesson 8

Lesson 9

Lesson 10

Lesson 11

💬 先從故事裡找到道地生活會話吧

下面的小故事引導你更快速地進入道地會話的英文世界。即將學到的會話用套色表現，看到的時候可以先想想看你會怎麼說。我們也把延伸單字用底線標示，讓你學得更多喔！

一次巧遇 An Unexpected Meeting

傑克破舊的二手[1]車又發不動了，今天只好搭公車去上班啦！傑克不喜歡搭公車，首先就是因為他住的地方公車班次很少，每次都要等快一個小時，才一次來三班，再來就是車上的人可能因為剛起床心情很差，總是劍拔弩張的，他已經目睹[2]好幾次有人在公車上因為稍微擠到對方而大打出手。今天也不例外，這次的主角是一個50歲出頭的婦女和一個20幾歲的小夥子，而且居然還是婦女佔上風[3]，果然薑還是老的辣。

傑克正這麼感嘆著，還沒回過神來，就被用力地撞到地上。傑克內心滿是怨嘆：怎麼最近老是被撞到地上呢？我命中帶煞嗎？有人在詛咒[4]我嗎？更離譜的是，他一抬頭，發現撞倒他的罪魁禍首，居然是上次在超市用購物車撞得他腰痠背痛兩週的女生。他真的只能說：「真不敢相信，好巧啊！」

延伸單字多學一點

❶ 二手的 **adj.** second-hand
❷ 目睹 **v.** ／ˋwɪtnɪs ／ witness
❸ 佔上風 **v.** have the upper hand
❹ 詛咒 **v.** ／kɝs ／ curse

💬 道地生活英語會話，這樣用就對了

⏰ 只要 *1.4* 秒就可以學會！　　　　　　　　🔊 **Track 127**

❶ I can't believe this！ 我無法相信！

▶ 這句這樣用

在意想不到的地方遇到了意想不到的人，是不是覺得很不可思議呢？遇到了各種令你難以相信的事情，想表達「我真無法相信！」的驚嘆心情，該怎麼說呢？你可以說：「I can't believe this!」

「I can't believe this!」這一句，除了用在「驚喜」時以外，遇到「糟得無法置信」的狀況時也可以用。看看下面這些例子吧！

▶ 來看個例句就知道怎麼用！

A : **Your house burned down.** 你家燒掉了。
B : **I can't believe this!** 我真無法相信！

A : **You won the lottery.** 你中樂透了。
B : **I can't believe this!** 我真無法相信！

- -

⏰ 只要 *1.3* 秒就可以學會！　　　　　　　　🔊 **Track 128**

❷ What a coincidence！ 真巧！

▶ 這句這樣用

發生了好巧好巧的巧合，用英文要怎麼說呢？像是在公車上又意外相會的茉莉與傑克，或許會對對方說一句：「What a coincidence!」（真巧！）。「coincidence」是個名詞，代表「巧合」的意思。

▶ 來看個例句就知道怎麼用！

A : **We're both wearing blue.**
　　我們都穿藍色呢。

B : **What a coincidence!** 真巧！

還可以使用在這些場景

　　這些絕對用得到的會話當然不只在故事中的場景可以使用，還可以用在很多其他的地方！一起來看看你可以如何在日常生活中用到這些會話。

❶ I can't believe this! 我真無法相信！

發生好事用　爸爸：**We just inherited twenty million!**
　　　　　　　　我們繼承了兩千萬元！

　　　　　　　我：**I can't believe this!**
　　　　　　　　我真無法相信！

發生壞事用　同學：**The History teacher just died.**
　　　　　　　　歷史老師剛過世了。

　　　　　　　我：**I can't believe this!**
　　　　　　　　我真無法相信！

發生很扯的事用　弟弟：**Did you hear that dad adopted an elephant?**
　　　　　　　　你聽說了嗎？爸爸收養了一頭大象耶。

　　　　　　　我：**I can't believe this!**
　　　　　　　　我真無法相信！

❷ What a coincidence! 真巧！

在街上用　同學：**Hey, fancy seeing you here!**
　　　　　　　　欸，居然在這裡遇見你！

　　　　　　　我：**What a coincidence!**
　　　　　　　　真巧！

在辦公室用　同事：**You got a burger for breakfast? Me too.**
　　　　　　　　你早餐吃漢堡喔？我也是。

　　　　　　　我：**What a coincidence!**
　　　　　　　　真巧！

在學校用　同學：**Class got cancelled because all the professors got sick.**
　　　　　　　　今天沒課，因為教授們通通病了。

　　　　　　　我：**What a coincidence!**
　　　　　　　　真巧！

Lesson 7

7 道地的：「這是我最喜歡的！／我捨不得把它放下了！」該怎麼說？

💬 先從故事裡找到道地生活會話吧

下面的小故事引導你更快速地進入道地會話的英文世界。即將學到的會話用套色表現，看到的時候可以先想想看你會怎麼說。我們也把延伸單字用底線標示，讓你學得更多喔！

逛書店 At the Bookstore

辛苦了一個禮拜，茉莉最喜歡在星期五的晚上下班後去逛書店。找到一本好書，帶回家配著咖啡細細品嚐，不是很幸福的事嗎？

這天，茉莉在書店瀏覽¹著她最喜歡的「心靈養生」區。她看中了一本封面²好像很有氣質的書，忍不住伸手去拿。正當她一伸出手，她發現有另一隻手也正朝著她想看的書逼近。轉頭一看，她發現這隻手的主人長得非常眼熟。回想了半天，唉呀！原來是那個在公園被她的狗撒尿、在超級市場被她撞倒、在公車上被她壓在地上的男子。之前每次遇到他，她不是羞得想挖個地洞³鑽進去就是緊張得好像看到鬼⁴，所以她都沒有好好注意這個男子的長相。這是她第一次從正常的角度看這個人，她忽然覺得他長得還蠻親切的。「你也喜歡這樣的書嗎？」她淺笑著問。「我最喜歡這個了，每次看都捨不得放下。」如果兩人興趣相投，她覺得真應該買杯咖啡請他才對。畢竟，他被她害慘太多次了……

延伸單字多學一點

❶ 瀏覽 **v.** /braʊz / browse
❷ 封面 **n.** /ˋkʌvɚ / cover
❸ 洞 **n.** / hol / hole
❹ 鬼 **n.** / gost / ghost

💬 道地生活英語會話，這樣用就對了

🕐 只要 *1.3* 秒就可以學會！　　　　　　　　　　　🔊 *Track 129*

Lesson 1
Lesson 2
Lesson 3
Lesson 4
Lesson 5
Lesson 6
Lesson 7
Lesson 8
Lesson 9
Lesson 10
Lesson 11

❶ It's my favorite ! 這是我最喜歡的！

▶ 這句這樣用

　　在書店遇到志同道合的人，發現對方好像跟你喜歡同樣的書，這感覺是不是很令人興奮呢？如果對方這時雙眼發著光，興奮地問你：「你也喜歡這樣的書嗎？」那你當然也要興奮地回答：「It's my favorite!」（這是我最喜歡的！）

　　「It's my favorite!」這一句，當然不只可以用在講「書」上了。只要是任何你最喜歡的東西，舉凡冰淇淋的口味、義大利麵的種類、歌手的專輯……都可以用這句來說你「最喜歡它了！」

▶ 來看個例句就知道怎麼用！

A : **You like mint chocolate chip ice cream too?**
　　你也喜歡薄荷巧克力冰淇淋嗎？

B : **It's my favorite!**
　　這是我最喜歡的！

🕐 只要 *2.0* 秒就可以學會！　　　　　　　　　　　🔊 *Track 130*

❷ I can't put it down ! 我捨不得把它放下了！

▶ 這句這樣用

　　想要說自己很喜歡很喜歡看一本書，我們以前可能會說「翻太多次，翻到書皮都掉了」。但現在的書裝訂得很好，書皮好像不太會掉了，所以我們會說：「I can't put it down!」（我沒辦法把它放下來！），也就是說你太喜歡看這本書了，都捨不得把它放下呢！

▶ 來看個例句就知道怎麼用！

A : **Is that book any good?** 那本書到底好看嗎？
B : **I can't put it down!** 我捨不得把它放下了！

還可以使用在這些場景

　　這些絕對用得到的會話當然不只在故事中的場景可以使用，還可以用在很多其他的地方！一起來看看你可以如何在日常生活中用到這些會話。

❶ It's my favorite! 這是我最喜歡的！

和熟人用

媽媽：**Do I look okay in this dress?**
　　　我穿這件洋裝好看嗎？

我：**Of course, it's my favorite.**
　　當然，這是我最喜歡的一件。

和不熟的人用

路人：**Mmm, I just love this new popsicle flavor.**
　　　嗯，我真喜歡這冰棒的新口味。

我：**It's my favorite!**
　　這是我最喜歡的！

稱讚別人時用

餐廳老闆：**Does our ramen taste fine?**
　　　　　我們的拉麵還好吃嗎？

我：**It's my favorite!**
　　這是我最喜歡的！

❷ I can't put it down! 我捨不得把它放下了！

描述書用

同學：**How's the book?**
　　　那本書怎樣？

我：**I can't put it down!**
　　我捨不得把它放下了！

描述漫畫用

同事：**I haven't read that manga yet. You like it?**
　　　我還沒讀那本漫畫，你喜歡嗎？

我：**I can't put it down!**
　　我捨不得把它放下了！

描述雜誌用

朋友：**You carry that magazine everywhere.**
　　　你去哪都拿著那本雜誌耶。

我：**I can't put it down!**
　　我捨不得把它放下了！

Lesson 7

8 道地的：「真是太棒了！／花這個錢完全值得。」該怎麼說？

💬 先從故事裡找到道地生活會話吧

下面的小故事引導你更快速地進入道地會話的英文世界。即將學到的會話用套色表現，看到的時候可以先想想看你會怎麼說。我們也把延伸單字用底線標示，讓你學得更多喔！

看電影 At the Movies

傑克真是太受寵若驚了。那個狗在他身上噴尿、還每次都把他撞到地上的奇女子，居然在書店¹又給他碰上了，還說要請他喝杯咖啡。這是真的嗎？傑克真的很難以置信。當下他很想拒絕²，因為他覺得只要跟這個女生在一起一定沒有好事，說不定她會把咖啡灑³在他身上。他今天穿新襯衫，花了他上個月一半的薪水買的，他可不想把它再髒。

幸好，傑克靈機一動，想了一個不用喝咖啡，又不會讓這個女生難堪的退路。他說：「妳喜歡的這本書有改編成電影，不然我們去電影院看吧！我請妳！」於是兩人便真的去看電影了。幸好電影很精彩，完全沒有冷場，看完以後兩人也討論劇情討論⁴得很熱絡，異口同聲地覺得：「太棒了，花這個錢完全值得」。傑克很高興，因為他不但看了一場好電影，更重要的是還交了一個新朋友！

延伸單字多學一點

❶ 書店 **n.** ／`bʊk͵stor ／bookstore
❷ 拒絕 **v.** ／dɪ`klaɪn ／decline
❸ 灑 **v.** ／spɪl ／spill
❹ 討論 **v.** ／dɪ`skʌs ／discuss

221

💬 道地生活英語會話，這樣用就對了

🕐 只要 *1.2* 秒就可以學會！　　　　　　　　　　　🔊 *Track 131*

❶ It was spectacular！真是太棒了！

▶ 這句這樣用

　　看了一場很棒的電影，想稱讚這部電影很精彩、特效做得好、音樂好聽到讓你有種回到家的感覺，用英文該怎麼說呢？你可以說：「It was spectacular!」，也就是「真是太棒了！」的意思。因為電影已經演完了，所以用過去式「was」，如果講的是現在還在發生的事則可以說It is spectacular。

　　「spectacular」有「壯觀」的意思，所以適合用來形容華麗特效比較多的電影。如果是感人、溫馨的小品，就比較不適合用「spectacular」來說了。此外，形容之前看到的一些壯觀景色、高聳入雲的建築，也可以說「It was spectacular!」。

▶ 來看個例句就知道怎麼用！

A : **How was that movie you went to yesterday?**
　　你昨天去看的電影怎樣？

B : **It was spectacular!** 真是太棒了！

- -

🕐 只要 *1.9* 秒就可以學會！　　　　　　　　　　　🔊 *Track 132*

❷ It was worth the money. 花這個錢完全值得。

▶ 這句這樣用

　　現在看電影超貴的，每次看一場電影，就覺得錢包彷彿在滴血，心也在淌血。但如果電影非常好看，相信你一定會說「值回票價」吧！用英文說的話，就是：「It was worth the money.」。這句在講任何讓你花了大把銀子，卻覺得很值得的東西時，都可以使用。

▶ 來看個例句就知道怎麼用！

A : **How did you like that concert?** 你覺得那場演唱會怎樣？
B : **It was worth the money.** 花這個錢完全值得。

還可以使用在這些場景

這些絕對用得到的會話當然不只在故事中的場景可以使用，還可以用在很多其他的地方！一起來看看你可以如何在日常生活中用到這些會話。

❶ It was spectacular! 真是太棒了！

稱讚表演　媽媽：**How was the opera?**
那個歌劇表演怎樣？

我：**It was spectacular!**
真是太棒了！

稱讚美景　朋友：**You went to the Great Canyon, right?**
你去了大峽谷，對不對？

我：**It was spectacular!**
那裡真是太棒了！

稱讚音樂　同事：**Did you enjoy the orchestra performance?**
你喜歡那場交響樂表演嗎？

我：**It was spectacular!**
真是太棒了！

❷ It was worth the money. 花這個錢完全值得。

描述吃的　女友：**That was an amazing steak.**
剛剛那個牛排太棒了。

我：**It was worth the money.**
花這個錢完全值得。

描述穿的　阿姨：**Your wedding dress looked just lovely.**
妳的結婚禮服超漂亮的。

我：**It was worth the money.**
花這個錢完全值得。

描述住的　朋友：**The hotel you stayed in looks pretty great in your pictures.**
你住的那家旅館照片看起來很漂亮。

我：**It was worth the money.**
花這個錢完全值得。

223

9 道地的：「剛剛實在是太棒了！／我一定在做夢吧！」該怎麼說？

先從故事裡找到道地生活會話吧

下面的小故事引導你更快速地進入道地會話的英文世界。即將學到的會話用套色表現，看到的時候可以先想想看你會怎麼說。我們也把延伸單字用底線標示，讓你學得更多喔！

看演唱會 At a Concert

自從茉莉和傑克一起去看電影以後，兩人又約出來吃了幾次飯。他們發現他們有很多共同的興趣，不但喜歡的書類似、喜歡的電影類似，更重要的是他們還喜歡一樣的樂團！正好這個樂團要到他們住的城市開演唱會，他們當然不會錯過這個良機，早早就去排隊搶票了。

演唱會當天，兩人帶著螢光棒[1]、水和滿腔的熱血，來到了會場。會場擠得水洩不通，在表演開始的時候，觀眾震耳欲聾的尖叫[2]聲和開到最大的音響，更是讓茉莉懷疑外面的住家窗戶是否還安好。尤其演唱會進行到一半，被重低音震得心跳加速[3]的茉莉，更一度以為自己在夢中呢！但無論如何，茉莉總算是親眼見到了喜歡的樂團、聽到他們的現場演唱。她喜歡的吉他手[4]還對她微笑了一下呢！茉莉覺得自己開心得簡直要飛上天了。兩人一邊走出會場，她一邊不斷地對傑克說：「剛剛真是太棒了！我一定在做夢吧！」

延伸單字多學一點

1. 螢光棒 n. glow stick
2. 尖叫 v. ／skrim／scream
3. 加速 v. speed up
4. 吉他手 n. ／gɪˋtɑrɪst／guitarist

💬 道地生活英語會話，這樣用就對了

⏰ 只要 *1.6* 秒就可以學會！　　　　　　　　　　🔊 *Track 133*

❶ That was amazing! 剛剛真是太棒了！

▶ 這句這樣用

　　看完了演唱會，茉莉和傑克一定是激動得無法自己。但再怎麼激動，也總是得收心回家的。兩人在回家的路上會聊些什麼呢？除了把演唱會前搜刮到的周邊商品拿出來研究以外，我想，他們一定還會說：「That was amazing!」（剛剛實在是太棒了！）。

　　有注意到「That was amazing!」這句話中的過去式be動詞「was」嗎？可見這裡要講的事是剛剛發生的，而不是現在或以後要發生的。所以如果想推薦餐廳、或強力建議朋友去參加某個活動，就只能說「It is amazing!」、「It will be amazing!」，而不能用上面學到的便利貼句型喔！

▶ 來看個例句就知道怎麼用！

A : <u>That was amazing! What a party!</u> 剛剛真是太棒了！好棒的派對！
B : You think? I wish I weren't there. 你覺得喔？我還希望我沒去呢。

- -

⏰ 只要 *1.3* 秒就可以學會！　　　　　　　　　　🔊 *Track 134*

❷ I must be dreaming! 我一定在作夢吧！

▶ 這句這樣用

　　看演唱會的時候、或跟喜歡的偶像見面的時候，是不是常會有自己好像在作夢的感覺呢？有時候整個過程之快，你可能還沒有時間思考，就已經要和你的偶像揮手說掰掰了呢。真像是夢一場啊！想用英文形容這樣的經驗，你可以說：「I must be dreaming!」

▶ 來看個例句就知道怎麼用！

A : Did you see that? <u>I must be dreaming.</u>
　　你有看到嗎？我一定在作夢吧！

B : You're not dreaming. I saw that man suddenly turn into a cow too. 你不是作夢，我也有看到那個男人忽然變成一頭牛。

還可以使用在這些場景

　　這些絕對用得到的會話當然不只在故事中的場景可以使用，還可以用在很多其他的地方！一起來看看你可以如何在日常生活中用到這些會話。

❶ That was amazing! 剛剛實在是太棒了！

> **稱讚表演**

朋友：**Man, did you see the trapeze artists?**
　　　天啊，你剛剛有沒有看到空中飛人的表演？

我：**Yes! That was amazing!**
　　有啊！剛剛實在是太棒了！

> **稱讚比賽**

弟弟：**That was the craziest game I've ever watched.**
　　　這真是我看過最瘋狂的一場比賽。

我：**That was amazing!**
　　剛剛實在是太棒了！

> **稱讚創作**

同學：**How did you like the song I wrote?**
　　　你喜歡我寫的歌嗎？

我：**That was amazing!**
　　寫得實在太棒了！

❷ I must be dreaming! 我一定在作夢吧！

> **描述好事**

朋友：**Did you see? You got accepted into your top pick!**
　　　你看到了嗎？你上第一志願了！

我：**I must be dreaming!**
　　我一定在作夢吧！

> **描述壞事**

表哥：**Grandpa ran your car into a tree. He's fine though.**
　　　爺爺開著你的車撞上樹了。他倒是沒事。

我：**I must be dreaming!**
　　我一定在作夢吧！

> **描述難以相信的事**

同學：**Um, did Mr. Lin just jump into the pool with shoes on?**
　　　呃，林老師怎麼穿著鞋就跳進游泳池了？

我：**I must be dreaming!**
　　我一定在作夢吧！

Lesson 7

10 道地的：「妳願意當我的女朋友嗎？／我很願意。」該怎麼說？

先從故事裡找到道地生活會話吧

下面的小故事引導你更快速地進入道地會話的英文世界。即將學到的會話用套色表現，看到的時候可以先想想看你會怎麼說。我們也把延伸單字用底線標示，讓你學得更多喔！

告白 Confession

和茉莉認識幾個月了，傑克經常在思考一個問題：茉莉和我這麼合得來、喜歡的東西這麼像、人好相處、長得又漂亮，如果她願意當我的女朋友，不是很好嗎？然而，傑克接下來又會考慮很多實際¹的問題，例如茉莉的家境比他好，他開的是破爛的二手車，她卻有錢養兩隻哈士奇。還有，最重要的：茉莉實在太迷糊了，每次和她在一起，不是跌倒就是弄髒衣服，要是和茉莉成為男女朋友，他的人生肯定意外²不斷啊！不過，每次看到茉莉的笑容，他就覺得好像多一點意外也沒關係，蠻值得的。

最後，優柔寡斷³的傑克終於下定決心，帶著花束⁴去問茉莉：「妳願意當我的女朋友嗎？」讓他開心的是，茉莉回答「我很願意」！讓他不開心的是，茉莉在答應的時候踩到他的新皮鞋，回家又要擦好久了……

延伸單字多學一點

❶ 實際的 **adj.** ／`præktɪk!／practical
❷ 意外 **n.** ／`æksədənt／accident
❸ 優柔寡斷的 **adj.** ／ˌɪndɪ`saɪsɪv／indecisive
❹ 花束 **n.** ／bu`ke／bouquet

道地生活英語會話，這樣用就對了

只要 *1.8* 秒就可以學會！　　　　　　　　　　◀ *Track 135*

❷ Will you be my girlfriend?
妳願意當我的女朋友嗎？

▶ 這句這樣用

　　注意了！這可是非常重要的一句英文！想交女朋友的各位，學這一句就對了。就算你像傑克一樣是個優柔寡斷的人，你也可以單刀直入地這麼問：「Will you be my girlfriend?」，簡單明白、毫無曖昧，完全能清楚表達你的心意。

　　除了問「Will you be my girlfriend?」以外，還可以稍微做一點改變，問：「Won't you be my girlfriend?」，這樣帶有一點「要不要當我女朋友？要不要嘛？要不要嘛？」的俏皮感，也很適合比較不想正正經經地告白的人。

▶ 來看個例句就知道怎麼用！

A：**Will you be my girlfriend?** 妳願意當我的女朋友嗎？
B：**Sorry, I don't swing that way.** 抱歉，我們性向不同。

只要 *0.9* 秒就可以學會！　　　　　　　　　　◀ *Track 136*

❷ I'd love to. 我很願意。

▶ 這句這樣用

　　天啊！被喜歡的男生告白了，他問我要不要當他的女朋友。我當然要啊！我該怎麼回答呢？這時就別拐彎抹角了，直截了當地回答他：「I'd love to.」（我很願意。）吧！「I'd love to.」這句也可以用在別人問你要不要做某些事，而你也剛好想要的時候。

▶ 來看個例句就知道怎麼用！

A：**Do you want to go to the zoo?** 你想去動物園嗎？
B：**I'd love to.** 我很想。

還可以使用在這些場景

　　這些絕對用得到的會話當然不只在故事中的場景可以使用，還可以用在很多其他的地方！一起來看看你可以如何在日常生活中用到這些會話。

❶ Will you be my girlfriend? 妳願意當我的女朋友嗎？

在學校用

我：**Will you be my girlfriend?**
　　妳願意當我的女朋友嗎？

學妹：**Of course, senpai!**
　　　當然，學長！

在高級餐廳用

我：**Will you be my girlfriend?**
　　妳願意當我的女朋友嗎？

朋友：**So that's why we're at an expensive restaurant.**
　　　原來是因為這樣我們才來高級餐廳的啊。

在看夜景時用

我：**Look at those beautiful stars! But they're not as beautiful as you. Will you be my girlfriend?**
　　看看那些美麗的星星！但沒有妳美。妳願意當我的女朋友嗎？

同學：**Okay, if you stop with those cheesy lines.**
　　　如果你可以別再講那些噁心台詞我就答應你。

❷ I'd love to. 我很願意。

願意去……

爸爸：**Wanna go get cat food with me?**
　　　想跟我一起去買貓食嗎？

我：**I'd love to.**
　　我很願意。

願意做……

同事：**Would you help me with this report?**
　　　可以幫幫我做這份報告嗎？

我：**I'd love to.**
　　我很願意。

願意當……

男友：**Would you be my wife?**
　　　妳願意當我太太嗎？

我：**I'd love to.**
　　我很願意。

229

Lesson8

在這個部分，你會學到這些生活會話：

★自告奮勇請客時，應該說……

★表達喜好時，應該說……

★很餓、很怕、很緊張時，應該說……

1/道地的：「你想做什麼？／什麼都好。」該怎麼說？

先從故事裡找到道地生活會話吧

下面的小故事引導你更快速地進入道地會話的英文世界。即將學到的會話用套色表現，看到的時候可以先想想看你會怎麼說。我們也把延伸單字用底線標示，讓你學得更多喔！

第一次約會 First Date

這天是茉莉與傑克的第一次約會¹。茉莉是個想到哪裡做到哪裡的人，所以她完全沒有做什麼準備，就這樣套上洋裝便開開心心地出門了。約會嘛！就是要輕鬆²一點啊！

想不到，她到了現場才發現傑克做了很多功課，查了很多第一次約會適合去的地點，還把路線³都規劃好了，偷用公司的印表機⁴印下來，還裝在公司的資料夾帶著，看起來就一副很不會約會的樣子。

傑克一見到茉莉，就很興奮地問她：「妳今天想做什麼？」

「都可以啊，做什麼都好！」

延伸單字多學一點

1. 約會 **n.** /det/ date
2. 輕鬆 **adj.** /rɪˋlækst/ relaxed
3. 路線 **n.** /aɪˋtɪnəˏrɛrɪ/ itinerary
4. 印表機 **n.** /ˋprɪntɚ/ printer

💬 道地生活英語會話，這樣用就對了

🕐 只要 *2.0* 秒就可以學會！　　　　　　　　　🔊 *Track 137*

❶ What would you like to do? 你想做什麼？

Lesson 1
Lesson 2
Lesson 3
Lesson 4
Lesson 5
Lesson 6
Lesson 7
Lesson 8
Lesson 9
Lesson 10
Lesson 11

▶ 這句這樣用

　　如果你是個沒主見的人，和朋友一起出去時，一定常常會問對方「你想做什麼？」，而就算你是個有主見的人，也總是會遇到必須考慮對方的心情的狀況。例如帶你的岳母出去，總不能一意孤行，都不問她想做什麼吧！「你想做什麼？」的英文就是「What would you like to do?」

　　問別人想做什麼時，除了用比較正式的說法說「What would you like to do?」以外，也可以比較不正式、比較直接地問「What do you want to do?」。不過如果面對的是客戶、長輩等，還是用前者比較有禮貌喔！「What do you want to do?」就留給和熟朋友出去玩時用吧！

▶ 來看個例句就知道怎麼用！

A：<u>What would you like to do?</u> 你想做什麼？
B：I would like to grab dinner first. 我想先吃個晚餐。

- -

🕐 只要 *0.6* 秒就可以學會！　　　　　　　　　🔊 *Track 138*

❷ Anything goes. 什麼都好。

▶ 這句這樣用

　　如果對方問你要做什麼、吃什麼、買什麼，但你一點想法也沒有，覺得怎麼樣都好時，該怎麼回答呢？除了最常見的「I don't know.」以外，你還可以說「Anything goes.」，也就是「怎樣都好、什麼都好」的意思。把這一句學起來，待會午餐不知道吃什麼的時候，就可以馬上學以致用啦！

▶ 來看個例句就知道怎麼用！

A：What do you think we should get for lunch?
　　你覺得我們中午該吃什麼？
B：<u>Anything goes.</u> 什麼都好。

還可以使用在這些場景

　　這些絕對用得到的會話當然不只在故事中的場景可以使用，還可以用在很多其他的地方！一起來看看你可以如何在日常生活中用到這些會話。

❶ What would you like to do? 你想做什麼？

和長輩用 阿姨：**Thanks for taking us around today!**
　　　　　　謝謝你今天帶我們出來玩！

　　　　　我：**No problem. What would you like to do?**
　　　　　　沒問題，您想做什麼？

和客戶用 客戶：**It's nice of you to show us around town.**
　　　　　　您願意帶我們在您的城市到處走走看看真是太好了。

　　　　　我：**What would you like to do?**
　　　　　　您想做什麼？

和女友用 我：**What would you like to do?**
　　　　　　妳想做什麼？

　　　　女友：**I just want to sleep.**
　　　　　　我就只想睡。

❷ Anything goes. 什麼都好。

在公司說 同事：**We're ordering drinks. What do you want?**
　　　　　　我們要叫飲料，你要什麼？

　　　　　我：**Anything goes.**
　　　　　　什麼都好。

在學校說 同學：**What do you think we should sing for the choir contest?**
　　　　　　合唱比賽你覺得我們應該唱什麼？

　　　　　我：**Anything goes.**
　　　　　　什麼都好。

在家裡說 媽媽：**What kind of pizza should I order?**
　　　　　　我應該叫哪種披薩？

　　　　　我：**Anything goes.**
　　　　　　什麼都好。

Lesson 8

2 / 道地的：「算我的。／我來（付）吧。」該怎麼說？

Lesson 1

Lesson 2

Lesson 3

Lesson 4

Lesson 5

Lesson 6

Lesson 7

Lesson 8

Lesson 9

Lesson 10

Lesson 11

💬 先從故事裡找到道地生活會話吧

下面的小故事引導你更快速地進入道地會話的英文世界。即將學到的會話用套色表現，看到的時候可以先想想看你會怎麼說。我們也把延伸單字用底線標示，讓你學得更多喔！

浪漫晚餐 Romantic Dinner

茉莉非常期待這一天，因為傑克發薪水，他答應帶她去吃大餐，是高級餐廳耶！茉莉很久沒去高級餐廳吃飯了，因為沒有對象，一個人去吃害羞，跟朋友去又有點奇怪。於是，她這天盛裝打扮，公司的人都說她看起來滿面春風，好像中樂透[1]一樣，害她到下班的時候自己都快相信自己中樂透了。

兩人吃得非常愉快，除了茉莉又把紅酒打翻在傑克的襯衫上以外（傑克現在都會帶兩套衣服出來換），幾乎沒發生什麼意外。而且那個燻鮭魚[2]真是好吃到會升天啊！茉莉吃著吃著，眼淚都快掉下來了。然而，要付帳的時候，傑克忽然發現自己的錢包[3]掉了！傑克總是很容易出包，讓茉莉好氣又好笑。幸好茉莉也剛領薪水，她就豪氣地說：「這次我付吧！算我的就好。」她知道，要是她不付錢，她跟傑克可能就要在這裡洗盤子[4]抵債啦！

延伸單字多學一點

1. 樂透 **n.** /ˋlatərɪ/ lottery
2. 鮭魚 **n.** /ˋsæmən/ salmon
3. 錢包 **n.** /ˋwalɪt/ wallet
4. 盤子 **n.** /dɪʃ/ dish

💬 **道地生活英語會話，這樣用就對了**

⏰ 只要 *0.5* 秒就可以學會！　　　　　　　　　🔊 *Track 139*

❶ It's on me. 算我的。

▶ **這句這樣用**

　　有些人生性慷慨，無論是和朋友、同事吃飯還是跟家人吃飯，總是很愛說「算我的」、「這次我付」。你也是這樣的人嗎？想要用英文帥氣地來一句「算我的」，你可以說：「It's on me.」。很短、很簡單吧！

　　「It's on me.」的使用時機，經常是在要邀請別人去吃飯時就先講好了。不過，如果和你一起吃飯的人非常客氣，還是硬要掏錢包付錢，你就可以再講一次「It's on me.」來阻止他別做傻事了！

▶ **來看個例句就知道怎麼用！**

A : **Let's go get dinner. It's on me.**
　　我們去吃晚餐吧，算我付。

B : **Sure, let me grab my bag.**
　　好，我去拿一下包包。

- -

⏰ 只要 *0.9* 秒就可以學會！　　　　　　　　　🔊 *Track 140*

❷ I'll get it. 我來（付）吧。

▶ **這句這樣用**

　　「It's on me.」通常是在還沒付帳時就先講，那麼如果你看到帳單了，才決定要替你的用餐伙伴付錢，那該說什麼呢？你可以拿著帳單說：「I'll get it.」也就是「我來吧」。電話響的時候，你也可以說一聲「I'll get it.」，告訴其他人你來接就好，他們不用忙。

▶ **來看個例句就知道怎麼用！**

A : **Hey, is that the phone?**
　　喂，那是電話在響嗎？

B : **I'll get it.** 我來接吧。

2 道地的：「算我的。／我來（付）吧。」該怎麼說？

還可以使用在這些場景

這些絕對用得到的會話當然不只在故事中的場景可以使用，還可以用在很多其他的地方！一起來看看你可以如何在日常生活中用到這些會話。

❶ It's on me. 算我的。

和長輩用

阿姨：**How much should we pay?**
我們要付多少？

我：**It's on me.**
算我的。

和朋友用

我：**It's on me.**
算我的。

朋友：**Don't be stupid, it's on me this time.**
別蠢了，這次算我的。

和客戶用

客戶：**Does the restaurant take credit? I don't have cash.**
這餐廳收信用卡嗎？我沒現金。

我：**Don't bother. It's on me.**
別忙了，都算我的。

❷ I'll get it. 我來（付）吧。

在餐廳說

服務生：**Here's the bill.**
帳單來囉。

我：**I'll get it.**
我來付吧。

在家裡說

妹妹：**Is that the doorbell?**
是有人按門鈴嗎？

我：**I'll get it.**
我去看。

在公司說

老闆：**Someone answer the phone! I'm eating.**
誰接一下電話，我在吃東西。

我：**I'll get it.**
我來接。

Lesson 1
Lesson 2
Lesson 3
Lesson 4
Lesson 5
Lesson 6
Lesson 7
Lesson 8
Lesson 9
Lesson 1
Lesson 1

3/ 道地的：「你真好！／我真是受寵若驚！」該怎麼說？

先從故事裡找到道地生活會話吧

下面的小故事引導你更快速地進入道地會話的英文世界。即將學到的會話用套色表現，看到的時候可以先想想看你會怎麼說。我們也把延伸單字用底線標示，讓你學得更多喔！

茉莉收到花 Flowers for Molly

這天是茉莉的生日。一早，她才一走進公司，就看到她的辦公桌上放了一大束的花。她並不以為意，因為每次有員工生日的時候，公司都會自動把花送到員工的桌上來，所以她就把花擺到一邊，開始工作。

到了中午時，她越想越不對：公司以往都只送一朵花，這次怎麼變成一束了？而且還是玫瑰¹耶？茉莉認真地數²了數，居然是九十九朵，要是每個員工生日都這樣搞，公司不會倒嗎？她正在思考這是怎麼回事，忽然手機響³了起來，原來是傑克打來了。

「生日快樂！妳喜不喜歡我的花？」「原來是你送的啊！我還以為是公司送的！」「原來妳以為是公司喔？難怪⁴妳都沒打給我，我還以為妳不喜歡。」「我當然喜歡啊！你真是太好了！我真是受寵若驚！」

延伸單字多學一點

❶ 玫瑰 n. ／roz ／rose
❷ 數 v. ／kaʊnt ／count
❸ （電話）響 v. ／rɪŋ ／ring
❹ 難怪 ph. no wonder

💬 道地生活英語會話，這樣用就對了

⏰ 只要 *1.2* 秒就可以學會！　　　　　　　　　🔊 **Track 141**

❶ You're so sweet！你真好！

▶ 這句這樣用

　　收到了別人送的禮物，是不是很想告訴他：「太謝謝你了！你真是太好了！」呢？尤其是像花這樣的禮物，裡面一定包含了很多的心意。要感謝別人對你的這一份心意，你可以用英文說：「You're so sweet!」

　　「sweet」是「甜的」的意思，常用來形容糖果等等甜甜的東西。但拿來形容人的時候，這個字就不是「甜蜜蜜」的意思了，而帶有「體貼的、貼心的、溫馨的」的意思。所以如果有人跟你說「You're so sweet!」，表示他是在感謝你的貼心與好意，不是在說你像蜜糖一樣甜喔！

▶ 來看個例句就知道怎麼用！

A : I got you some cotton candy! 我幫你買了棉花糖。
B : You're so sweet! 你真好！

⏰ 只要 *1.1* 秒就可以學會！　　　　　　　　　🔊 **Track 142**

❷ I'm flattered！我真是受寵若驚！

▶ 這句這樣用

　　當別人為你做了一件很令你感動的事、讓你有種受寵若驚、「我真的值得你這樣做嗎？」的感覺，你就可以說：「I'm flattered.」。這句話的意思就是「我真是受寵若驚啊！」、「我真的好榮幸啊！」，不但代表了你的感激，同時也有自謙的意思，給人一種「你覺得自己不值得那麼好的待遇」的謙遜感覺。

▶ 來看個例句就知道怎麼用！

A : You have the prettiest ears in the whole world.
　　你的耳朵是全天下第一美。
B : Oh, I'm flattered. 喔，我真是受寵若驚！

還可以使用在這些場景

　　這些絕對用得到的會話當然不只在故事中的場景可以使用，還可以用在很多其他的地方！一起來看看你可以如何在日常生活中用到這些會話。

❶ You're so sweet! 你真好！

和家人用

妹妹：**Let me give you a massage!**
　　　我來幫你按摩一下！

我：**You're so sweet!**
　　妳真好！

和朋友用

朋友：**Here's your birthday card.**
　　　這是給你的生日卡片。

我：**You're so sweet!**
　　你真好！

和同事用

同事：**I cleaned your desk for you.**
　　　我幫你清理了一下桌子。

我：**You're so sweet!**
　　你真好！

❷ I'm flattered. 我真是受寵若驚！

在學校說

同學：**You're voted most popular student in the grade!**
　　　你被投票為全年級最受歡迎的學生！

我：**I'm flattered.**
　　我真是受寵若驚！

在路上說

路上：**My dog likes you. She doesn't usually like strangers.**
　　　我的狗喜歡你耶，牠平常不喜歡陌生人的。

我：**I'm flattered.**
　　我真是受寵若驚！

在公司說

老闆：**Your manager praised you.**
　　　你的主管稱讚了你。

我：**I'm flattered.**
　　我真是受寵若驚！

4 道地的：「小心一點！」該怎麼說？

先從故事裡找到道地生活會話吧

下面的小故事引導你更快速地進入道地會話的英文世界。即將學到的會話用套色表現，看到的時候可以先想想看你會怎麼說。我們也把延伸單字用底線標示，讓你學得更多喔！

開車看星星 Stargazing Night Drive

　　戀愛中的人常會做一些令人摸不著頭緒的事，像茱莉就覺得她好像也漸漸感染到了這種症狀¹。半夜²兩點，她實在睡不著，就打電話給她男友傑克：「我睡不著，我們開車去看星星吧！」

　　「可是現在是十二月耶？很冷耶？」傑克做人非常實際。
　　「我不管，我要看星星。」茱莉無理取鬧。

　　傑克當然吵不過茱莉，所以他們就把外套³穿一穿，真的開車去看星星了。不過到了山上，他們才發現這天是陰⁴天，根本沒有星星可以看，而且茱莉最會跌倒了，所以在黑漆漆的山路上一直摔，還被車子的門夾到，真是禍不單行，傑克只好一直叫她「小心」。但茱莉還是很開心，因為她有一個這麼好的男友，就算她半夜吵著要看星星，他還是會陪著她出來。

延伸單字多學一點

❶ 症狀 **n.** /ˋsɪmptəm / symptom
❷ 半夜 **n.** /ˋmɪd͵naɪt / midnight
❸ 外套 **n.** /kot / coat
❹ 天氣陰的 **adj.** /ˋklaʊdɪ / cloudy

💬 道地生活英語會話，這樣用就對了

⏰ 只要 *0.7* 秒就可以學會！　　　　　　　　　　　📢*Track 143*

❶ Be careful！小心一點！

▶ 這句這樣用

　　走在黑漆漆的山路上，是不是很容易踢到石頭跌倒呢？更可怕的是，會不會遇到蛇啦、熊啦之類的動物呢？如果和你一起夜遊的伙伴走路總是跌跌撞撞的，你就可以適時提醒他：「Be careful!」，也就是「小心一點！」

　　為什麼「Be careful!」這一句沒有主詞呢？這是因為它是命令句，所以把前面的「You should ／You must」給省略了。畢竟在這麼危險的情況下，還要慢慢說落落長的「You should be careful ／You must be careful」，實在很划不來啊！

▶ 來看個例句就知道怎麼用！

A：<u>Be careful!</u> The devil is behind you.
　　小心！惡魔就在你後面！

B：Uh, you mean your mother-in-law? 喔，你是說你岳母喔？

- -

⏰ 只要 *0.5* 秒就可以學會！　　　　　　　　　　　📢*Track 144*

❷ Watch out！小心！

▶ 這句這樣用

　　如果發生了緊急事件，例如看到一顆球朝著你朋友的頭飛過來，你就可以大喊「Watch out!」。雖然和「Be careful」同樣都是「小心！」的意思，但「Watch out!」比較即時，必須馬上做出反應。此外，看到球向朋友的頭飛來，你還可以大喊「Duck!」（快閃），提醒朋友快低頭躲過，只要一個字，很簡單又快速吧！

▶ 來看個例句就知道怎麼用！

A：<u>Watch out!</u> 小心！
B：Wow, thanks! That was close! 哇！謝謝！差一點點呢。

還可以使用在這些場景

　　這些絕對用得到的會話當然不只在故事中的場景可以使用，還可以用在很多其他的地方！一起來看看你可以如何在日常生活中用到這些會話。

Lesson 1
Lesson 2
Lesson 3
Lesson 4
Lesson 5
Lesson 6
Lesson 7
Lesson 8
Lesson 9
Lesson 10
Lesson 11

❶ Be careful. 小心一點。

在郊外用　朋友：**The road is uneven.**
　　　　　　　　路不平耶。
　　　　　　我：**Yeah, be careful.**
　　　　　　　　對啊，小心一點。

在城市用　我：**Be careful. Look both sides before crossing the street.**
　　　　　　　　小心一點。過馬路前要左右看一下。
　　　　　　兒子：**Okay, mom.**
　　　　　　　　好啦，媽媽。

在家裡用　爸爸：**I'm gonna fix the light.**
　　　　　　　　我來修一下電燈。
　　　　　　我：**Be careful.**
　　　　　　　　小心一點。

❷ Watch out! 小心！

球場上說　我：**Watch out!**
　　　　　　　　小心！
　　　　　　同學：**Thanks, nearly got hit by a ball.**
　　　　　　　　謝謝，差點被球打中了。

馬路上說　我：**Watch out!**
　　　　　　　　小心！
　　　　　　朋友：**Whew, almost got hit by the car.**
　　　　　　　　呼，差點被車撞了。

在學校說　我：**Watch out!**
　　　　　　　　小心！
　　　　　　同學：**Thanks for the warning. The teacher almost saw me smoking!**
　　　　　　　　謝謝你提醒我，老師差點就發現我抽菸了！

5/道地的：「我好看嗎？／你覺得呢？」該怎麼說？

先從故事裡找到道地生活會話吧

下面的小故事引導你更快速地進入道地會話的英文世界。即將學到的會話用套色表現，看到的時候可以先想想看你會怎麼說。我們也把延伸單字用底線標示，讓你學得更多喔！

到海邊玩 Trip to the Beach

漫長的冬天過去，春天到了。茉莉其實沒有很喜歡春天，因為蚊子[1]都開始出來了，不過想到終於可以脫掉厚重的外套、穿上輕便的短袖，她還是有種精神一振的感覺。

傑克想必也覺得精神一振，因為天氣一好起來，他馬上就邀茉莉一起去海邊[2]玩。都在一起這麼久了，沒有一起去海邊過的確好像有點說不過去，所以茉莉也一口答應。然而都到了出發前一天，她才發現找不到她心愛的比基尼[3]，一問之下才知道她阿嬤以為是抹布[4]，拿去擦地扳了。茉莉只好打電話約好姊妹麗芙出來，陪她去買新的比基尼，並不斷逼問她：「妳覺得怎樣？我這樣好看嗎？」經過一次又一次的試穿，她終於找到了簡直是為她量身打造的藍色比基尼。她覺得，這次去海邊一定會玩得很開心……

延伸單字多學一點

❶ 蚊子 **n.** /məsˋkito / mosquito
❷ 海邊 **n.** /bitʃ / beach
❸ 比基尼 **n.** /brˋkinɪ / bikini
❹ 抹布（髒而破舊的布） **n.** /ræg / rag

💬 道地生活英語會話，這樣用就對了

🕐 只要 *1.4* 秒就可以學會！　　　　　　　　　🔊 *Track 145*

Lesson 1
Lesson 2
Lesson 3
Lesson 4
Lesson 5
Lesson 6
Lesson 7
Lesson 8
Lesson 9
Lesson 10
Lesson 11

❶ Do I look good? 我好看嗎？

▶ **這句這樣用**

　　和好姊妹去逛街買衣服，試穿的時候當然不能在試衣間裡顧影自憐，一定會出來問問好姊妹的意見。如果你想請教姊妹們自己穿上這套衣服好不好看，你就可以説：「Do I look good?」

　　「Do I look good?」除了在試穿衣服的時候以外，平常只要想問朋友對你當時外貌與打扮的看法，都可以用這一句。如果一定要限定問「我『穿這件』好不好看？」，則可以説「Do I look good in this?」，這樣朋友就知道你要問的是這件衣服穿在你身上如何，而不是要問他你今天的頭髮、造型等等好不好看了。

▶ **來看個例句就知道怎麼用！**

A：**Do I look good?** 我好看嗎？
B：**Yes. These jeans suit you.** 好看，這牛仔褲跟你很搭。

- -

🕐 只要 *1.2* 秒就可以學會！　　　　　　　　　🔊 *Track 146*

❷ What do you think? 你覺得呢？

▶ **這句這樣用**

　　有時買衣服也得花不小的一筆錢，所以在下決定購買之前一定都會猶豫好一陣子。這時大家通常都會問旁邊的朋友「你覺得呢？」，徵求他的意見。這種時候，用英文就可以説：「What do you think?」。當然，不只在買衣服的時候，只要是想徵求別人的意見，都可以用這一句的。

▶ **來看個例句就知道怎麼用！**

A：**What do you think? Should I go or not?**
　　你覺得呢？我該去還是不該去？
B：**Of course you should! It's your sister's wedding.**
　　你當然該去啊！是你姊的婚禮耶。

還可以使用在這些場景

這些絕對用得到的會話當然不只在故事中的場景可以使用，還可以用在很多其他的地方！一起來看看你可以如何在日常生活中用到這些會話。

❶ Do I look good? 我好看嗎？

試衣間用　我：**Do I look good?**
　　　　　　　　我好看嗎？
　　　　　　朋友：**To be honest, no.**
　　　　　　　　老實說，不好看。

約會前用　我：**Do I look good?**
　　　　　　　　我好看嗎？
　　　　　　媽媽：**Just perfect.**
　　　　　　　　完美。

拍照前用　我：**Do I look good?**
　　　　　　　　我好看嗎？
　　　　　　朋友：**You're fine, hurry up and come over.**
　　　　　　　　很好啦，快點過來拍。

❷ What do you think? 你覺得呢？

徵求作品意見用　我：**What do you think? Is my painting okay?**
　　　　　　　　　你覺得呢？我的畫作好看嗎？
　　　　　　　朋友：**I don't really understand it but I guess so.**
　　　　　　　　　我看不太懂，不過大概不錯吧。

徵求打扮意見用　我：**What do you think? Does this fit me?**
　　　　　　　　　你覺得呢？這適合我嗎？
　　　　　　　姊姊：**Looks okay to me.**
　　　　　　　　　我覺得看起來不錯啊。

徵求計畫意見用　我：**What do you think? Should we go with plan A or B?**
　　　　　　　　　你覺得呢？我們應該採用A計畫還是B計畫？
　　　　　　　同事：**It really depends on what the manager says.**
　　　　　　　　　這就要看主管怎麼說了。

6 道地的：「**我好害怕！**」該怎麼說？

先從故事裡找到道地生活會話吧

下面的小故事引導你更快速地進入道地會話的英文世界。即將學到的會話用套色表現，看到的時候可以先想想看你會怎麼說。我們也把延伸單字用底線標示，讓你學得更多喔！

到遊樂園玩 At an Amusement Park

從小，傑克就發現一個奇怪的定律，就是他身邊的男性朋友進了鬼屋都很快樂地到處嚇女生，但在雲霄飛車上就害怕到不行。相反地，他身邊的女性朋友都在鬼屋裡嚇得哇哇叫「我好害怕」，坐雲霄飛車時卻老神在在，老神在在到在雲霄飛車上還有空<u>剪指甲</u>[1]的地步。

這次和他女友茉莉一起去<u>遊樂園</u>[2]，這個定律又再一次得到證實。在鬼屋裡哭著抓著他的衣服不敢抬頭的茉莉，一上了<u>海盜</u>[3]船就好像回到家一樣，隨著海盜船越<u>盪</u>[4]越高，她還有閒情逸致指出下面的遊樂設施給傑克看，跟他說「待會我們去玩那個」。下了海盜船，傑克吐了一地，茉莉還拉著他要去坐雲霄飛車。傑克只能感嘆：當個好男友真辛苦啊！

延伸單字多學一點

1. 剪指甲 **v.** file nails
2. 遊樂園 **n.** amusement park
3. 海盜 **n.** /ˋpaɪrət/ pirate
4. 盪 **v.** /swɪŋ/ swing

💬 道地生活英語會話，這樣用就對了

⏰ 只要 *0.7* 秒就可以學會！　　　　　　　🔊 *Track 147*

❶ I'm scared！ 我好怕！

▶ 這句這樣用

　　到了鬼屋覺得很害怕、不敢進去嗎？還是看到雲霄飛車就腿軟、不敢坐呢？無論你怕的是什麼，你都可以在看到可怕的東西時適時地來一句「I'm scared!」（我好怕！）來表達你的恐懼。

　　覺得光是說「I'm scared!」還不夠表達自己有多害怕的話，還可以加上一些副詞來強調害怕的程度，例如「I'm so scared!」（我好怕！）、「I'm really scared!」（我真的很怕！）。想強裝冷靜，說自己只有一點點害怕，也可以加上副詞，說「I'm kind of scared.」（我有點怕）、「I'm a little bit scared.」（我有一點點怕）。

▶ 來看個例句就知道怎麼用！

A：**Come on! My dog doesn't bite.** 來嘛！我的狗不咬人的。
B：**I'm scared!** 我怕啦！

- -

⏰ 只要 *0.9* 秒就可以學會！　　　　　　　🔊 *Track 148*

❷ I'm horrified！ 我好害怕！

▶ 這句這樣用

　　覺得「scared」聽起來太小兒科了？那你還可以說「I'm horrified!」。horrified和scared都是「害怕的」的意思，但horrified的程度比較嚴重。舉例來說，如果你怕蛇，看到一隻小蛇在遙遠的路邊悠悠滑過去，你會說：「I'm scared!」，而如果你看到一隻比你還要大的蛇就在你身旁，你就會說「I'm horrified!」了。

▶ 來看個例句就知道怎麼用！

A：**Did you hear about the serial killer?**
　　你有聽說那個連續殺人犯的事嗎？
B：**Yes! I'm horrified!** 有啊！我好怕！

還可以使用在這些場景

　　這些絕對用得到的會話當然不只在故事中的場景可以使用，還可以用在很多其他的地方！一起來看看你可以如何在日常生活中用到這些會話。

Lesson 1
Lesson 2
Lesson 3
Lesson 4
Lesson 5
Lesson 6
Lesson 7
Lesson 8
Lesson 9
Lesson 10
Lesson 11

❶ I'm scared! 我好怕！

看新聞用

爸爸：**Did you see the news about the deadly virus?**
你有看到那個致命病毒的新聞嗎？

我：**Yes! I'm scared!**
有啊！我好怕！

看電影用

朋友：**Stop covering your eyes and watch the zombies!**
不要一直遮眼睛，好好看僵屍啦！

我：**But I'm scared!**
可是我怕啊！

進鬼屋用

同學：**Come on, it's no biggie.**
來嘛，沒什麼大不了的。

我：**I'm scared!**
我好怕！

❷ I'm horrified! 我好害怕！

看到可怕的東西用

爸爸：**There's a giant spider behind you.**
你後面有一隻巨大蜘蛛。

我：**I'm horrified!**
我好害怕！

看到可怕的畫面用

朋友：**This is the most exciting and bloodiest part of the show.**
這是這節目最刺激也最血腥的部分。

我：**I'm horrified!**
我好害怕！

聽到可怕的消息用

老師：**A rapist escaped from jail.**
有個強暴犯從牢裡逃出來了。

我：**I'm horrified!**
我好害怕！

Lesson 8

7／道地的：「**我比較喜歡這個。**」該怎麼說？

💬 先從故事裡找到道地生活會話吧

下面的小故事引導你更快速地進入道地會話的英文世界。即將學到的會話用套色表現，看到的時候可以先想想看你會怎麼説。我們也把延伸單字用底線標示，讓你學得更多喔！

一起逛街 Shopping Together

這天，傑克和茉莉兩人約好一起出來逛街，要挑一台新的<u>筆電</u>[1]送傑克的<u>小姪女</u>[2]。現在的電腦真是越來越高科技、越來越輕薄短小可愛，還有<u>觸控螢幕</u>[3]呢！「我比較喜歡這個。」茉莉指著一台粉紅色的筆電說。「那一台不好啦，它的USB插口都做在左邊，這樣如果<u>滑鼠</u>[4]線很短就很麻煩。」傑克搖頭。

「那我喜歡這一台，它看起來很輕、很好帶。」茉莉又指著另一台小筆電說。「是很輕沒錯，可是它沒有附光碟機耶！」傑克又搖頭。「我們是要買來送人的，又不是自己要用的，那麼計較幹嘛？」茉莉指出。傑克想想也對，他們又不是自己要用的，所以他們就買了最便宜的一台筆電交差了。真是一對毫不體貼的情侶！

延伸單字多學一點

❶ 筆電 **n.** ／ˋlæptɑp ／laptop
❷ 姪女 **n.** ／nis ／niece
❸ 觸控螢幕 **n.** touch screen
❹ 滑鼠 **n.** ／maʊs ／mouse

💬 道地生活英語會話，這樣用就對了

🕐 只要 *1.8* 秒就可以學會！　　　　　　　　　　🔊 *Track 149*

❶ I like this one better. 我比較喜歡這個。

▶ 這句這樣用

在購物挑東西的時候，面對著琳瑯滿目不同型號、不同造型的產品，大家是不是都能很快從中找到自己最想要的一種呢？如果想跟一同逛街的伙伴說：「我比較喜歡這個」，你可以說：「I like this one better.」

沒錯，幾個東西相比下來，你覺得「比較喜歡」某一個，就可以說「I like this one better.」。但如果你在所有的東西裡面「最喜歡」某一個呢？你可以說「I like this one the best.」或者「I like this one the most.」

▶ 來看個例句就知道怎麼用！

A：Which should I get?
我該買哪一個？

B：I like this one better.
我比較喜歡這個。

- -

🕐 只要 *1.6* 秒就可以學會！　　　　　　　　　　🔊 *Track 150*

❷ I prefer this one. 我比較喜歡這個。

▶ 這句這樣用

除了「I like this one better.」以外，另一個聽起來好像比較簡潔的說法就是「I prefer this one.」。「prefer」是「比較喜歡」、「比較想要」的意思，所以它一個字就可以抵「like...better」兩個字，感覺比較俐落一些。喜歡用哪一個都可以，就看你的習慣吧！

▶ 來看個例句就知道怎麼用！

A：You should get that bag. 你應該買那個包包。

B：No, I prefer this one. 不要，我比較喜歡這個。

還可以使用在這些場景

　　這些絕對用得到的會話當然不只在故事中的場景可以使用，還可以用在很多其他的地方！一起來看看你可以如何在日常生活中用到這些會話。

❶ I like this one better. 我比較喜歡這個。

挑衣服用

媽媽：**Which one looks better on me?**
　　　我穿哪件比較好看？

我：**I like this one better.**
　　我比較喜歡這個。

挑電子產品用

朋友：**Hmm, which tablet do you think I should buy?**
　　　嗯，你覺得我應該買哪一台平板電腦？

我：**I like this one better.**
　　我比較喜歡這個。

挑餐廳用

太太：**Which restaurant should we go for our anniversary?**
　　　結婚紀念日要去哪一家餐廳？

我：**I like this one better.**
　　我比較喜歡這家。

❷ I prefer this one. 我比較喜歡這個。

挑房子用

媽媽：**We're looking for places to rent.**
　　　我們在找房子租。

我：**I prefer this one.**
　　我比較喜歡這個。

挑產品用

主管：**Which product do you think we should import?**
　　　你覺得我們應該進口哪個產品？

我：**I prefer this one.**
　　我比較喜歡這個。

挑食物用

朋友：**What brand of chocolate is better?**
　　　哪牌的巧克力比較好？

我：**I prefer this one.**
　　我比較喜歡這種牌子的。

8 道地的：「**我好餓。**」該怎麼說？

Lesson 1

Lesson 2

Lesson 3

Lesson 4

Lesson 5

Lesson 6

Lesson 7

Lesson 8

Lesson 9

Lesson 10

Lesson 11

先從故事裡找到道地生活會話吧

下面的小故事引導你更快速地進入道地會話的英文世界。即將學到的會話用套色表現，看到的時候可以先想想看你會怎麼說。我們也把延伸單字用底線標示，讓你學得更多喔！

一起煮菜 Cooking Together

　　這個週末，傑克與茉莉心血來潮地打算一起做飯。他們先甜甜蜜蜜地到超級市場採購了一番，然後再帶著新買的大魚大肉來到茉莉家的廚房[1]。但是只要有茉莉在的地方就會發生意外，所以他們首先把莎莎醬[2]摔破在地，花了半個小時的時間收拾殘局，接著又忘了在鍋子[3]裡放水，以致鍋子一直空燒，漸漸傳出焦味。後來不知怎地油鍋還轟地一聲起火，越燒越大，茉莉情急之下拿著手中的蛋朝著油鍋丟，蛋汁四濺，但不知道為什麼，這樣反而真的把火撲滅[4]了。

　　最後，兩人都已經飢腸轆轆了，還是沒有做出任何可以吃的菜餚。看著一片混亂的廚房，他們決定再這樣餓下去也不是辦法，所以就打電話去叫披薩了。兩人一邊坐在客廳看電視一邊等披薩送來，一邊抱怨「我好餓」，一邊同時嘆道：早知道一開始就叫披薩了！

延伸單字多學一點

1. 廚房 **n.** /ˋkɪtʃɪn/ kitchen
2. 莎莎醬 **n.** /ˋsɑlsə/ salsa
3. 鍋子 **n.** /pɑt/ pot
4. 撲滅（火）**v.** put out (a fire)

道地生活英語會話，這樣用就對了

只要 *1.0* 秒就可以學會！　　　　　　　　　　　　　　**Track 151**

❶ I'm hungry. 我好餓。

▶ 這句這樣用

　　想必大家並不會像傑克和茉莉一樣，只不過煮個菜就像上戰場。但像他們一樣飢腸轆轆的感覺，大家倒是一定都體驗過吧！在排好幾個小時的隊去吃很有名的餐廳時、或是在晚上六點上課時……你肯定很想跟旁邊的人抱怨「我好餓」。這時就來一句「I'm hungry.」吧！

　　人在肚子餓的時候，總是會口不擇言。覺得單純的「I'm hungry.」根本無法形容你飢餓的程度嗎？不妨加上一些更生動的形容方式，如：「I'm so hungry that I'm about to die.」（我餓到快死了）、「I'm so hungry that I could eat a horse.」（我餓到可以吃下一匹馬）。

▶ 來看個例句就知道怎麼用！

A：**I'm hungry.** 我好餓。
B：**We can order pizza.** 我們可以叫披薩。

- -

只要 *1.1* 秒就可以學會！　　　　　　　　　　　　　　**Track 152**

❷ I'm starving. 我好餓。

▶ 這句這樣用

　　除了用「I'm hungry.」來表達自己肚子餓了，還可以說程度更嚴重的「I'm starving.」。starving和hungry雖然都是「餓的」意思，但starving的程度更重，也就是更餓。像是大家形容難民兒童沒有東西吃、亟需救援，就常會用「starving」，而形容等著吃火鍋、但火鍋店沒位子這種比較不嚴重的餓，則用「hungry」就好。

▶ 來看個例句就知道怎麼用！

A：**Mom, I'm starving!** 媽，我好餓！
B：**Stop whining.** 不要一直哀嚎。

還可以使用在這些場景

這些絕對用得到的會話當然不只在故事中的場景可以使用，還可以用在很多其他的地方！一起來看看你可以如何在日常生活中用到這些會話。

❶ I'm hungry. 我好餓。

上課時用

我：**I'm hungry.**
我好餓。

同學：**Hang in there; class is over in ten.**
撐著點，十分鐘就下課了。

晚餐前用

我：**I'm hungry.**
我好餓。

媽媽：**Stop complaining, or cook dinner yourself.**
不要抱怨了，不然你自己來煮啊。

餐廳排隊用

我：**I'm hungry.**
我好餓。

服務生：**Sorry to keep you waiting.**
讓你們等真不好意思。

❷ I'm starving. 我好餓。

和朋友用

我：**I'm starving.**
我好餓。

朋友：**So? So am I!**
那又怎樣？我也餓啊！

和家人用

我：**I'm starving.**
我好餓。

外婆：**Poor baby, have some roast pork!**
可憐的寶貝，吃點烤豬肉吧！

和同事用

我：**I'm starving.**
我好餓。

同事：**Good thing I've got cookies.**
幸好我有餅乾。

Lesson 8

9 道地的：「你最喜歡哪一個？」該怎麼說？

💬 先從故事裡找到道地生活會話吧

下面的小故事引導你更快速地進入道地會話的英文世界。即將學到的會話用套色表現，看到的時候可以先想想看你會怎麼説。我們也把延伸單字用底線標示，讓你學得更多喔！

動物園 At the Zoo

身為動物愛好人士[1]，傑克與茉莉最理想的約會地點[2]當然就是動物園。兩人常常到動物園買個冰淇淋，邊看各種可愛的動物邊吃。雖然他們到動物園的次數已經多到動物都快認識他們了，茉莉也已經記清楚園內所有廁所的位置，他們還是樂此不疲。

這天，他們在動物園門口，邊吃著枝仔冰，邊你一言我一語地決定要先看哪一種動物好。但因為兩個人都沒什麼主見，所以他們一直問對方「你最喜歡哪一種動物？」、「你今天想先看哪一種？」，問到枝仔冰都已經吃光了，他們又去買了兩枝，還是沒有解決[3]這個問題。最後兩個人只好用猜拳[4]的方式，決定先去看企鵝。

延伸單字多學一點

❶ 動物愛好人士 **n.** animal lover
❷ 地點 **n.** /loˋkeʃən/ location
❸ 解決（問題）**v.** solve (the problem)
❹ 猜拳 **n.** rock-paper-scissors

💬 道地生活英語會話，這樣用就對了

🕐 只要 *1.5* 秒就可以學會！　　　　　　　　　　🔊*Track 153*

❶ Which is your favorite? 你最喜歡哪一個？

▶ 這句這樣用

　　大家有沒有過在動物園門口拿著園內地圖、規劃路線的經驗呢？這時，如果你不確定你朋友到底喜歡哪一種動物，你一定會問你的朋友：「Which is your favorite?」（你最喜歡哪一個？）

　　「Which is your favorite?」其實就等於「Which one is your favorite?」。對於這樣的問句，回答的時候可以說「某事物 is my favorite.」，例如若你最喜歡北極熊，你就可以說「The polar bear is my favorite.」。不想要這麼麻煩的話，對於這樣的問句直接回答你最喜歡的東西的名稱，也是可以的。

▶ 來看個例句就知道怎麼用！

A : Look at all those kittens! Which is your favorite?
看看這麼多小貓！你最喜歡哪一隻？

B : The orange tabby! 橘色斑紋的！

- -

🕐 只要 *1.7* 秒就可以學會！　　　　　　　　　　🔊*Track 154*

❷ Which do you like best? 你最喜歡哪一個？

▶ 這句這樣用

　　和「Which is your favorite?」意思大抵相同的一句就是「Which do you like best?」。回答這句問句的方式是「I like 某事物 the best.」，例如最喜歡獅子的你就可以說「I like lions the best.」注意看看，是不是和「Which is your favorite?」的答法不太一樣呢？

▶ 來看個例句就知道怎麼用！

A : You sure have a lot of scarves. Which do you like best?
你的圍巾還真多。你最喜歡哪一條？

B : I like the Christmas-y one the best. 我最喜歡聖誕風那條。

還可以使用在這些場景

這些絕對用得到的會話當然不只在故事中的場景可以使用，還可以用在很多其他的地方！一起來看看你可以如何在日常生活中用到這些會話。

❶ Which is your favorite? 你最喜歡哪一個？

逛街時用

姊姊：**All those hats! Which is your favorite?**
這麼多帽子耶！你最喜歡哪一頂？

我：**The blue one.**
藍色的那頂。

挑口味用

朋友：**I like the vanilla flavor best. Which is your favorite?**
我最喜歡香草口味的。你最喜歡哪一種？

我：**Probably strawberry.**
大概是草莓吧。

挑地點用

同事：**We're trying to decide on a restaurant for next quarter's meeting. Which is your favorite?**
我們要決定一間餐廳來辦下一季的會議。你最喜歡哪一家？

我：**The Italian restaurant, maybe.**
大概是那家義大利餐廳吧。

❷ Which do you like best? 你最喜歡哪一個？

挑商品用

媽媽：**So many laptops! We can't buy them all. Which do you like best?**
這麼多台筆電，怎麼可能全買得起。你最喜歡哪一台？

我：**I like the white one the best, I think.**
我想我最喜歡白色的。

挑偶像用

同學：**There are so many members in this group. Which do you like best?**
這個團體好多成員喔，你最喜歡哪一個？

我：**The captain.** 隊長。

挑球隊用

朋友：**There are sixteen teams. Which do you like best?**
有十六隊，你最喜歡哪一隊？

我：**I support my hometown team.**
我支持我家鄉主場的隊伍。

Lesson 8

10 道地的：「**我好緊張！／你會沒事的。**」該怎麼說？

💬 先從故事裡找到道地生活會話吧

下面的小故事引導你更快速地進入道地會話的英文世界。即將學到的會話用套色表現，看到的時候可以先想想看你會怎麼說。我們也把延伸單字用底線標示，讓你學得更多喔！

見父母 Meeting her Parents

緊張又刺激的一天終於到了！交往了一年，傑克與茉莉的父母都已經迫不及待想見見對方了，該來的總是會來的，所以傑克與茉莉只好安排¹了一天和雙方的家人一起吃個飯、彼此熟悉熟悉。

出發到餐廳前，傑克一直抓著自己的好友史考特哭訴：「我好緊張！」茉莉家蠻有錢²的，她爸爸媽媽感覺都很不好惹，而傑克家裡就是沒那麼有錢，媽媽在家雖然很兇，但一碰到外人就快昏倒³，他甚至開始擔心自己的父母會被對方的父母欺負。幸好史考特陪著傑克打了兩場電動，安慰他「你會沒事的、一切都會很順利⁴」，傑克才稍微冷靜下來⋯⋯

延伸單字多學一點

❶ 安排 **v.** ／əˋrendʒ ／arrange
❷ 有錢的 **adj.** ／rɪtʃ ／rich
❸ 昏倒 **v.** ／fent ／faint
❹ 順利的 **adj.** ／smuð ／smooth

💬 道地生活英語會話，這樣用就對了

⏰ 只要 *1.3* 秒就可以學會！　　　　　　　　　🔊 *Track 155*

❶ I'm so nervous! 我好緊張！

▶ 這句這樣用

　　要見男女朋友的父母，想當然一定是很緊張的。要和朋友大吐苦水、表達自己的緊張，用英文說就是「I'm so nervous!」。當然，不只見男女朋友父母時，報告前、考試前、表演前……只要你緊張，就可以用這一句。

　　「nerve」這個名詞有「神經」的意思，也難怪變成形容詞「nervous」以後，就是「緊張得神經神經的」的意思啦！和「nerve」相關的形容詞還有「unnerving」，是「使人緊張的」的意思。

▶ 來看個例句就知道怎麼用！

A：**Oh, man, the exam is starting in 10 minutes!**
　　天啊，再10分鐘就考試了！

B：**I'm so nervous!** 我好緊張！

- -

⏰ 只要 *1.2* 秒就可以學會！　　　　　　　　　🔊 *Track 156*

❷ You'll be fine. 你會沒事的。

▶ 這句這樣用

　　朋友要見未來的岳父母，緊張到不行嗎？這時該說什麼安慰他呢？你可以說：「You'll be fine.」，也就是「你會好好的」、「你會沒事的」的意思。在朋友要上考場前、上台表演前，也可以拍拍他的背和他說這一句，他一定會萬分感激。

▶ 來看個例句就知道怎麼用！

A：**I can't do this! I can't handle this presentation!**
　　我做不到！我沒辦法報告！

B：**Calm down, you'll be fine.**
　　冷靜點，你會沒事的啦。

還可以使用在這些場景

　　這些絕對用得到的會話當然不只在故事中的場景可以使用，還可以用在很多其他的地方！一起來看看你可以如何在日常生活中用到這些會話。

❶ I'm so nervous! 我好緊張！

上台前用

我：I'm so nervous! What if I forget my lines?
我好緊張！如果我忘詞怎麼辦？

同學：Improvise, man, improvise.
就自己發明台詞囉。

考試前用

我：I'm so nervous! I'll never pass!
我好緊張！我絕對考不過的！

老師：It's not that bad.
沒那麼糟吧。

面試前用

我：I'm so nervous! They'll never like me!
我好緊張！他們絕不會喜歡我的！

朋友：You worry too much.
你擔心太多了。

❷ You'll be fine. 你會沒事的。

安慰家人用

哥哥：Ugh, I'm so worried about the interview.
嗚，我好擔心面試的事。

我：You'll be fine.
你會沒事的。

安慰朋友用

朋友：I'm going to confess to my crush. Wish me luck!
我要和我暗戀的人告白了，祝我好運啊！

我：You'll be fine.
你會沒事的。

安慰同事用

同事：Do you think the CEO will hate me if I ruin tomorrow's presentation?
如果我明天的報告搞砸了，你覺得總經理會不會討厭我？

我：You'll be fine.
你會沒事的。

261

Lesson 9

在這個部分，你會學到這些生活會話：

★各種節日祝福時，應該說……

★表達喜好時，應該說……

★難過想家時，應該說……

Lesson 9

1 道地的：「你的新希望是什麼呢？／ 多燦爛啊！」該怎麼說？

先從故事裡找到道地生活會話吧

下面的小故事引導你更快速地進入道地會話的英文世界。即將學到的會話用套色表現，看到的時候可以先想想看你會怎麼說。我們也把延伸單字用底線標示，讓你學得更多喔！

新年 New Year

　　這是兩人在一起以來的第一個新年。既然如此，當然要來一點不普通¹的跨年方式，所以兩人就收拾行囊到市區佔位子，準備看煙火跨年。這根本就超普通的好嗎！

　　雖然很普通，不過兩人還是滿臉洋溢著幸福的神情，手牽手²倒數，旁邊單身的人都在瞪他們。看完煙火時，還要很戲劇化³地跟對方說：「多麼燦爛的煙火啊！」「你的新年新希望是什麼呢？」「當然是永遠⁴和妳在一起啊，嘻嘻！」讓旁邊的人都很想巴他們的頭。不過兩人這時是不太在乎旁人眼光的，因為正沉浸在幸福中嘛！

延伸單字多學一點

❶ 普通的 **adj.** /ˈɔrdn͵ɛrɪ / ordinary
❷ 手牽手地 **adv.** hand-in-hand
❸ 戲劇化的 **adj.** /drəˈmætɪk / dramatic
❹ 永遠地 **adv.** /fəˈɛvə / forever

道地生活英語會話，這樣用就對了

只要 *2.1* 秒就可以學會！　　　　　　　　　　　　　　　*Track 157*

❶ What are your resolutions?
你的新希望是什麼呢？

▶ 這句這樣用

　　說到新年，一定要會的一個單字就是「resolution」，是「決心」的意思，搭配「New Year's」（新年的），則是「新年新希望」的意思，也就是你這一年計畫／希望能完成的事。所以，你就可以在過新年時問別人：「What are your (New Year's) resolutions?」（你的新年新希望是什麼呢？）

　　如同前面所說，resolution有「決心」的意思，因此和你「決定要做什麼」比較有關，而不是和「希望得到什麼」比較有關。也就是說，你的「New Year's resolutions」（新年新希望）不會是「我希望能得到一匹小馬」、「我希望我能突然變成E罩杯」，而應該是「我希望能成績進步」、「我希望能去登山」這種憑自己力量做得到的。

▶ 來看個例句就知道怎麼用！

A：<u>What are your resolutions?</u> 你有什麼新希望？
B：I want to be nicer to my parents. 我想對父母好一點。

只要 *0.8* 秒就可以學會！　　　　　　　　　　　　　　　*Track 158*

❷ How dazzling！ 多燦爛啊！

▶ 這句這樣用

　　看完漂亮的新年煙火，你可能會和旁邊的人說：「好燦爛的煙火啊！」那麼，「燦爛的、耀眼的」的英文怎麼說呢？你可以說「dazzling」，整句則可以說「How dazzling!」（多燦爛啊！）

▶ 來看個例句就知道怎麼用！

A：Look at those fireworks! <u>How dazzling!</u> 你看那煙火！多燦爛啊！
B：How noisy! 多吵啊！

還可以使用在這些場景

　　這些絕對用得到的會話當然不只在故事中的場景可以使用，還可以用在很多其他的地方！一起來看看你可以如何在日常生活中用到這些會話。

❶ What are your resolutions? 你的新希望是什麼呢？

和晚輩用

我：**What are your resolutions?**
　　你的新希望是什麼呢？

孫子：**I want to grow taller!**
　　　我想長高！

和朋友用

我：**What are your resolutions?**
　　你的新希望是什麼呢？

朋友：**For my birthday? I want to form my own band.**
　　　你說我生日的新希望嗎？我想自己組個樂團。

和同事用

我：**What are your resolutions?**
　　你的新希望是什麼呢？

同事：**My New Year's resolutions are to sleep more.**
　　　我的新年新希望是睡多一點。

❷ How dazzling! 多燦爛啊！

看燈會說

媽媽：**Look at all those lanterns!**
　　　看看這麼多燈籠！

我：**How dazzling!**
　　多燦爛啊！

看煙火說

男友：**Wow, did you see the fireworks?**
　　　哇，你有看到煙火嗎？

我：**How dazzling!**
　　多燦爛啊！

看正妹說

朋友：**Man, look at her smile.**
　　　欸，妳看看她的笑容。

我：**How dazzling!**
　　多燦爛啊！

Lesson 9

2 道地的：「情人節快樂！／我真愛你。」該怎麼說？

先從故事裡找到道地生活會話吧

下面的小故事引導你更快速地進入道地會話的英文世界。即將學到的會話用套色表現，看到的時候可以先想想看你會怎麼說。我們也把延伸單字用底線標示，讓你學得更多喔！

情人節 Valentine's Day

兩人在一起的第一個情人節[1]，當然也得來一點有創意的。「我們的新年過得太沒創意了，所以這次一定要來點特別的。妳說呢？我們去做什麼特別的？」傑克問。「嗯……高空彈跳[2]？」茉莉語出驚人。

不過，因為傑克沒有膽的關係，兩人最後還是沒有去高空彈跳，而很沒創意地在家裡看浪漫喜劇[3]度過情人節。當然，也不能免俗地買了小禮物送給對方，並互道情人節快樂。兩個人的小禮物其實都蠻不「小」的（說穿了就是很貴[4]），但情人節嘛！所以他們都覺得無所謂。只要能在家裡互道「情人節快樂」、「我真愛你」就很開心了。

延伸單字多學一點

❶ 情人節 **n.** Valentine's Day
❷ 高空彈跳 **n.** bungee jumping
❸ 浪漫喜劇 **n.** rom-com
❹ 貴的 **adj.** /ɪkˈspɛnsɪv/ expensive

💬 道地生活英語會話，這樣用就對了

⏰ 只要 *1.1* 秒就可以學會！　　　　　　　🔊 **Track 159**

❶ Happy Valentine's！ 情人節快樂！

▶ 這句這樣用

　　情人節，就是要和身邊重要的人來句「情人節快樂」。這句要緊的話，英文怎麼說呢？你可以說：「Happy Valentine's!」。說完整點就是「Happy Valentine's Day!」，不過說簡短點對方也是聽得懂的。

　　說來奇怪的是，「Happy Valentine's Day!」（情人節快樂！）可以簡短說成「Happy Valentine's!」，但「Happy Mother's Day!」（母親節快樂！）和「Happy Father's Day!」（父親節快樂！）卻不能說成「Happy Mother's!」或「Happy Father's!」，要注意喔！

▶ 來看個例句就知道怎麼用！

A : **Happy Valentine's!** 情人節快樂！
B : **Thank you, sweetheart.** 謝謝妳，親愛的。

- -

⏰ 只要 *1.9* 秒就可以學會！　　　　　　　🔊 **Track 160**

❷ I'm so in love with you. 我真愛你。

▶ 這句這樣用

　　想和親密戀人表達自己的愛意，除了基本款的「I love you.」（我愛你）以外，還能怎麼說呢？我們可以說「I'm so in love with you.」（我真愛你）。注意，這句只能對戀人說，不能對父母、子女或兄弟姊妹說，親情的「愛」跟這句講的「愛」是不一樣的。

▶ 來看個例句就知道怎麼用！

A : **Ah, I'm so in love with you.**
　　啊，我真愛你。
B : **I understand! I'm so in love with myself too.**
　　我懂！我也很愛我自己。

還可以使用在這些場景

　　這些絕對用得到的會話當然不只在故事中的場景可以使用，還可以用在很多其他的地方！一起來看看你可以如何在日常生活中用到這些會話。

❶ Happy Valentine's! 情人節快樂！

和情人用

我：**Happy Valentine's!**
　　情人節快樂！

情人：**You too, you too.**
　　　你也是。

和夫妻用

我：**Happy Valentine's!**
　　情人節快樂！

老婆：**Did you get me a gift?**
　　　有買禮物給我嗎？

和朋友用

我：**Happy Valentine's!**
　　情人節快樂！

朋友：**What's so happy about that? I'm twenty-four years old and still single!**
　　　有什麼好開心的，我24歲還是單身呢。

❷ I'm so in love with you. 我好愛你。

對夫妻說

我：**I'm so in love with you.**
　　我好愛你。

老公：**Huh? Thanks.**
　　　啊？謝謝。

對情人說

我：**I'm so in love with you.**
　　我好愛你。

情人：**You'd better be!**
　　　你最好要愛我！

對暗戀的人說

我：**I'm so in love with you.**
　　我好愛你。

暗戀對象：**Sorry I can't return your affections.**
　　　　　不好意思，我沒辦法回報你的心意。

3/道地的：「讓我幫你拿吧。／不要把它弄掉下去！」該怎麼說？

💬 先從故事裡找到道地生活會話吧

下面的小故事引導你更快速地進入道地會話的英文世界。即將學到的會話用套色表現，看到的時候可以先想想看你會怎麼說。我們也把延伸單字用底線標示，讓你學得更多喔！

元宵節 Lantern Festival

為了慶祝元宵節，茉莉特地做了一個<u>燈籠</u>[1]。想當然，因為是她自己用手做的，所以這燈籠非常之爛，隨時都有破掉的可能性。但也因為是手做的，茉莉非常<u>珍惜</u>[2]，當天還堅持要穿<u>浴衣</u>[3]跟傑克一起出去，令人不禁想問她到底是覺得自己身在哪個<u>國家</u>[4]。

傑克很擔心他的女友會因為把燈籠砸到腳上而燙傷，所以義無反顧地跟她說：「讓我幫你拿吧」。茉莉卻很不甘願，因為燈籠是她自己做的，她很不放心交到傑克手上，一直叫他「不要把它弄掉」。這樣一段路走下來，兩個人差點都打起來了，真是個不愉快的元宵節。

延伸單字多學一點

1. 燈籠 n. /ˋlæntən / lantern
2. 珍惜 v. /ˋtʃɛrɪʃ / cherish
3. 浴衣 n. /juˋkɑtə / yukata
4. 國家 n. /ˋkʌntrɪ / country

💬 道地生活英語會話，這樣用就對了

⏰ 只要 *2.0* 秒就可以學會！　　　　　　　　🔊 *Track 161*

❶ Let me hold it for you. 讓我幫你拿吧。

▶ 這句這樣用

　　就算不是元宵節，平常想必也常會遇到那種「忍不住想替別人拿東西」的情形。例如在街上看到提一堆菜的老太太、或看到你同學一次抱太多書……。你都可以適時伸出援手，說一句：「Let me hold it for you.」（讓我幫你拿吧）。

　　如果想替其他人做一些「拿東西」以外的其他動作，在「hold」那裡換入其他的動詞就可以囉！例如：Let me carry it for you.「讓我幫你提吧。」、Let me open it for you.「讓我替你開吧。」

▶ 來看個例句就知道怎麼用！

A : I have no hands to close my umbrella with.
　　我沒手收傘了。

B : <u>Let me hold it for you</u>. 讓我幫你拿吧。

⏰ 只要 *1.2* 秒就可以學會！　　　　　　　　🔊 *Track 162*

❷ Don't drop it！ 不要把它弄掉下去！

▶ 這句這樣用

　　把容易碎或很珍貴的東西讓給別人拿，總是會覺得有那麼一點不放心。這時除了叫人家小心（be careful）之外，還可以說得更具體一點，警告他：「Don't drop it!」（不要把它弄掉下去！）。

▶ 來看個例句就知道怎麼用！

A : Hey! <u>Don't drop it!</u> It's expensive.
　　喂，不要把它弄掉下去！很貴的！

B : Okay, I'll keep it safe.
　　好，我會好好保護它。

還可以使用在這些場景

　　這些絕對用得到的會話當然不只在故事中的場景可以使用，還可以用在很多其他的地方！一起來看看你可以如何在日常生活中用到這些會話。

❶ Let me hold it for you. 讓我幫你拿吧。

在街上用　老太太：Help, this package is so heavy!
　　　　　　　　　　救命，這包裹好重啊！

　　　　　我：Let me hold it for you.
　　　　　　　讓我幫妳拿吧。

在學校用　同學：This 1000-paged book is ridiculously hard to carry.
　　　　　　　　　這本1000頁的書好難拿喔。

　　　　　我：Let me hold it for you.
　　　　　　　讓我幫你拿吧。

在公司用　老闆：My suitcase is full of files.
　　　　　　　　　我的手提箱裡滿滿都是文件。

　　　　　我：Let me hold it for you.
　　　　　　　讓我幫你拿吧。

❷ Don't drop it! 不要把它弄掉下去。

對路人說　路人：I can carry the box for you.
　　　　　　　　　我來幫你拿這個箱子吧。

　　　　　我：Don't drop it!
　　　　　　　不要把它弄掉下去。

對朋友說　朋友：Can I take a closer look at your music box?
　　　　　　　　　我可以近一點看你的音樂盒嗎？

　　　　　我：Don't drop it!
　　　　　　　不要把它弄掉下去。

對家人說　弟弟：Can I play with your Nintendo 3DS?
　　　　　　　　　我可以玩你的任天堂3DS嗎？

　　　　　我：Yeah, but don't drop it!
　　　　　　　可以，不過不要把它弄掉下去。

4 道地的：「（某東西）不在這一帶。／到那邊看看。」該怎麼說？

先從故事裡找到道地生活會話吧

下面的小故事引導你更快速地進入道地會話的英文世界。即將學到的會話用套色表現，看到的時候可以先想想看你會怎麼說。我們也把延伸單字用底線標示，讓你學得更多喔！

復活節 Easter

看到超市開始推出雞蛋形狀的巧克力，茉莉就知道復活節[1]要到了。從小到大，茉莉都會去參加家裡隔壁辦的復活節找彩蛋比賽[2]，這一年也不例外，只是她理所當然地拖了一個苦力：傑克。傑克沒有找過彩蛋，但他非常地有幹勁，有幹勁到都做了一個寫著「必勝」的帶子綁[3]在頭上。不過果然是因為沒有經驗的關係，他就是沒辦法很快地找到蛋，只能一直搖頭說「不在這裡」、「到那邊看看好了」，不像茉莉一分鐘十個，還會被旁邊的太太罵說拜託留一點給小朋友們找。

兩人分工合作之下，最後還是大豐收，找到了一百零九個蛋。茉莉可是很興奮，因為每個蛋裡面都有小禮物，不過因為小禮物都被茉莉霸佔了，傑克也拿不到，所以他只覺得很累[4]而已，一點都不興奮。

延伸單字多學一點

❶ 復活節 **n.** /ˈistə/ Easter
❷ 比賽 **n.** /ˈkɑntɛst/ contest
❸ 綁 **v.** /taɪ/ tie
❹ 累的 **adj.** /taɪrd/ tired

💬 **道地生活英語會話，這樣用就對了**

⏰ 只要 *1.9* 秒就可以學會！　　　　　　　　　🔊 *Track 163*

❶ **It's not around here.** 不在這一帶。

▶ **這句這樣用**

　　無論現在要找的是復活節的彩蛋，還是要找其他弄不見的東西（眼鏡、襪子、濾水器的蓋子），可能都會和好幾個人一起找。這時，如果你已經找過一個地方了，為了省時間、避免別人再去找一次，你一定會提醒他們：「It's not around here.」（不在這一帶）。

　　「around here」指的就是「這一帶」的意思。同樣地，如果把「around」放在其他的地名前面，指的也是「某處一帶」，例如：「around the park」就是「公園那一帶」，而「around the school」就是「學校那一帶」。

▶ **來看個例句就知道怎麼用！**

A : **Is the train station nearby?**
　　火車站在附近嗎？

B : **It's not around here.** 不在這一帶。

- -

⏰ 只要 *1.8* 秒就可以學會！　　　　　　　　　🔊 *Track 164*

❷ **Check over there.** 到那邊看看。

▶ **這句這樣用**

　　結果過了半天，還是找不到想找的東西，實在沒辦法，只好請其他人換個地方找找了。你可以跟他們説：「Check over there.」（到那邊看看）。傑克與茉莉在找彩蛋的時候，可能也經常使用到這一句喔！

▶ **來看個例句就知道怎麼用！**

A : **I can't find my purse!**
　　我找不到錢包！

B : **Check over there.** 到那邊找找看。

還可以使用在這些場景

　　這些絕對用得到的會話當然不只在故事中的場景可以使用，還可以用在很多其他的地方！一起來看看你可以如何在日常生活中用到這些會話。

❶ It's not around here. 不在這一帶。

在街上用

路人：**Is the hospital close?**
醫院近嗎？

我：**It's not around here.**
不在這一帶。

在家裡用

爸爸：**Are my glasses in your room?**
我的眼鏡有在你房間嗎？

我：**It's not around here.**
不在這一帶。

在營隊用

小隊員：**I can't find the next clue, it's not around here.**
我找不到下一個線索，不在這一帶。

我：**Then let's look somewhere else.**
那我們去別的地方找吧。

❷ Check over there. 到那邊看看。

找東西說

媽媽：**Have you seen my phone?**
你有看到我的手機嗎？

我：**Check over there.**
到那邊看看。

問路說

路人：**Do you know where the information desk is?**
你知道諮詢櫃台在哪嗎？

我：**Check over there.**
到那邊看看。

找人說

弟弟：**Where's grandma? She's not in her room.**
奶奶呢？她不在她房間。

我：**Check over there.**
到那邊看看。

5／道地的：「我不喜歡這個。／這更符合我的口味。」該怎麼說？

先從故事裡找到道地生活會話吧

下面的小故事引導你更快速地進入道地會話的英文世界。即將學到的會話用套色表現，看到的時候可以先想想看你會怎麼說。我們也把延伸單字用底線標示，讓你學得更多喔！

端午節 Dragon Boat Festival

端午節這一陣子，傑克的媽媽總是不厭其煩地硬塞粽子到傑克的包包裡，害他常在公司¹一不小心²打開包包就一堆粽子掉出來。傑克的同事平常都是那種便當吃不下就通通塞給他那種人，到了這種時候都反過來，連自己的午餐都懶得帶了，吃傑克的粽子就好。

讓傑克感到不解的是，他的同事吃就算了，居然還會邊吃邊批評³：「我不喜歡這一個」、「另外這個比較符合我的口味」。要是傑克的媽媽一次包好幾種粽子就算了。可是……這不全都是一模一樣⁴的粽子嗎？

延伸單字多學一點

❶ 公司 n. ／`kʌmpənɪ ／ company
❷ 不小心的 adj. ／`kɛrlɪs ／ careless
❸ 批評 v. ／`krɪtɪˌsaɪz ／ criticize
❹ 一樣的 adj. ／sem ／ same

💬 道地生活英語會話，這樣用就對了

🕐 只要 **1.4** 秒就可以學會！　　　　　　　　　　🔊 *Track 165*

❶ I don't care for it. 我不喜歡這個。

▶ **這句這樣用**

　　無論你是吃粽子還是吃其他的東西，總會遇到好吃的跟不好吃的。無論你是吃東西還是買東西、挑東西，也總會有喜歡的跟不喜歡的。面對不合口味的東西，你就可以說：「I don't care for it.」（我不喜歡這個。）

　　和「I don't care for it.」長得很像的一個句子是「I don't care about it.」。差別是什麼呢？「I don't care for it.」是「我不喜歡這個」的意思，而「I don't care about it.」是「我對這不關心、沒興趣」的意思。

▶ **來看個例句就知道怎麼用！**

A：Do you like this kind of coffee?
你喜歡這種咖啡嗎？

B：I don't care for it. 我不喜歡。

- -

🕐 只要 **2.0** 秒就可以學會！　　　　　　　　　　🔊 *Track 166*

❷ This suits my taste more. 這更符合我的口味。

▶ **這句這樣用**

　　有不合口味的東西，也總會有比較合口味的東西。覺得幾樣東西相較之下，還是其中某個東西最適合你，你可以說「This suits my taste more.」（這更符合我的口味）。

▶ **來看個例句就知道怎麼用！**

A：How about this dress? Better?
這件洋裝呢？有比較好嗎？

B：This suits my taste more.
這比較符合我的口味。

還可以使用在這些場景

　　這些絕對用得到的會話當然不只在故事中的場景可以使用，還可以用在很多其他的地方！一起來看看你可以如何在日常生活中用到這些會話。

❶ I don't care for it. 我不喜歡這個。

買東西用　媽媽：**What do you think about this skirt?**
　　　　　　　　　你覺得這條裙子怎樣？

　　　　　　　我：**I don't care for it.**
　　　　　　　　　我不喜歡這個。

吃東西用　朋友：**Did you like this spaghetti?**
　　　　　　　　　你喜歡這義大利麵嗎？

　　　　　　　我：**I don't care for it.**
　　　　　　　　　我不喜歡這個。

問意見用　同學：**Look at my new watch!**
　　　　　　　　　看看我的新手錶！

　　　　　　　我：**I don't care for it.**
　　　　　　　　　我不喜歡這個。

❷ This suits my taste more. 這更符合我的口味。

挑東西說　姊姊：**Which dress do you think I should get?**
　　　　　　　　　你覺得我該買哪件洋裝？

　　　　　　　我：**This suits my taste more.**
　　　　　　　　　這更符合我的口味。

喝東西說　朋友：**Which coffee should we order?**
　　　　　　　　　我們要點哪種咖啡？

　　　　　　　我：**This suits my taste more.**
　　　　　　　　　這更符合我的口味。

問看法說　同事：**Which plan is better?**
　　　　　　　　　哪個計畫比較好？

　　　　　　　我：**This suits my taste more.**
　　　　　　　　　這更符合我的口味。

Lesson 9

6 道地的：「**我很想家。**／**我想回家。**」該怎麼說？

💬 先從故事裡找到道地生活會話吧

下面的小故事引導你更快速地進入道地會話的英文世界。即將學到的會話用套色表現，看到的時候可以先想想看你會怎麼說。我們也把延伸單字用底線標示，讓你學得更多喔！

中秋節 Mid-Autumn Festival

中秋節是闔家團圓的日子，但傑克今年沒回家，因為一個很慘的理由；他沒買到車票。幸好茉莉非常有義氣，捨棄了家人來陪他（其實是因為茉莉的父母兩個人自己跑去吃浪漫[1]晚餐了，把茉莉一個人丟在家裡）。兩個人討論過後，決定到茉莉家大樓頂樓去看月亮，因為這一陣子燒烤吃太多，已經不想再烤肉[2]了。

兩人看著滿月[3]，聞著遠遠飄來的烤肉香味，忍不住滿滿的思鄉[4]情緒。「好想家啊！」傑克忍不住感嘆。「好想回家啊！」茉莉也跟著說。妳家就在樓下啦！

延伸單字多學一點

❶ 浪漫 **adj.** ／rəˋmæntɪk／ romantic
❷ 烤肉 **v.** ／ˋbɑrbɪkju／ barbecue
❸ 滿月 **n.** full moon
❹ 思鄉的 **adj.** ／ˋhom͵sɪk／ homesick

💬 道地生活英語會話，這樣用就對了

🕐 只要 *0.9* 秒就可以學會！　　　　　　　　　　🔊 *Track 167*

❶ I'm homesick. 我很想家。

▶ 這句這樣用

　　無論是不是中秋節，只要是人在他鄉，總會有時忍不住感嘆一句：「救救我的思鄉病」。如果你的身邊正好都是講英文的外國人，就可以用英文來一句：「I'm homesick.」（我很想家）。

　　我們都知道「home」是「家」的意思，而「sick」是「生病」的意思。把「家」和「病」放在一起，就很自然可以想像是「思鄉病」的意思了。犯了思鄉病，指的當然就是想家囉！

▶ 來看個例句就知道怎麼用！

A : **I'm homesick.**
　　我很想家。

B : **I know! Me too.**
　　我知道啊！我也是。

- -

🕐 只要 *1.2* 秒就可以學會！　　　　　　　　　　🔊 *Track 168*

❷ I want to go home! 我想回家。

▶ 這句這樣用

　　犯了思鄉病犯到一定的程度，人總會任性起來，乾脆直截了當地說一句：「I want to go home!」（我想回家）。我們似乎常在公眾場合看到任性的小孩在嚷嚷著這一句喔！

▶ 來看個例句就知道怎麼用！

A : **I want to go home! Take me home, Johnny!**
　　我想回家！強尼，帶我回家！

B : **Mom, you're an adult. Don't be ridiculous.**
　　媽，妳是大人耶，別亂來了。

還可以使用在這些場景

這些絕對用得到的會話當然不只在故事中的場景可以使用，還可以用在很多其他的地方！一起來看看你可以如何在日常生活中用到這些會話。

❶ I'm homesick. 我很想家。

在外地用　同事：**Man, working so far away from home is hard.**
離家這麼遠工作真辛苦啊。

我：**I know. I'm homesick.**
我懂。我很想家。

在外國用　朋友：**I'm homesick.**
我很想家。

我：**What? It's only our first day abroad!**
啊？我們才出國一天耶？

在外星用　太空人同事：**I'm homesick.**
我很想家。

我：**Don't be sad, we'll be home in 32 years!**
別難過，再過32年就到家了。

❷ I want to go home! 我想回家。

覺得無聊說　我：**This party is boring. I want to go home!**
這派對好無聊，我想回家。

朋友：**Can't agree more.**
完全同意。

覺得疲累說　我：**It's been a long day. I want to go home!**
今天真累啊，我想回家。

同事：**Yeah, me too.**
對啊，我也是。

覺得想家說　我：**I miss my parents. I want to go home!**
我好想我父母，我想回家。

鄰居：**Then go, your home is next door.**
那就回啊，你家就在隔壁。

Lesson 9

7 道地的：「不給糖就搗蛋！／我們已經來過了。」該怎麼說？

💬 先從故事裡找到道地生活會話吧

下面的小故事引導你更快速地進入道地會話的英文世界。即將學到的會話用套色表現，看到的時候可以先想想看你會怎麼說。我們也把延伸單字用底線標示，讓你學得更多喔！

萬聖節 Halloween

　　理論上以傑克的年紀早就不該去要糖果了，但茉莉一直嚷著要去，還強迫¹傑克打扮成²木乃伊³的樣子，傑克想想平常也沒什麼機會可以做這種事，所以也就答應了。於是，茉莉打扮成可愛的女巫⁴，傑克將廁所衛生紙捲成一圈一圈套在身上假裝是木乃伊，然後兩人就浩浩蕩蕩地出發了，一家一家跑去嚷嚷「不給糖就搗蛋」。

　　要糖果的過程一開始很順利，但漸漸地出現了一個問題，就是兩人的記性都不好，搞不清楚到底哪一家已經要過了、哪一家還沒要過，後來還被一個媽媽趕出來，兩人才恍然大悟：「我們已經來過了」。「明年，我們要帶麥克筆，在要過的人家門上畫記號。」茉莉充滿雄心壯志地說。那樣犯法啦！

延伸單字多學一點

❶ 強迫 **v.** ／fors／force
❷ 打扮成 **v.** dress up as
❸ 木乃伊 **n.** ／ˋmʌmɪ／mummy
❹ 女巫 **n.** ／wɪtʃ／witch

道地生活英語會話，這樣用就對了

只要 *1.1* 秒就可以學會！　　　　　　　　　Track 169

Lesson 1
Lesson 2
Lesson 3
Lesson 4
Lesson 5
Lesson 6
Lesson 7
Lesson 8
Lesson 9
Lesson 10
Lesson 11

❶ Trick or treat！ 不給糖就搗蛋！

▶ 這句這樣用

說到萬聖節，無論如何都要會的一句話就是「Trick or treat!」（不給糖就搗蛋）。如果有機會住在美國，就算萬聖節不去和別人要糖果，別人還是有可能跑到你家來跟你要，所以還是得聽得懂最重要的這一句。

為什麼「Trick or treat」短短三個字會是「不給糖就搗蛋」的意思呢？trick指的是「惡作劇」、「玩弄招數」的意思，而treat指的則是「請客」。在這裡，就是要應門的人選擇接受惡作劇或「請客」，也就是給糖果的意思，慣用的說法就是「不給糖就搗蛋」了。

▶ 來看個例句就知道怎麼用！

A：**Trick or treat!** 不給糖就搗蛋！

B：**Oh, you kids are so cute! Wait here, I'll go get chocolate.**
噢，你們這些小朋友真可愛！在這裡等著，我去拿巧克力。

只要 *1.8* 秒就可以學會！　　　　　　　　　Track 170

❷ We've been here before. 我們已經來過了。

▶ 這句這樣用

迷路時好像很容易走著走著就又回到一樣的地方。這時，你可能會和旁邊的人說：「我們是不是來過這裡了啊？」，而用英文則可能會說：「We've been here before.」（我們已經來過了）。此外，長輩在勸導不聽話的晚輩，想表達「一件事講很多次還講不聽」時，也可以用同樣的這一句。

▶ 來看個例句就知道怎麼用！

A：**We've been here before.** 我們來過這裡耶。

B：**Yes, and you loved it, so I thought I'd bring you here again.**
對啊，而且你超喜歡的，所以我才想說再帶你來啊。

還可以使用在這些場景

這些絕對用得到的會話當然不只在故事中的場景可以使用，還可以用在很多其他的地方！一起來看看你可以如何在日常生活中用到這些會話。

❶ Trick or treat! 不給糖就搗蛋！

對認識的鄰居用

我：**Trick or treat!**
不給糖就搗蛋！

鄰居：**Here's some candy for you.**
給你一些糖。

對不認識的鄰居用

我：**Trick or treat!**
不給糖就搗蛋！

鄰居：**Sorry, we don't have candy.**
抱歉，我們沒糖。

對家人用

我：**Trick or treat!**
不給糖就搗蛋！

媽媽：**The chocolate is in the fridge.**
巧克力都放在冰箱了。

❷ We've been here before. 我們已經來過了。

迷路時說

我：**We've been here before.**
我們已經來過了。

朋友：**Yeah, I remember that store.**
對啊，我記得那家店。

訓話時說

我：**We've been here before. I'm disappointed that you didn't listen.**
我們已經討論過了。你都沒聽進去，我很失望。

孫子：**Sorry, grandpa.**
抱歉，爺爺。

購物時說

外婆：**Let's check out this store!**
我們看看這家店吧！

我：**We've been here before.**
我們已經來過了。

8 道地的：「**單身萬歲！**／誰需要女朋友啊？」該怎麼說？

先從故事裡找到道地生活會話吧

下面的小故事引導你更快速地進入道地會話的英文世界。即將學到的會話用套色表現，看到的時候可以先想想看你會怎麼說。我們也把延伸單字用底線標示，讓你學得更多喔！

光棍節 Singles Day

又是一年一度的光棍節。想當年，這個日子傑克總是和朋友們一起過的，但這次他有了女友，所以他的單身朋友們都不理他，自己計畫單身趴去了，讓傑克覺得很寂寞。因此，他決定偷偷到單身趴的會場（其實就是 KTV 包廂）外面去看看朋友們都在幹嘛，果然發現他們都喝得爛醉¹，而且還一邊唱歌一邊罵：「獨身萬歲！女朋友有什麼用！」之類的話。

傑克本來想就這樣走進去，但他總覺得這樣不好，所以又默默²帶上門離開了。想想自己去年也是這樣子度過³的，但現在這卻彷彿變成了一個自己回不去⁴的世界了，讓傑克不禁覺得有點失落……

延伸單字多學一點

① 喝醉的 adj. ／drʌŋk／drunk
② 默默地 adv. ／ˋsaɪləntlɪ／silently
③ 度過（日子）v. ／spɛnd／spend
④ 回去 v. ／rɪˋtɝn／return

💬 道地生活英語會話，這樣用就對了

⏰ 只要 *1.0* 秒就可以學會！　　　　　　　　　🔊 *Track 171*

❶ Singles rule！獨身萬歲！

▶ 這句這樣用

　　身邊的人都成雙成對，只有你還孤伶伶一個人？這時，也難怪你會想大喊一句「獨身萬歲」。用英文怎麼表達這樣的心情呢？想宣揚單身的好處當然也很多方法，不過我們先學一句最簡單的：「Singles rule!」（獨身萬歲！）

　　「rule」作為動詞是「統治」的意思，在這裡則引申為「萬歲、是最棒的」的意思，畢竟我們也會對國王、皇帝這種「統治」人的人說一句「萬歲」嘛！你也可以把「singles」換上其他的名詞，來表達某些人事物有多棒，例如「girls rule」就是「女生萬歲」。

▶ 來看個例句就知道怎麼用！

A : **I still don't have a girlfriend.** 我還是沒女友。
B : **Doesn't matter. <u>Singles rule</u>!** 沒關係啊，獨身萬歲！

⏰ 只要 *1.5* 秒就可以學會！　　　　　　　　　🔊 *Track 172*

❷ Who needs girlfriends? 誰需要女朋友啊？

▶ 這句這樣用

　　想必傑克的單身朋友們除了嚷著「獨身萬歲」以外，可能還會說：「女朋友有什麼好？誰需要女朋友啊？」，用英文說就是「Who needs girlfriends?」。你可以在「girlfriends」處替換入其他名詞，是個很方便的句型。例如：「Who needs boyfriends?」（誰需要男朋友啊？）、「Who needs sleep?」（誰需要睡覺啊？）

▶ 來看個例句就知道怎麼用！

A : **I got dumped.** 我被甩了。
B : **Good for you! <u>Who needs girlfriends?</u>**
　　真為你高興！誰需要女朋友啊？

還可以使用在這些場景

　　這些絕對用得到的會話當然不只在故事中的場景可以使用，還可以用在很多其他的地方！一起來看看你可以如何在日常生活中用到這些會話。

❶ Singles rule! 獨身萬歲！

和單身朋友用

我：**Singles rule!**
　　獨身萬歲！

朋友：**Yep, we're the best.**
　　　沒錯，我們最棒了。

嗆一直強迫你成家的親戚用

親戚：**Why are you still single?**
　　　你怎麼還是單身呢？

我：**Singles rule!**
　　獨身萬歲！

對抱怨婚姻的已婚朋友用

朋友：**Ugh, my in-laws are driving me crazy.**
　　　唉，我的公婆快把我搞瘋了。

我：**Singles rule!**
　　獨身萬歲！

❷ Who needs girlfriends? 誰需要女朋友啊？

安慰人時說

朋友：**I got rejected again! I'm a failure!**
　　　我又被拒絕了！我真失敗！

我：**Who needs girlfriends?**
　　誰需要女朋友啊？

討論性向時說

我：**Who needs girlfriends?**
　　誰需要女朋友啊？

男友：**Yeah, boyfriends are where it's at.**
　　　對啊，男友才是真正好。

表示豁達時說

同學：**I heard you got dumped.**
　　　聽說你被甩了。

我：**Who needs girlfriends?**
　　誰需要女朋友啊？

287

9 道地的：「祝你聖誕快樂！／我很有過節的心情。」該怎麼說？

先從故事裡找到道地生活會話吧

下面的小故事引導你更快速地進入道地會話的英文世界。即將學到的會話用套色表現，看到的時候可以先想想看你會怎麼説。我們也把延伸單字用底線標示，讓你學得更多喔！

聖誕節 Christmas

　　從街上的裝潢、店家裡的音樂、甚至路上行人的穿著，在在都可以看得出聖誕節近了。傑克從一個月前就開始煩惱：到底要買什麼禮物給茉莉？要是買太貴了，不就顯得太隆重？買便宜了，會不會被笑？他的朋友們又都是一群單身漢[1]，根本沒辦法給什麼好的建議。

　　某一天回到家，他發現了一個根本是天上掉下來的禮物。家門口放了一個紙箱[2]，裡面有好幾隻嗷嗷待哺的小狗，疑似是黃金獵犬[3]寶寶，紙箱上還寫著「抱歉了，好心人，請收留牠們」。傑克當然就開開心心地把這一箱狗都抱去送給茉莉了，因為他知道茉莉愛狗，畢竟[4]他們兩人就是因為狗才認識的嘛。收到這個禮物，茉莉非常開心，嚷著「聖誕快樂！真是超有過節的心情！」跳進傑克懷裡。傑克也很高興，高興到完全忘記去考慮茉莉根本沒送他禮物這件事情。

延伸單字多學一點

❶ 單身漢 **n.** /ˋbætʃələ / bachelor
❷ 紙箱 **n.** cardboard box
❸ 黃金獵犬 **n.** golden retriever
❹ 畢竟 **ph.** after all

💬 道地生活英語會話，這樣用就對了

🕐 只要 *1.3* 秒就可以學會！　　　　　　　　　　🔊 *Track 173*

Lesson 1
Lesson 2
Lesson 3
Lesson 4
Lesson 5
Lesson 6
Lesson 7
Lesson 8
Lesson 9
Lesson 10
Lesson 11

❶ Merry Christmas to you! 祝你聖誕快樂！

▶ **這句這樣用**

　　聖誕節需要用到的會話很簡單，不外乎就是大家都知道的「Merry Christmas.」（聖誕快樂）。想要再說多一點、做一點變化的話，你可以說：「Merry Christmas to you!」（祝你聖誕快樂）。

　　接在「Merry Christmas」後面的「to you」就是代表「祝你」的意思，所以同樣地你也能將它加在其他祝福的話後面。例如：「Happy Birthday to you.」（祝你生日快樂）、「Happy Mother's Day to you.」（祝你母親節快樂）。

▶ **來看個例句就知道怎麼用！**

A：<u>Merry Christmas to you</u>! 祝你聖誕快樂！

B：Thank you, random stranger on the street!
　　謝謝你啊，路上遇到的陌生人！

- -

🕐 只要 *1.3* 秒就可以學會！　　　　　　　　　　🔊 *Track 174*

❷ I'm in a festive mood. 我很有過節的心情。

▶ **這句這樣用**

　　聖誕節時街頭巷尾總是都很有過節的氣氛，整個人忍不住也會進入「過節狀態」。想告訴其他人自己現在可是沉浸在過節的歡樂氣氛中，用英文就可以說「I'm in a festive mood.」（我很有過節的心情）。

▶ **來看個例句就知道怎麼用！**

A：Why did you paint the house all red and green?
　　你怎麼把家裡都漆成紅色和綠色了？

B：Well, <u>I'm in a festive mood</u>.
　　嗯，我很有過節的心情。

還可以使用在這些場景

這些絕對用得到的會話當然不只在故事中的場景可以使用，還可以用在很多其他的地方！一起來看看你可以如何在日常生活中用到這些會話。

❶ Merry Christmas to you! 祝你聖誕快樂！

和家人用

我：**Merry Christmas to you!**
祝你聖誕快樂！

奶奶：**Thank you, dearie.**
謝謝，親愛的。

和同事用

我：**Merry Christmas to you!**
祝你聖誕快樂！

同事：**It's not merry when we can't get a day off!**
沒放假就一點也不快樂了。

和朋友用

我：**Merry Christmas to you!**
祝你聖誕快樂！

朋友：**Huh? It's Christmas already?**
啊？已經聖誕節了嗎？

❷ I'm in a festive mood. 我很有過節的心情。

聖誕節說

我：**I'm in a festive mood.**
我很有過節的心情。

鄰居：**I sure can tell from the Christmas lights all over your house.**
我從你家掛滿了聖誕燈這點就看得出來。

新年說

我：**I'm in a festive mood.**
我很有過節的心情。

爸爸：**It's hard not to be when you get red envelopes!**
你會拿到紅包，難怪你這麼開心。

感恩節說

我：**I'm in a festive mood.**
我很有過節的心情。

同學：**Why? We don't celebrate Thanksgiving here.**
為什麼？我們這邊又不過感恩節。

Lesson 10

在這個部分，你會學到這些生活會話：
★吵架時，應該說……
★表達不同意時，應該說……
★好言相勸時，應該說……

Lesson 10

1 / 道地的：「我不這麼覺得。／我不同意。」該怎麼說？

💬 先從故事裡找到道地生活會話吧

下面的小故事引導你更快速地進入道地會話的英文世界。即將學到的會話用套色表現，看到的時候可以先想想看你會怎麼說。我們也把延伸單字用底線標示，讓你學得更多喔！

挑選住處 Picking a Place to Live

　　交往了這麼久以後，傑克與茉莉也漸漸開始討論有關同居的事情。當然，既然要同居，第一個要務就是找到房子。於是，這一陣子兩人下班後的第一件事，就是找一家餐廳邊喝咖啡邊用手機搭配筆電來找房子。但這個活動進行了越久，兩人越發現他們在這方面的想法相當不同。茉莉喜歡離市區近的房子，去哪裡都方便，想買個點心樓下就有的那一種；但傑克說：「我不這麼覺得」，他比較想要遠離塵囂一點的房子，不但空間大¹，而且也不會貴得嚇死人。

　　兩人想法衝突的地方還不止於此。茉莉想要很大的落地窗²，又浪漫又通風；但傑克又說：「我不同意」，他不喜歡落地窗，因為外面的人要打開入侵很容易，再加上沒辦法完全密合，昆蟲³一到晚上就通通會飛進來。此外，茉莉想要有大浴缸⁴的房子，傑克則覺得浴缸太麻煩了，普通的淋浴間就很夠用。一陣子討論下來，茉莉漸漸開始懷疑，他們難道真的不適合住在一起嗎……？

延伸單字多學一點

❶ 空間大的 **adj.** /ˋspeʃəs / spacious
❷ 落地窗 **n.** French windows
❸ 昆蟲 **n.** /ˋɪnsɛkt / insect
❹ 浴缸 **n.** /ˋbæθ͵tʌb / bathtub

💬 道地生活英語會話，這樣用就對了

🕐 只要 *1.4* 秒就可以學會！　　　　　　　　　　🔊 *Track 175*

❶ I don't think so. 我不覺得。

▶ **這句這樣用**

　　挑選住處可是大事，所以若是在這方面遇到不合自己口味的事，可要大聲說清楚。像是傑克想住得離市區遠一點，但茉莉卻想要住在城市中。這時，茉莉可能會說：「I don't think so.」來表示自己持反對意見。

　　「I don't think so.」的使用時機，就是在對方拋出一個觀點，而你持反對意見時。例如你朋友猛推薦一名歌星，說她唱歌唱得真棒，你卻不苟同時，你就可以說：「I don't think so.」來表示。

▶ **來看個例句就知道怎麼用！**

A : **Toy poodles are the best.**
　　玩具貴賓狗最棒了。

B : **I don't think so.** 我不覺得。

🕐 只要 *0.8* 秒就可以學會！　　　　　　　　　　🔊 *Track 176*

❷ I disagree. 我不同意。

▶ **這句這樣用**

　　不想委婉地說「我不這麼覺得」，而想更直接地說「我不同意」時，英文就說「I disagree.」（我不同意）。這句和「I agree.」（我同意）就只差了一個字首「dis-」，可以看出這個字首代表「不……」的意思喔！

▶ **來看個例句就知道怎麼用！**

A : **I think she's hilarious.**
　　我覺得她超爆笑。

B : **I disagree.**
　　我不同意。

還可以使用在這些場景

　　這些絕對用得到的會話當然不只在故事中的場景可以使用，還可以用在很多其他的地方！一起來看看你可以如何在日常生活中用到這些會話。

❶ I don't think so. 我不覺得。

和朋友用　朋友：**I think this sofa is pretty.**
　　　　　　　我覺得這沙發很漂亮。

　　　　　　我：**I don't think so.**
　　　　　　　我不覺得。

和同事用　同事：**We can probably finish before this week.**
　　　　　　　我們這禮拜前大概就做得完了。

　　　　　　我：**I don't think so.**
　　　　　　　我不覺得。

和同學用　同學：**The math teacher is gorgeous!**
　　　　　　　數學老師超正！

　　　　　　我：**I don't think so.**
　　　　　　　我不覺得。

❷ I disagree. 我不同意。

和家人說　哥哥：**That actress looks like she's got fake boobs.**
　　　　　　　那個女演員看來是裝了假奶。

　　　　　　我：**I disagree.**
　　　　　　　我不同意。

和客戶說　客戶：**Your company should pay for our loss.**
　　　　　　　你們公司應該賠償我們的損失。

　　　　　　我：**I disagree.**
　　　　　　　我不同意。

和鄰居說　鄰居：**The new security guard is absolutely useless.**
　　　　　　　新的警衛完全沒用處。

　　　　　　我：**I disagree.**
　　　　　　　我不同意。

Lesson 10

2/道地的：「**你從來不聽人家講話的。／你從不閉嘴的。**」該怎麼說？

先從故事裡找到道地生活會話吧

下面的小故事引導你更快速地進入道地會話的英文世界。即將學到的會話用套色表現，看到的時候可以先想想看你會怎麼說。我們也把延伸單字用底線標示，讓你學得更多喔！

第一次吵架 The First Fight

　　傑克和茉莉在一起這一年多來從來沒有吵過架。或許就是因為這樣，他們藉由爭論買房事務[1]這個機會，把對彼此的不滿[2]都趁機宣洩出來，根本就是積怨已深嘛。「每次我講話，你都沒有在聽！」茉莉率先發難。「每次妳都講不停，一直講一直講一直講，我當然會煩啊！」傑克反擊。「好啊，你那麼不喜歡聽我講話，那我就再也不跟你講話了。再見啦。」茉莉一氣之下，就拎著包包豪邁地揚長而去，把傑克一個人丟在咖啡廳（咖啡的錢給他付，爽！）。

　　一直到回到家裡，茉莉才開始後悔[3]。這樣甩下交往一年的男朋友，真的對嗎……？或許應該再考慮[4]一下才是……

延伸單字多學一點

1. 事務 **n.** / əˋfɛr / affair
2. 不滿 **n.** / ˌdɪssætɪsˋfækʃən / dissatisfaction
3. 後悔 **v.** / rɪˋgrɛt / regret
4. 考慮 **v.** / kənˋsɪdə / consider

道地生活英語會話，這樣用就對了

⏰ 只要 *1.3* 秒就可以學會！　　　　　　　　　　　🔊 *Track 177*

❶ You never listen. 你從來不聽人家講話的。

▶ 這句這樣用

好不容易講完長長一串趣事，卻發現你朋友低著頭在打電動，而且剛解決了大魔王，真是厲害……不對吧！這傢伙真沒禮貌！你也是那種常覺得自己講話別人都沒有在聽的人嗎？你可以罵對方一句：「You never listen.」（你從來不聽人講話的）。

「listen」後面通常會加上「to」，組成「listen to」這個片語，後面再接上「聽」的對象，例如「listen to music」就是「聽音樂」，「listen to me」就是「聽我說」。在「You never listen.」這一句中，「listen」後面什麼都不接，意思就是「你從來不聽」，但從來不聽什麼呢？可想而知，很少有人罵別人「不聽音樂」、「不聽故事」，多半都是罵人「不聽人家說話」。因此，「listen」後面就算什麼也不接，大家還是都知道意思喔！

▶ 來看個例句就知道怎麼用！

A : **You never listen.** 你從來不聽人家講話的。
B : **I do listen! Wait, what did you just say?**
　　我有聽啊！等等，你剛剛講什麼？

- -

⏰ 只要 *1.3* 秒就可以學會！　　　　　　　　　　　🔊 *Track 178*

❷ You never shut up. 你從不閉嘴的。

▶ 這句這樣用

別人又罵你不聽他講話了？可是你覺得自己很無辜，明明就是他的話太多了，你總得有點時間做自己的事，哪有空一直聽啊？想罵人家講話講不停，你可以說：「You never shut up.」（你從不閉嘴的）。

▶ 來看個例句就知道怎麼用！

A : **You never shut up.** 你從不閉嘴的。
B : **I do! When I'm sleeping!** 我會閉嘴啊！睡覺的時候。

還可以使用在這些場景

　　這些絕對用得到的會話當然不只在故事中的場景可以使用，還可以用在很多其他的地方！一起來看看你可以如何在日常生活中用到這些會話。

❶ You never listen. 你從來不聽人家講話的。

和男友用　我：**You never listen.**
　　　　　　　你從來不聽人家講話的。

　　　　　男友：**I do! I can listen to both music and you at the same time.**
　　　　　　　我可以同時一邊聽你講話一邊聽音樂。

和孩子用　我：**You never listen.**
　　　　　　　你從來不聽人家講話的。

　　　　　兒子：**Sorry, mom!**
　　　　　　　對不起，媽媽！

和後輩用　我：**You never listen.**
　　　　　　　你從來不聽人家講話的。

　　　　　公司後輩：**I do listen! I'm just forgetful.**
　　　　　　　我會聽啊！我只是很健忘。

❷ You never shut up. 你從不閉嘴的。

和女友說　我：**You never shut up.**
　　　　　　　妳從不閉嘴的。

　　　　　女友：**Neither do you!**
　　　　　　　你也不閉啊！

和長輩說（不建議，以下對話為設計對白，顯示此用法不禮貌之處）　我：**You never shut up.**
　　　　　　　妳從不閉嘴的。

　　　　　奶奶：**Wow, you're getting nothing in my will!**
　　　　　　　你好樣的，我遺書裡不會留任何東西給你。

和主管說（不建議，以下對話為設計對白，顯示此用法不禮貌之處）　我：**You never shut up.**
　　　　　　　你從不閉嘴的。

　　　　　主管：**You're fired.**
　　　　　　　你被開除了。

3 道地的：「我不在乎！／隨便啦。」 該怎麼說？

先從故事裡找到道地生活會話吧

下面的小故事引導你更快速地進入道地會話的英文世界。即將學到的會話用套色表現，看到的時候可以先想想看你會怎麼説。我們也把延伸單字用底線標示，讓你學得更多喔！

一個人的夜晚 Lonely Night

回到家，茉莉心情很差，只好坐在沙發¹上吃冰淇淋，並擁抱²她的兩隻哈士奇以撫慰她受傷的心靈。但看到哈士奇又只會讓她想到傑克，令她不得不罵自己不爭氣，怎麼一直想著那個說她話很多的男人呢？她話明明就沒有很多啊！每個月的手機帳單³也只有五千多而已，不算什麼嘛，對不對？

茉莉想著想著，越想越氣，冰淇淋吃完了，又去拿巧克力碎片餅乾來吃，要不是她廚藝甚差，她還有點想去烤鬆餅。她告訴自己：「我不在乎！他要怎樣都隨便啦！」沒有傑克那個傢伙也沒關係，她自己一個人也可以過得好好的，又不是沒有男人就會死！正這麼想著，微波爐發出爆炸聲，好像是她剛剛做爆米花⁴的時候不小心把錯誤的一面朝上放了。唉，一個人真的沒問題嗎……

延伸單字多學一點

❶ 沙發 n. /ˋsofə/ sofa
❷ 擁抱 v. /hʌg/ hug
❸ 帳單 n. /bɪl/ bill
❹ 爆米花 n. /ˋpɑpˌkɔrn/ popcorn

💬 道地生活英語會話，這樣用就對了

🕐 只要 *1.0* 秒就可以學會！　　　　　　　　　　　📢 **Track 179**

❶ I don't care！ 我不在乎！

▶ **這句這樣用**

　　明明就很在乎，但卻要強裝不在乎的時候，你可能會說：「I don't care!」（我不在乎！），來假裝自己坦蕩蕩、一點也不留戀。當然了，如果你是真的不在乎，也一樣可以說這一句，不需要等到想說反話時才用。

　　「care」有「關心」、「在意」的意思，所以說「不在乎」時，才會說「don't care」。此外，如果想確切說明自己不關心什麼，可以加上「about 某事物」。例如想說自己不關心太太，就可以說：「I don't care about my wife.」（我不關心我太太。）

▶ **來看個例句就知道怎麼用！**

A：**I'm never coming back again.** 我再也不回來了。
B：**I don't care!** 我不在乎！

- -

🕐 只要 *0.7* 秒就可以學會！　　　　　　　　　　　📢 **Track 180**

❷ Whatever. 隨便啦。

▶ **這句這樣用**

　　當別人說了長長一串話，你卻懶得聽、很想跟他說一句「隨便啦、怎樣都好啦」來打發他時，就可以用「Whatever.」（隨便啦。），簡單的一個字解決。當然，這樣說不是很禮貌就是了，所以千萬別對上司、長輩講這個字，否則最後慘的是你。

▶ **來看個例句就知道怎麼用！**

A：**You should be more considerate.**
　　你該多為人著想。
B：**Yeah, whatever.** 好啦，隨便啦。

還可以使用在這些場景

這些絕對用得到的會話當然不只在故事中的場景可以使用，還可以用在很多其他的地方！一起來看看你可以如何在日常生活中用到這些會話。

❶ I don't care! 我不在乎！

和家人用　親戚：**You should scrub the floor every day.**
　　　　　　　　你應該每天都刷地。

　　　　　　　我：**I don't care!**
　　　　　　　　我不在乎！

和同學用　同學：**The teacher might see if you keep passing notes.**
　　　　　　　　你一直傳紙條，老師可能會看到的。

　　　　　　　我：**I don't care!**
　　　　　　　　我不在乎！

和情人用　情人：**It's my parents' wedding anniversary!**
　　　　　　　　今天是我父母的結婚紀念日！

　　　　　　　我：**I don't care!**
　　　　　　　　我不在乎！

❷ Whatever. 隨便啦。

和朋友說　朋友：**Come on, give me some advice!**
　　　　　　　　拜託啦，給我一點意見嘛！

　　　　　　　我：**Whatever.**
　　　　　　　　隨便啦。

和長輩說（不建議，以下對話為設計對白，顯示此用法不禮貌之處）　爺爺：**Clean the table please.**
　　　　　　　　請清理一下桌子。

　　　　　　　我：**Whatever.**
　　　　　　　　隨便啦。

和主管說（不建議，以下對話為設計對白，顯示此用法不禮貌之處）　主管：**Do you get what I'm talking about?**
　　　　　　　　你知道我在講什麼嗎？

　　　　　　　我：**Whatever.**
　　　　　　　　隨便啦。

4 道地的：「這是朋友該做的！／你可以信賴我。」該怎麼說？

Lesson 1

Lesson 2

Lesson 3

Lesson 4

Lesson 5

Lesson 6

Lesson 7

Lesson 8

Lesson 9

Lesson 10

Lesson 1

💬 先從故事裡找到道地生活會話吧

下面的小故事引導你更快速地進入道地會話的英文世界。即將學到的會話用套色表現，看到的時候可以先想想看你會怎麼說。我們也把延伸單字用底線標示，讓你學得更多喔！

和好姊妹約會 Date with BFFs

茉莉一向是那種無法守秘密的人，別人的事也一樣，自己的事也一樣。於是，她和男友吵架鬧分手[1]的事，第二天她所有的好姊妹都知道了。好姊妹一號麗芙溫柔地打電話來說願意聽茉莉傾訴所有的煩惱，好姊妹二號潔西卡是行動派，她說要拿電鋸[2]來威脅傑克。至於最喜歡吃東西的好姊妹三號溫蒂，則二話不說地帶了三大桶炸雞[3]到她家，因為她覺得吃飽就能解決所有問題[4]。

和好姊妹們窩在家裡聊了一個晚上，茉莉覺得精神百倍。她的姊妹們都跟她說：「這本來就是朋友該做的，一切都靠我們沒關係」。她們還說，那種男人不要也罷，反正有她們在就夠了，大家一起單身一輩子、一起買房子、養一堆貓，也很開心不是嗎？茉莉很慶幸，幸好她有這麼多可以依靠的好朋友……

延伸單字多學一點

❶ 分手 **n.** /ˈbrek`ʌp/ breakup
❷ 電鋸 **n.** /ˈtʃɛnsɔ/ chainsaw
❸ 炸雞 **n.** fried chicken
❹ 問題 **n.** /ˈprɑbləm/ problem

道地生活英語會話，這樣用就對了

只要 2.0 秒就可以學會！　　　　　　　　　　　　　Track 181

❶ That's what friends are for.
這是朋友該做的！

▶ **這句這樣用**

　　幫好朋友忙本來就是應該的。如果你替好友做了一件令他感激涕零、只差沒抓著你下跪的事，你可以告訴他：「That's what friends are for!」（這是朋友該做的！），叫他別再謝了，好朋友嘛！何必那麼計較？

　　「That's what friends are for!」這一句直翻的話就是「朋友就是用來這麼做的啊！」、「朋友的用處就是這樣啊！」。如果你為朋友做了點事，對方很感激，你就可以用這一句。但如果朋友為你做了一點事，你很感謝，就可別這樣說了啊！誰會喜歡為別人做事，還被別人說「應該的啦」呢？

▶ **來看個例句就知道怎麼用！**

A：Hey, thanks for helping me move! 喂，謝謝你幫我搬家！
B：That's what friends are for! 這是朋友該做的！

只要 1.8 秒就可以學會！　　　　　　　　　　　　　Track 182

❷ You can count on me. 你可以信賴我。

▶ **這句這樣用**

　　在朋友需要的時候，適時伸出援手的朋友，是不是很可靠呢？你也是這種可靠的朋友嗎？想跟朋友說「我給你靠」、「不用擔心，我不會讓你失望」，就說「You can count on me.」（你可以信賴我。）

▶ **來看個例句就知道怎麼用！**

A：You'll get a signature for me, right?
　　你會幫我要到簽名，對不對？
B：You can count on me. 你可以信賴我。

還可以使用在這些場景

　　這些絕對用得到的會話當然不只在故事中的場景可以使用,還可以用在很多其他的地方!一起來看看你可以如何在日常生活中用到這些會話。

Lesson 1

Lesson 2

Lesson 3

Lesson 4

Lesson 5

Lesson 6

Lesson 7

Lesson 8

Lesson 9

Lesson 10

Lesson 11

❶ That's what friends are for. 這是朋友該做的。

安慰朋友後用

朋友:**Thanks for being there for me.**
謝謝你陪伴我。

我:**That's what friends are for.**
這是朋友該做的。

幫助朋友後用

朋友:**Thanks for lending me an umbrella.**
謝謝你借我傘。

我:**That's what friends are for.**
這是朋友該做的。

替朋友出氣後用

朋友:**Thanks for scolding her for me.**
謝謝你替我責罵她。

我:**That's what friends are for.**
這是朋友該做的。

❷ You can count on me. 你可以信賴我。

答應幫助朋友用

朋友:**Help me hide the comic book please?**
幫我藏漫畫好嗎?

我:**You can count on me.**
你可以信賴我。

和朋友掛保證用

朋友:**Don't tell anyone.**
不要告訴別人。

我:**You can count on me.**
你可以信賴我。

讓朋友依靠時用

朋友:**Will you be there for me when I'm sad?**
我難過時你會在我身旁嗎?

我:**You can count on me.**
你可以信賴我。

5／道地的：「你確定？／不要急。」該怎麼說？

💬 先從故事裡找到道地生活會話吧

下面的小故事引導你更快速地進入道地會話的英文世界。即將學到的會話用套色表現，看到的時候可以先想想看你會怎麼說。我們也把延伸單字用底線標示，讓你學得更多喔！

和媽媽聊天 A Talk with Mom

由於茉莉守不住祕密的個性，和傑克吵翻的事也很快傳到她媽媽的耳中（同時媽媽所有的姊妹也都知道了）。媽媽二話不說，叫茉莉星期五下班就趕快回家，她們要來場母女的促膝長談[1]。這讓茉莉非常驚慌，因為她知道她媽媽非常想要她嫁人，她才剛跟傑克在一起第一天，媽媽就已經把嬰兒床[2]買好了。這次媽媽找她回去對談，該不會是要勸她趕快跟傑克復合吧！

幸好，媽媽並沒有逼她要跟傑克復合。她只跟茉莉說：「妳確定要分手嗎？不要急。」她認為，慢慢來，好好思考過整個情勢後再下決定也不遲，別就這麼急呼呼地大喊「我決定了！我再也不跟這男人見面了！」。茉莉很同意[3]，覺得的確是要給自己一點時間想想才對。畢竟她就是做事情很急又不多想，人生[4]中才會意外連連嘛！

延伸單字多學一點

❶ 長談 **v.** have a long talk
❷ 嬰兒床 **n.** ／krɪb／crib
❸ 同意 **v.** ／əˋgri／agree
❹ 人生 **n.** ／laɪf／life

💬 道地生活英語會話，這樣用就對了

⏰ 只要 *1.0* 秒就可以學會！　　　　　　　　🔊 *Track 183*

❶ Are you sure? 你確定？

▶ **這句這樣用**

你朋友和男友吵架，嚷著「我再也不愛他了」？而且還發花痴愛上英國男人，收拾行李就大喊「我要去英國再也不回來了」？這時，不妨在一旁冷靜地問她一句：「Are you sure?」（你確定？），叫她好好想想，別隨隨便便就做了一些會讓自己後悔一生的決定。

「Are you sure?」除了在身邊的人就快要做出傻事的時候可以適時用來提醒一下外，在跟別人確認資訊的時候，也可以問這一句比較保險。

▶ **來看個例句就知道怎麼用！**

A : I've decided to sell my pet komodo dragon.
我決定要賣掉我的寵物科莫多龍。

B : Are you sure? 你確定？

⏰ 只要 *1.2* 秒就可以學會！　　　　　　　　🔊 *Track 184*

❷ Don't be rash. 不要急。

▶ **這句這樣用**

問了朋友「Are you sure?」以後，發現他還是執迷不悔，似乎真的要做出傻事了。就在發生無法挽回的悲劇前，再好好提醒他一句：「Don't be rash.」，也就是「不要急」的意思。「rash」帶有「莽撞」的含意，所以如果對方只是很急著要做一件不怎麼會出錯的事，做了也不會後悔或惹麻煩（例如他很急著要去刷牙之類的），就不需要用「Don't be rash.」來提醒他，因為他要做的不是「莽撞」的事。

▶ **來看個例句就知道怎麼用！**

A : I've decided to dump my boyfriend and move to Venice!
我決定要甩了我男友，搬去威尼斯！

B : Hey, don't be rash. 喂，別這麼急啊。

Lesson 1
Lesson 2
Lesson 3
Lesson 4
Lesson 5
Lesson 6
Lesson 7
Lesson 8
Lesson 9
Lesson 10
Lesson 11

還可以使用在這些場景

這些絕對用得到的會話當然不只在故事中的場景可以使用，還可以用在很多其他的地方！一起來看看你可以如何在日常生活中用到這些會話。

❶ Are you sure? 你確定？

和家人用
姑姑：**I want to abandon my husband and marry a hot Korean star.**
我想要拋棄我老公，嫁給一個帥氣的韓星。

我：**Are you sure?**
妳確定？

和同事用
同事：**The meeting's at four.**
四點開會。

我：**Are you sure?**
你確定？

和店員用
店員：**It's buy-one-get-one-free.**
是買一送一喔。

我：**Are you sure?**
你確定？

❷ Don't be rash. 不要急。

勸朋友用
朋友：**I want to send in the sign-up form right now!**
我現在就要把報名表送出去！

我：**Don't be rash.**
不要急。

勸老闆用
老闆：**I'm gonna sue them!**
我要告他們！

我：**Don't be rash.**
不要急。

勸同學用
同學：**I'm gonna tell the teacher.**
我要告訴老師。

我：**Don't be rash.**
不要急。

6 道地的：「我自由了！／再也不了！」該怎麼說？

先從故事裡找到道地生活會話吧

下面的小故事引導你更快速地進入道地會話的英文世界。即將學到的會話用套色表現，看到的時候可以先想想看你會怎麼說。我們也把延伸單字用底線標示，讓你學得更多喔！

一個人好輕鬆 Single and Happy

和茉莉大吵一架後，傑克首先發現自己的週末空下來了，可以去做一些自己很想做，但之前都不能做的事，譬如說看高爾夫球[1]的節目（和茉莉在一起的時候，她都堅持要看八點檔），或是去電影院看動作片[2]（茉莉只喜歡看鬼片和浪漫愛情喜劇）。真是太棒了！讓他忍不住想大喊「我自由了！再也不交女朋友了！」

每天晚上下班以後也是，不用帶茉莉去吃飯，他便多了幾個小時的空閒時間，不但可以拿這幾個小時去公園慢跑[3]，還可以去租書店借個幾本漫畫，更重要的是晚餐終於可以吃一些不健康的東西了，因為茉莉最近在減肥，他都要陪她吃沙拉[4]。這下終於可以選自己要吃什麼了，真是可喜可賀！在可喜可賀的同時，傑克總覺得有那麼一點惆悵，好像少了點什麼……

延伸單字多學一點

1. 高爾夫球 **n.** /gɑlf / golf
2. 動作片 **n.** action movie
3. 慢跑 **v.** /dʒɑg / jog
4. 沙拉 **n.** /ˋsæləd / salad

💬 **道地生活英語會話，這樣用就對了**

⏰ 只要 *0.7* 秒就可以學會！　　　　　　　　　　🔈*Track 185*

❶ I'm free！ 我自由了！

▶ **這句這樣用**

　　和男女朋友分手的第一天、或是暑假開始，踏出學校的那一瞬間，你是不是有一種好像從監獄裡被釋放的囚犯一樣的感覺，很想仰天大喊「我自由了！」呢？這時，就用英文來一句：「I'm free!」吧！

　　喜歡逛街殺價的大家是不是一看到「free」這個字就特別敏感呢？因為是「免費的」嘛！像是看到「buy one, get one free」（買一送一），肯定要搶翻了。不過，這裡的「free」是「自由的」的意思，不是「免費的」喔！畢竟除非你是商品，不然絕不會說「I'm free!」吧！

▶ **來看個例句就知道怎麼用！**

A : It's finally summer vacation! I'm free! 終於暑假了！我自由了！

B : Not so fast. Finish your homework first.
別說得那麼早，先把作業寫完吧。

- -

⏰ 只要 *0.5* 秒就可以學會！　　　　　　　　　　🔈*Track 186*

❷ Never again！ 再也不了！

▶ **這句這樣用**

　　傑克一想到單身多麼地自由，簡直都開始後悔自己交女朋友了，還寧願單身一輩子比較好。這時，如果有人問他還要不要再交女朋友，或是以後還考不考慮和茉莉復合，他一定會無情地說一句：「Never again!」（再也不了！）

▶ **來看個例句就知道怎麼用！**

A : Let's go on the roller coaster one more time.
我們再去坐一次雲霄飛車吧。

B : Never again! 再也不了！

還可以使用在這些場景

　　這些絕對用得到的會話當然不只在故事中的場景可以使用，還可以用在很多其他的地方！一起來看看你可以如何在日常生活中用到這些會話。

❶ I'm free! 我自由了！

辛苦完用　同事：**We're done with the project!**
　　　　　　　　專案做完了！
　　　　　　我：**I'm free!**
　　　　　　　　我自由了！

放假時用　同學：**It's winter vacation!**
　　　　　　　　放寒假了！
　　　　　　我：**I'm free!**
　　　　　　　　我自由了！

脫離苦海時用　女友：**I want to break up with you.**
　　　　　　　　我要和你分手。
　　　　　　我：**Great, I'm free!**
　　　　　　　　太好了，我自由了！

❷ Never again! 再也不了！

拒絕朋友用　朋友：**Try the cake I baked, please?**
　　　　　　　　拜託試試看我烤的蛋糕吧！
　　　　　　我：**Never again!**
　　　　　　　　再也不了！

拒絕家人用　姊姊：**Wanna go to the buffet with me?**
　　　　　　　　要跟我去吃自助餐嗎？
　　　　　　我：**Never again!**
　　　　　　　　再也不了！

拒絕同學用　同學：**Can you clean the restroom for me again tomorrow?**
　　　　　　　　明天可以再幫我掃廁所嗎？
　　　　　　我：**Never again!**
　　　　　　　　再也不了！

Lesson 1
Lesson 2
Lesson 3
Lesson 4
Lesson 5
Lesson 6
Lesson 7
Lesson 8
Lesson 9
Lesson 10
Lesson 11

Lesson 10

7 道地的：「讓我們不醉不歸吧！／讓我們大玩一場吧！」該怎麼說？

💬 先從故事裡找到道地生活會話吧

下面的小故事引導你更快速地進入道地會話的英文世界。即將學到的會話用套色表現，看到的時候可以先想想看你會怎麼說。我們也把延伸單字用底線標示，讓你學得更多喔！

和朋友們的聚會 Partying with Buddies

一聽說傑克似乎又恢復單身了，他的朋友們簡直是普天同慶[1]，因為終於可以揪他去喝酒了。前一年因為傑克有女朋友，他們都不敢找他喝酒，可是很想念以前和傑克互虧的日子呢。

於是，史考特帶了四盒披薩，杰森帶了一箱啤酒[2]，戴蒙帶了新的電動[3]，而家裡很有錢的馬克最夠意思，直接把他的新跑車開來，答應借傑克開一晚。

「可是喝車不開酒，開酒不喝車。」杰森指出[4]。其實他本人已經醉得話都說不清楚了。「也對，那你還是明天晚上再開好了。」馬克豪邁地說，「今天晚上我們就大玩一場、喝到爽吧！」

延伸單字多學一點

❶ 慶祝 **v.** ／ˋsɛləˌbret／ celebrate
❷ 啤酒 **n.** ／bɪr／ beer
❸ 電動 **n.** video game
❹ 指出 **v.** point out

道地生活英語會話，這樣用就對了

只要 *1.2* 秒就可以學會！　　　　　　　　　　*Track 187*

❶ Let's get drunk! 我們來喝醉吧！

▶ 這句這樣用

　　朋友心情不好，你認為只有喝個爛醉能拯救他受傷的心，該跟他說什麼呢？你可以說：「Let's get drunk!」，也就是「我們來喝醉吧！」。「drink」（喝）的過去式是drank，而過去分詞正好就是drunk。「喝」的過去分詞和「喝醉」這個狀態是用同一個單字，有沒有覺得很有趣呢？

　　此外，和 drunk非常像的一個字就是drunken，是「經常處於酒醉狀態的」意思，比較常用在名詞的前面，例如「drunken husband」就是指「經常酒醉的丈夫」啦！這裡呼籲一下，大家喝醉歸喝醉，還是別忘了要注意交通安全啊！

▶ 來看個例句就知道怎麼用！

A：**What do you want to do on Friday night?**
　　星期五晚上想做什麼？
B：<u>**Let's get drunk!**</u> 我們來喝醉吧！

只要 *2.8* 秒就可以學會！　　　　　　　　　　*Track 188*

❷ Let's have the time of our lives!
我們大玩一場吧！

▶ 這句這樣用

　　到了度假村，是不是想要大玩一場？和朋友們有一整個晚上的時間可以開趴，是不是也很想要大玩一場？總之，只要你想要「大玩一場」、「好好享受這段時光」，你都可以說：「Let's have the time of our lives!」（我們大玩一場吧！）

▶ 來看個例句就知道怎麼用！

A：**We've finally arrived in Hawaii!** 終於到夏威夷了！
B：<u>**Let's have the time of our lives!**</u> 我們大玩一場吧！

還可以使用在這些場景

　　這些絕對用得到的會話當然不只在故事中的場景可以使用，還可以用在很多其他的地方！一起來看看你可以如何在日常生活中用到這些會話。

❶ Let's get drunk! 我們來喝醉吧！

發生慘事用　朋友：**Ugh, the team lost again.**
　　　　　　　　唉，那隊又輸了。
　　　　　　我：**I'm so sad. Let's get drunk!**
　　　　　　　　我好傷心。我們來喝醉吧！

發生好事用　學弟：**I'm finally graduating!**
　　　　　　　　我終於要畢業了！
　　　　　　我：**Perfect. Let's get drunk!**
　　　　　　　　太好了，我們來喝醉吧！

開趴時用　朋友：**Who's ready to party?**
　　　　　　　　誰準備好要開趴了啊？
　　　　　　我：**Me! Let's get drunk!**
　　　　　　　　我啊！我們來喝醉吧！

❷ Let's have the time of our lives! 我們大玩一場吧！

到遊樂園時用　朋友：**It's the first time I've been here.**
　　　　　　　　我第一次來這裡耶。
　　　　　　我：**Let's have the time of our lives!**
　　　　　　　　我們大玩一場吧！

大人不在時用　弟弟：**Yay! We're finally home alone!**
　　　　　　　　耶！我們終於可以自己在家了！
　　　　　　我：**Let's have the time of our lives!**
　　　　　　　　我們大玩一場吧！

坐上遊輪時用　媽媽：**We have a whole week on this lovely cruise ship!**
　　　　　　　　我們可以在這美麗的遊輪上度過一個禮拜！
　　　　　　我：**Let's have the time of our lives!**
　　　　　　　　我們大玩一場吧！

8/ 道地的：「全都是我的錯。／我真希望我回得去。」該怎麼說？

💬 先從故事裡找到道地生活會話吧

下面的小故事引導你更快速地進入道地會話的英文世界。即將學到的會話用套色表現，看到的時候可以先想想看你會怎麼說。我們也把延伸單字用底線標示，讓你學得更多喔！

一個人的夜晚II Lonely Night Part 2

送走還在宿醉[1]的朋友們，這天只剩下傑克一個人。他本來已經計畫好了要去看場平常跟茉莉在一起時都不能看的電影，但越想越覺得一個人去看電影太寂寞了。接著他又計畫去吃平常跟茉莉在一起時都不能吃的麻辣鍋[2]（因為茉莉怕辣），但越想越覺得一個人去吃麻辣鍋會被店員鄙視，最後也沒去成。

於是，傑克一個人在家裡度過空虛寂寞的一天。這時他忽然覺得自由好像也不是這麼愉快的事，有個人陪該有多好！他開始自責[3]了起來：「全都是我的錯」。他何必堅持要買郊區的房子呢？是比較便宜沒錯，但汽油[4]費也是錢啊！何必說什麼不要浴缸也沒關係呢？茉莉那麼愛浴缸，就讓她買一個浴缸啊！這天晚上，傑克又喝醉了，心裡只想著「如果回得去那段美好的時光該有多好」……

延伸單字多學一點

1. 宿醉 **n.** /ˋhæŋˏovɚ/ hangover
2. 麻辣鍋 **n.** spicy hotpot
3. 責怪 **v.** /blem/ blame
4. 汽油 **n.** /gæs/ gas

💬 **道地生活英語會話，這樣用就對了**

🕐 只要 *1.6* 秒就可以學會！　　　　　　　　　　🔊 *Track 189*

❶ It's all my fault. 都是我的錯。

▶ **這句這樣用**

　　有些人一心情不好，就會把所有的錯都攬到自己身上。傑克就是這種人，他以前打排球的時候，就連敵方發球沒發過他都要道歉，明明根本就不干他的事。這次和茉莉吵架，他果然又怪到自己頭上來了，說「It's all my fault.」（都是我的錯）……

　　「fault」這個字常包含有「罪惡」的含意，也就是說只要用這個字，就一定是要講某個人不好、把責任歸咎到某個人的身上。如果是單純不小心把別人的電話記錯，沒有什麼罪惡感，就只會說「It's my mistake.」，而不會說「It's all my fault.」囉！

▶ **來看個例句就知道怎麼用！**

A：**We lost. It's all my fault.** 我們輸了。都是我的錯。
B：**Nah, I didn't play well either.** 哪是，我也沒打好啊。

- -

🕐 只要 *1.9* 秒就可以學會！　　　　　　　　　　🔊 *Track 190*

❷ I wish I could go back. 我真希望我回得去。

▶ **這句這樣用**

　　犯了難以挽回的錯誤，是不是會很希望時光能倒流呢？還是希望能夠直接回到過去那個時候，重新再來過一次呢？這時，你可以說：「I wish I could go back.」（我真希望我回得去）。因為不可能回去，所以助動詞can用的是假設形的could喔！

▶ **來看個例句就知道怎麼用！**

A：**I miss the old days. I wish I could go back.**
　　真想念以前。好希望我回得去那個時候。

B：**That's why I invented the time machine!**
　　所以我才發明時光機啊！

還可以使用在這些場景

　　這些絕對用得到的會話當然不只在故事中的場景可以使用,還可以用在很多其他的地方!一起來看看你可以如何在日常生活中用到這些會話。

Lesson 1
Lesson 2
Lesson 3
Lesson 4
Lesson 5
Lesson 6
Lesson 7
Lesson 8
Lesson 9
Lesson 10
Lesson 11

❶ It's all my fault. 都是我的錯。

在公司用　老闆:**What happened? Why is there an error in the report?**
　　　　　　怎麼回事?為什麼報告裡面會有錯誤?

　　　　　　我:**It's all my fault.**
　　　　　　都是我的錯。

在路上用　警察:**Well, who ran into whom?**
　　　　　　所以到底是誰撞到誰?

　　　　　　我:**It's all my fault.**
　　　　　　都是我的錯。

在家裡用　媽媽:**Who broke my vase?**
　　　　　　誰打破我的花瓶的?

　　　　　　我:**It's all my fault.**
　　　　　　都是我的錯。

❷ I wish I could go back. 我真希望我回得去。

想回到過去的美好時光　同學:**Elementary school days were the best.**
　　　　　　國小真是最棒的一段時光。

　　　　　　我:**I wish I could go back.**
　　　　　　我真希望我回得去。

想回到某個地方　朋友:**I miss home.**
　　　　　　我想家。

　　　　　　我:**I wish I could go back.**
　　　　　　我真希望我回得去。

想改變過去　朋友:**If only I were a nicer girl!**
　　　　　　要是我以前人好一點就好了。

　　　　　　我:**Same. I wish I could go back and change the past.**
　　　　　　我也是,真希望我可以回去改變過去。

9 道地的：「我接受。／這是個很好的機會。」該怎麼說？

💬 先從故事裡找到道地生活會話吧

下面的小故事引導你更快速地進入道地會話的英文世界。即將學到的會話用套色表現，看到的時候可以先想想看你會怎麼說。我們也把延伸單字用底線標示，讓你學得更多喔！

新的開始 New Beginning

　　喝了一個晚上，第二天傑克還沒酒醒，就還是一如往常地去上班了。屋漏偏逢連夜雨，他剛踏進辦公室，同事就告訴他總經理找他。天啊！總經理耶！那個每次都戴假髮[1]看起來超有威嚴的總經理耶！傑克趕快整理了一下領帶[2]，把吃到一半的蛋餅硬吞[3]下去，然後奔向總經理的辦公室。

　　總經理示意傑克坐下，然後清清喉嚨[4]，開門見山地說：「你想不想去西雅圖工作？」傑克真是嚇了一大跳。這真是超級開門見山啊！不過他想了想，為什麼不試試看呢？而且聽說西雅圖是個非常適合人類居住的城市，讓他很想體驗看看。考慮了一陣，他對老闆說：「我接受，這是個很好的機會」。真想不到五分鐘前他還在邊走去上班邊吃蛋餅，五分鐘後居然就要準備下個月前往西雅圖……

延伸單字多學一點

❶ 假髮 **n.** / wɪg / wig
❷ 領帶 **n.** / taɪ / tie
❸ 吞 **v.** /ˋswɑlo / swallow
❹ 喉嚨 **n.** / θrot / throat

💬 道地生活英語會話，這樣用就對了

Lesson 1
Lesson 2
Lesson 3
Lesson 4
Lesson 5
Lesson 6
Lesson 7
Lesson 8
Lesson 9
Lesson 10
Lesson 11

🕐 只要 *0.7* 秒就可以學會！　　　　　🔊 *Track 191*

❶ I accept. 我接受。

▶ **這句這樣用**

老闆問你要不要接下一個職務，你當然得接受啦。這時，想必你會很乾脆地說：「I accept.」（我接受）。有時你可能也會看到電影中、電視上有探員要接受任務，或是有兩邊的人在談條件，有一方答應要接受條件。他們也會說「I accept.」喔！

除了「接受」老闆交派的任務、和別人開出來的條件以外，「accept」還能用來接受什麼呢？在英文中，如果有人表現很差或很沒禮貌，你也可以用「can't accept」來說你實在無法接受他這樣的表現喔！

▶ **來看個例句就知道怎麼用！**

A：**Do you accept this mission or not?** 你到底要不要接下這個任務？
B：**I accept.** 我接受。

- -

🕐 只要 *1.9* 秒就可以學會！　　　　　🔊 *Track 192*

❷ This is a great opportunity.

這是個很好的機會。

▶ **這句這樣用**

老闆派你去出差或把你調到其他地方去，你是否覺得有點緊張，但同時又很興奮呢？畢竟在職場上任何的改變都是個學習的大好機會啊！你可以跟老闆說：「This is a great opportunity.」（這是個很好的機會）來表達你的感激！

▶ **來看個例句就知道怎麼用！**

A：**This is a great opportunity.** 這是個很好的機會。
B：**I know, but I'd rather not have it!**
　　我知道，可是我寧願不要這個機會！

還可以使用在這些場景

　　這些絕對用得到的會話當然不只在故事中的場景可以使用，還可以用在很多其他的地方！一起來看看你可以如何在日常生活中用到這些會話。

❶ I accept. 我接受。

答應事情用　老闆：**Will you take the case?**
　　　　　　你願意接這個案子嗎？
　　　　　我：**I accept.**
　　　　　　我接受。

接受條件用　客戶：**Do you accept the terms of conditions?**
　　　　　　你接受這些條件嗎？
　　　　　我：**I accept.**
　　　　　　我接受。

接受任務用　上司：**It's a dangerous mission. Are you up to it?**
　　　　　　這個任務很危險，你可以嗎？
　　　　　我：**I accept.**
　　　　　　我接受。

❷ This is a great opportunity. 這是個很好的機會。

在學校用　老師：**Would you like to participate in the speech contest?**
　　　　　　你想參加演講比賽嗎？
　　　　　我：**This is a great opportunity.**
　　　　　　這是個很好的機會。

在球場用　隊友：**When should we attack?**
　　　　　　我們什麼時候進攻？
　　　　　我：**This is a great opportunity.**
　　　　　　這是個很好的機會。

在公司用　上司：**I'm appointing you to one of our most important clients.**
　　　　　　我要把你分配給我們最重要的客戶之一。
　　　　　我：**This is a great opportunity.**
　　　　　　這是個很好的機會。

10 道地的：「**保重！**／**保持聯絡！**」該怎麼說？

💬 先從故事裡找到道地生活會話吧

下面的小故事引導你更快速地進入道地會話的英文世界。即將學到的會話用套色表現，看到的時候可以先想想看你會怎麼説。我們也把延伸單字用底線標示，讓你學得更多喔！

揮別家鄉 Goodbye, My Home

經過了一個月的準備，傑克終於要出國了。這一個月他忙著處理一大堆的行前事務，都沒空好好想想茉莉的事了。他雖然想念她，但總覺得自己都要出國了，還回去跪求她跟他復合，感覺好像太糟糕了吧！茉莉長得如花似月，不愁找不到下一個，怎麼可能還逼她跟自己來場見不到面的遠距離¹戀愛呢？

於是，傑克便強迫自己不想茉莉的事，而專注在²和其他的親朋好友道別上。他的小阿姨哭到跪在地上崩潰³，害他很困惑，只不過是出個國，有必要這樣嗎？出發當天，傑克拉著重重的行李到了機場，陪他來的除了家人外，還有他那一票好朋友。他們都提醒傑克：「要保重，而且就算出國遇到了性感⁴的外國辣妹，也要保持聯絡！」

延伸單字多學一點

❶ 遠距離的 adj. long-distance
❷ 專注於 ph. focus on
❸ 崩潰 v. break down
❹ 性感的 adj. /ˋsɛksɪ/ sexy

道地生活英語會話，這樣用就對了

只要 0.6 秒就可以學會！　　　　　　　　　　　　　　*Track 193*

❶ Take care ! 保重！

▶ 這句這樣用

　　要和別人分開很長一段時間，在道別時一定會叫對方好好保重、好好照顧自己吧！這時，用英文就可以說：「Take care!」（保重）。相信傑克一定在上飛機前有和父母說這句話吧！

　　「take care」除了叫人保重時用以外，加上of也是個表示「照顧」、「處理」的片語。例如照顧小孩就是「take care of the children」，而處理事務就是「take care of the affair」。在這裡就是要對方好好照顧自己，也就是「保重」啦！

▶ 來看個例句就知道怎麼用！

A : **Take care, dear!** 好好保重，親愛的！

B : **I will, grandma! I promise to visit!**
　　我會的，奶奶！我答應妳我一定常來看妳！

只要 1.2 秒就可以學會！　　　　　　　　　　　　　　*Track 194*

❷ Keep in touch ! 保持聯絡！

▶ 這句這樣用

　　朋友要去很遠很遠的地方，你是不是會擔心朋友會忘記你、不跟你聯絡呢？別害怕，現在的網路超發達，要聯絡可是超容易的啦！想提醒朋友保持聯絡，就說：「Keep in touch!」，也就是「保持聯絡」的意思。

▶ 來看個例句就知道怎麼用！

A : **Keep in touch, okay?**
　　要保持聯絡喔，好嗎？

B : **Of course! I'll drown you with my emails.**
　　當然了，我會用很多email淹沒你。

還可以使用在這些場景

　　這些絕對用得到的會話當然不只在故事中的場景可以使用，還可以用在很多其他的地方！一起來看看你可以如何在日常生活中用到這些會話。

Lesson 1

Lesson 2

Lesson 3

Lesson 4

Lesson 5

Lesson 6

Lesson 7

Lesson 8

Lesson 9

Lesson 10

Lesson 11

❶ Take care! 保重！

離別時用

表哥：**See you next year!**
　　　明年見了！

我：**Take care!**
　　保重！

別人遇到慘事時用

朋友：**I got fired. I'm so sad.**
　　　我被開除了，我好難過。

我：**Take care!**
　　保重！

請人保重身體時用

同學：**I've got a cold.**
　　　我感冒了。

我：**Take care!**
　　保重！

❷ Keep in touch! 保持聯絡！

和朋友用

朋友：**I'll call when I get there!**
　　　我到了會打給你！

我：**Yeah, keep in touch!**
　　好，保持聯絡喔！

和筆友用

筆友：**I'm a bit busy these days.**
　　　我最近有點忙。

我：**It's okay. Keep in touch!**
　　沒關係，保持聯絡！

和網友用

網友：**I won't have Internet access this month.**
　　　我這個月都上不了網。

我：**Well, keep in touch!**
　　那我們保持聯絡！

Lesson11

在這個部分，你會學到這些生活會話：
★找不到東西而困擾時，應該說……
★在外吃東西時，應該說……
★認識新朋友時，應該說……

1/ 道地的：「**我會想念你。**」該怎麼說？

💬 先從故事裡找到道地生活會話吧

下面的小故事引導你更快速地進入道地會話的英文世界。即將學到的會話用套色表現，看到的時候可以先想想看你會怎麼説。我們也把延伸單字用底線標示，讓你學得更多喔！

出國留學 Studying Abroad

　　和媽媽促膝長談過後，茉莉仔細想想，覺得傑克雖然有時講話機車了點，但大致上是個好人，於是她決定還是結束為期一個月左右的冷戰，打通電話給他。然而電話沒接、簡訊[1]沒回，茉莉越想越氣：這男人是怎樣？老娘不稀罕！於是連撥[2]了三天的電話後，她決定當作這世界上沒傑克這個人，開始新生活。正好公司主管也建議她可以出國進修，而想開始新生活，有什麼比出國更有效呢？

　　於是聽從公司的安排，選定了一所適合的學校後，茉莉便收拾行囊，浩浩蕩蕩地準備前往未知的新世界。前來送行的親友團非常龐大，每個都嚷著「我會想念妳」，茉莉光是要和他們每一個人都擁抱一次，半個小時就快過去了，讓茉莉抱得手很痠，尤其是身高190公分的舅舅[3]，要把手伸到他的肩膀[4]上真不是普通的困難。不過茉莉一點也不覺得煩，因為她知道，下一次見到她心愛的大家，又會是很久很久以後了……

延伸單字多學一點

❶ 簡訊 **n.** text message
❷ 撥打（電話）**v.** /ˈdaɪəl/ dial
❸ 舅舅 **n.** /ˈʌŋkl/ uncle
❹ 肩膀 **n.** /ˈʃoldə/ shoulder

💬 道地生活英語會話，這樣用就對了

⏰ 只要 *1.4* 秒就可以學會！　　　　　　　　　　🔊 *Track 195*

❶ I will miss you. 我會想念你。

▶ **這句這樣用**

　　如果要和親友們長時間分別，一定會很想念他們吧！在捨不得對方的同時，就可以說一句：「I will miss you.」，讓對方知道就算相隔兩地、就算都不見面，你還是時時刻刻把他放在心裡喔！

　　大家都知道「I miss you.」是「我想你」的意思。那這句便利貼會話又有什麼不同呢？加上了「will」，就變成了未來式，所以句子就變成了「我以後會想你」的意思。因此，這句只適用在即將要分別前，等到都分別了以後再說就來不及啦。

▶ **來看個例句就知道怎麼用！**

A：I'm leaving for France next week. 我下禮拜要去法國了。
B：I heard! <u>I will miss you</u>. 我有聽說！我會想你的。

- -

⏰ 只要 *1.8* 秒就可以學會！　　　　　　　　　　🔊 *Track 196*

❷ I'll be thinking of you. 我會一直想著你。

▶ **這句這樣用**

　　如果想讓別人知道「我會一直想著你」，還可以怎麼說呢？你可以說：「I'll be thinking of you.」。為什麼這裡要用進行式（be動詞＋動詞ing）呢？因為要是只說「I'll think of you.」，會有種「只想到他一下下，然後馬上又不想了」的無情感。「I'll be thinking of you.」因為有進行式，就會讓「想念」的動作一直持續著，感覺溫馨多囉！

▶ **來看個例句就知道怎麼用！**

A：You're moving out tomorrow, right? <u>I'll be thinking of you</u>.
　　你明天就要搬走了對不對？我會一直想著你的。

B：I'll greatly miss being a roommate with you too.
　　我也會很想念和你當室友的日子的。

還可以使用在這些場景

　　這些絕對用得到的會話當然不只在故事中的場景可以使用，還可以用在很多其他的地方！一起來看看你可以如何在日常生活中用到這些會話。

❶ I will miss you. 我會想念你。

和同學用 同學：**My family is moving next week.**
我們家下禮拜要搬家了。

我：**I will miss you.**
我會想念你。

和外國朋友用 外國朋友：**I'm going back to my country soon.**
我快回國了。

我：**I will miss you.**
我會想念你。

和老師用 老師：**Congratulations on your graduation!**
恭喜你畢業了！

我：**I will miss you.**
我會想念你。

❷ I'll be thinking of you. 我會一直想著你。

和家人說 阿姨：**We're going back to the U.S.**
我們要回美國了。

我：**I'll be thinking of you.**
我會一直想著你。

和同事說 同事：**I will be working at another branch starting from next week.**
我下個禮拜要去另一個分支工作了。

我：**I'll be thinking of you.**
我會一直想著你。

和鄰居說 鄰居：**I heard you're moving!**
聽說你要搬家了！

我：**I'll be thinking of you.**
我會一直想著你。

2／道地的：「**我找不到！**／**我需要指示。**」該怎麼說？

先從故事裡找到道地生活會話吧

下面的小故事引導你更快速地進入道地會話的英文世界。即將學到的會話用套色表現，看到的時候可以先想想看你會怎麼說。我們也把延伸單字用底線標示，讓你學得更多喔！

習慣新生活 Getting Used to the New Life

到了新的國度，總是會有很多事情不習慣。像茉莉是那種同一條路至少要走五次才會記得的人，所以她開學第一天就搞不清楚學校怎麼走，而在路上猶豫[1]了半天，因為路人看起來都好兇。好不容易，她終於鼓起勇氣[2]，接近一個明明大冷天還穿短褲、戴草帽[3]、露出胸毛的豪邁大叔，問他：「我找不到學校，我需要指示」。大叔非常豪邁地拍拍自己的大肚皮，告訴茉莉：「超簡單！往前直直走一分鐘就到了。」

茉莉雖然很想吐槽大叔說拍肚皮這個步驟[4]是多餘的，但同時她也開始有點不好意思，因為學校居然這麼近，她還找不到……她想，這大叔一定覺得她很笨吧！不過大叔好像不太在意的樣子，豪放地走掉了。茉莉也就趕緊加快腳步往前走，畢竟開學第一天就帶給大家壞印象可是不好的啊！

延伸單字多學一點

1. 猶豫 **v.** ／ˋhɛzə͵tet／ hesitate
2. 勇氣 **n.** ／ˋkɝɪdʒ／ courage
3. 草帽 **n.** straw hat
4. 步驟 **n.** ／stɛp／ step

💬 道地生活英語會話，這樣用就對了

⏰ 只要 *1.4* 秒就可以學會！　　　　　　　　🔊 *Track 197*

❶ I can't find it！ 我找不到！

▶ 這句這樣用

　　想到一個地方去，卻怎樣也找不到路，該怎麼辦？你可以跟旁邊的人來句哀怨的「I can't find it!」（我找不到！）。當然，光是說找不到還不夠，還得說一下自己要去的是什麼地方，才會有人幫你指路喔。找不到路的時候可以用這一句，而且不但如此，找不到東西的時候也可以用。看看下面的例子吧！

▶ 來看個例句就知道怎麼用！

A：Where's my pen? I can't find it!
　　我的筆呢？我找不到！

B：Did you put it in the fridge again?
　　你是不是又把它放進冰箱了？

- -

⏰ 只要 *1.8* 秒就可以學會！　　　　　　　　🔊 *Track 198*

❷ I need directions. 我需要指示。

▶ 這句這樣用

　　需要別人為你指路，或詳細告訴你怎麼走時，你可以說：「I need directions.」。「direction」這個單字是「方向」的意思，而加上s就變成是「詳細的指示步驟」的意思。跟別人說你需要「directions」，對方就會知道要一步一步教你怎麼走了。

▶ 來看個例句就知道怎麼用！

A：Do you know where the national museum is? I need directions.
　　你知道國家博物館在哪嗎？我需要指示。

B：Never heard of that place. Sorry!
　　我從來沒聽過這個地方。抱歉啦！

還可以使用在這些場景

　　這些絕對用得到的會話當然不只在故事中的場景可以使用，還可以用在很多其他的地方！一起來看看你可以如何在日常生活中用到這些會話。

❶ I can't find it. 我找不到。

找東西用

我：**Have you seen my phone? I can't find it.**
你有看到我的手機嗎？我找不到。

弟弟：**Have you tried calling it?**
你有撥打看看嗎？

找地點用

我：**Where's the zoo? I can't find it.**
動物園在哪？我找不到。

路人：**It's right in front of you.**
就在你面前。

看地圖用

我：**Where is Roosevelt Road? I can't find it.**
羅斯福路在哪？我找不到。

路人：**Over here. See?**
在這裡喔，看到了嗎？

❷ I need directions. 我需要指示。

和路人說

我：**I need directions.**
我需要指示。

路人：**Okay, where are you heading?**
好，你要去哪？

和諮詢櫃台說

我：**I need directions.**
我需要指示。

服務人員：**Sure, we're glad to help.**
好啊，我們樂意幫忙。

不會使用機器時說

我：**I need directions.**
我需要指示。

工作人員：**Just press this button and then that one.**
按這個按鈕，再按那個按鈕，就可以了。

Lesson 11

3/ 道地的：「**這是我的第一次。／很高興認識你。**」該怎麼說？

💬 先從故事裡找到道地生活會話吧

下面的小故事引導你更快速地進入道地會話的英文世界。即將學到的會話用套色表現，看到的時候可以先想想看你會怎麼說。我們也把延伸單字用底線標示，讓你學得更多喔！

新的學校 New School

經過路上一番折騰，茉莉終於到了她的新學校。因為迷路花了一點時間，她<u>抵達</u>[1]時教室已經差不多坐滿了。茉莉找了後面的一個空位坐下，心裡好緊張，感覺彷彿又回到了國中剛開學時，那個害怕交不到朋友的自己。就在這時，旁邊一個紅髮、胖胖的女同學向她打招呼了。「妳好，我叫愛莉。我是法國人。這是我第一次在國外唸書，妳呢？」

噢！是法國人！真是超<u>友善</u>[2]！茉莉也就趕快回應她：「這也是我第一次在國外唸書，很高興認識妳。<u>順帶一提</u>[3]，妳的鞋子超可愛。」「謝謝妳！下次一起去逛街吧！」法國女孩露出俏皮的笑容。茉莉在心裡暗暗<u>稱讚</u>[4]自己做得好，這麼快就交到新朋友了。

延伸單字多學一點

1. 抵達 **v.** /əˋraɪv/ arrive
2. 友善的 **adj.** /ˋfrɛndlɪ/ friendly
3. 順帶一提 **ph.** by the way
4. 稱讚 **v.** /prez/ praise

道地生活英語會話，這樣用就對了

只要 *1.4* 秒就可以學會！　　　　　　　　　　　　*Track 199*

❶ This is my first time. 這是我的第一次。

▶ 這句這樣用

　　想說「這是我第一次做某件事」，就可以說「This is my first time.」。這句尤其常用在被別人問到是不是第一次做某事時，作為回應。光是說第一次還不夠，想在同一句中說清楚是「第一次做哪件事」嗎？你可以在這一句便利貼會話後面加上所做的這件事的「進行式」，也就是動詞+ing。

　　例如：This is my first time trying breast-milk flavored ice cream. 「這是我第一次試吃母乳口味的冰淇淋。」，就在「try」後面加上ing。

▶ 來看個例句就知道怎麼用！

A：Wow, you're a natural at bowling! Is this your first time playing?
　　哇，你真是保齡球天才！你第一次打嗎？

B：Yes, this is my first time. 對，這是我的第一次。

只要 *1.4* 秒就可以學會！　　　　　　　　　　　　*Track 200*

❷ Nice to meet you. 很高興認識你。

▶ 這句這樣用

　　想和剛認識的朋友來句「很高興認識你」，就說句「Nice to meet you.」吧！這句是不是很常在課本裡看到呢？別以為常看到就代表它很老套沒人在用，這句在認識新朋友時還是很好用的。

▶ 來看個例句就知道怎麼用！

A：I'm John. Nice to meet you.
　　我叫約翰，很高興認識你。

B：Whoa! My name is John too. 哇！我也叫約翰。

還可以使用在這些場景

　　這些絕對用得到的會話當然不只在故事中的場景可以使用，還可以用在很多其他的地方！一起來看看你可以如何在日常生活中用到這些會話。

❶ This is my first time. 這是我的第一次。

第一次到……　乘客：**Is this your first time to London?**
　　　　　　　　　這是你第一次去倫敦嗎？
　　　　　　　我：**This is my first time.**
　　　　　　　　　這是我的第一次。

第一次玩……　朋友：**I rarely ever play monopoly.**
　　　　　　　　　我很少玩大富翁。
　　　　　　　我：**Actually, this is my first time.**
　　　　　　　　　其實這是我第一次玩。

第一次吃……　客戶：**Have you eaten *ebi katsu* before?**
　　　　　　　　　你吃過日式炸蝦塊嗎？
　　　　　　　我：**This is my first time.**
　　　　　　　　　這是我第一次吃。

❷ Nice to meet you. 很高興認識你。

和新認識的人說　我：**Nice to meet you.**
　　　　　　　　　　很高興認識你。
　　　　　　　陌生人：**Nice to meet you too.**
　　　　　　　　　　我也很高興認識你。

和客戶說　我：**Nice to meet you.**
　　　　　　　　很高興認識你。
　　　　　　客戶：**I hope we will work together nicely.**
　　　　　　　　希望我們可以好好合作。

和不熟的親戚說　我：**Nice to meet you.**
　　　　　　　　　　很高興認識你。
　　　　　　　親戚：**Ah, glad to meet you too.**
　　　　　　　　　　啊，我也很高興認識你。

4 道地的：「在哪裡？／我在找它。」該怎麼說？

先從故事裡找到道地生活會話吧

下面的小故事引導你更快速地進入道地會話的英文世界。即將學到的會話用套色表現，看到的時候可以先想想看你會怎麼說。我們也把延伸單字用底線標示，讓你學得更多喔！

超市是我的好朋友
The Supermarket is my Best Friend

茉莉以前在家時，都選在每個週末去逛一次超市。到了國外就不同，茉莉天天都去逛超市，沒辦法嘛，親朋好友都在家鄉，學校下課又早，沒事做，就乾脆去逛超市了。況且這裡可不像老家有夜市[1]、便利商店[2]等等這種方便的東西，並不是想吃東西下樓就有得買，所以當然得常常去超市蒐購食品，放在家裡以備不時之需。

這天，茉莉下課後又順便去了一趟超市。她的購物車[3]轉眼間已經堆了滿滿的食物，但讓她很在意的是，她怎麼找都找不到蓮霧[4]，只好跑去問店員：「我在找蓮霧，在哪裡？」這才發現，原來他們根本就沒有在吃蓮霧，讓茉莉好失望⋯⋯

延伸單字多學一點

1. 夜市 n. night market
2. 便利商店 n. convenience store
3. 購物車 n. shopping cart
4. 蓮霧 n. wax apple

💬 道地生活英語會話，這樣用就對了

🕐 只要 *1.2* 秒就可以學會！　　　　　　　　　🔊 **Track 201**

❶ Where is it? 在哪裡？

▶ 這句這樣用

在大大的超市裡，怎麼找都找不到自己想要的東西？那就問人吧！想問店員某個東西放在哪裡，很簡單，就先說自己要找的東西是什麼，再加上一句「Where is it?」（在哪裡？）就可以了。這句小至在超市找一些小東西時，大至搞不清楚某個地點在哪裡時，都可以使用。以下就是一個「搞不清楚某個大的地點在哪裡」的使用例子。

▶ 來看個例句就知道怎麼用！

A : **I'm trying to find Finland on the map. <u>Where is it?</u>**
我想在地圖上找芬蘭。在哪裡？

B : **It's right here.**
就在這裡。

🕐 只要 *1.5* 秒就可以學會！　　　　　　　　　🔊 **Track 202**

❷ I'm looking for it. 我在找它。

▶ 這句這樣用

除了直接問某個東西在哪裡以外，你也可以委婉地說「I'm looking for it.」（我在找它）。一般人聽到你「在找某個東西」，一定馬上就明白你是要問這個東西的位置在哪裡了，然後就會告訴你你需要的答案囉！

▶ 來看個例句就知道怎麼用！

A : **Where's our office key?**
我們的辦公室鑰匙去哪了？

B : **I'm looking for it.**
我正在找它呢。

還可以使用在這些場景

　　這些絕對用得到的會話當然不只在故事中的場景可以使用，還可以用在很多其他的地方！一起來看看你可以如何在日常生活中用到這些會話。

❶ Where is it? 在哪裡？

找東西用

我：**I can't find my notebook. Where is it?**
我找不到我的筆記本。在哪裡？

同事：**I have it.**
在我這。

找地點用

我：**I'm looking for the bus stop. Where is it?**
我在找公車站。在哪裡？

路人：**There isn't one around here.**
在這附近沒有。

問地點用

我：**I don't know where Lichtenstein is. Where is it?**
我不知道列支敦斯登在哪。結果是在哪裡？

同學：**It's in Europe.**
在歐洲。

❷ I'm looking for it. 我在找它。

辦公室用

我：**Have you seen my mug? I'm looking for it.**
你有看到我的馬克杯嗎？我在找它。

同事：**I haven't seen it.**
我沒看到。

家裡用

我：**Where's my bag? I'm looking for it.**
我的包包呢？我在找。

媽媽：**It's in the washing machine.**
在洗衣機裡喔。

學校用

同學：**Can you lend me your notebook?**
可以把筆記本借我嗎？

我：**Nope, I lost it. I'm looking for it.**
不行，我弄丟了。我在找。

Lesson 1
Lesson 2
Lesson 3
Lesson 4
Lesson 5
Lesson 6
Lesson 7
Lesson 8
Lesson 9
Lesson 10
Lesson 11

Lesson 11

5 / 道地的：「不可能！」該怎麼說？

💬 先從故事裡找到道地生活會話吧

下面的小故事引導你更快速地進入道地會話的英文世界。即將學到的會話用套色表現，看到的時候可以先想想看你會怎麼說。我們也把延伸單字用底線標示，讓你學得更多喔！

熟悉的臉 A Familiar Face

這天，茉莉沒事幹，就又去逛超市了。她想，她家鄉的親朋好友要是知道她一出國就天天逛超市，一定覺得很扯。沒辦法啊！她今天想要買優格¹和麥片²，所以非去超市不可嘛！

正當她在將一盒盒的營養麥片拿起來比價時（哇塞，巧克力口味麥片會員價只要2.99，不買不行！），她忽然注意到走道盡頭有個非常熟悉的身影經過。那個走路的方式、微微駝背³的樣子、側面看過去下巴⁴的形狀，沒有一個不讓她想到某個她早就發誓要忘記的男人……。「不可能吧」，她告訴自己。過去的就已經過去了，別再想這些有的沒的了。但茉莉心裡明白，以她想太多的個性，肯定又會一整個晚上都翻來覆去睡不著了。

延伸單字多學一點

❶ 優格 **n.** /ˈjogɚt / yogurt
❷ 麥片 **n.** /ˈot͵mil / oatmeal
❸ 駝的 **adj.** / hʌntʃt / hunched
❹ 下巴 **n.** /tʃɪn / chin

💬 道地生活英語會話，這樣用就對了

Lesson 1
Lesson 2
Lesson 3
Lesson 4
Lesson 5
Lesson 6
Lesson 7
Lesson 8
Lesson 9
Lesson 1
Lesson 11

🕐 只要 *1.0* 秒就可以學會！　　　　　　　　　🔊 *Track 203*

❶ It can't be！不可能！

▶ 這句這樣用

　　像茉莉這樣，居然在超級遙遠的國外看到了疑似自己認識的人，她一定會告訴自己：想太多了！不可能啦！你也有過這種覺得「太巧了，這不可能」的經驗嗎？你可以說：「It can't be!」（不可能！）

　　「It can't be!」這句常用在遇到很巧的事，讓你很想來一句「不可能！」的時候。除此之外，如果遇到很扯、讓你難以相信的事，也可能會用到這句。看看以下的例子……

▶ 來看個例句就知道怎麼用！

A：Jason? It can't be! I thought you died last year!
傑森？不可能吧！我以為你去年過世了！

B：Nope, still alive and kicking.
不，老子還活跳跳呢。

- -

🕐 只要 *1.2* 秒就可以學會！　　　　　　　　　🔊 *Track 204*

❷ It's impossible！不可能吧！

▶ 這句這樣用

　　除了「It can't be!」以外，你還可以說：「It's impossible!」來表達你覺得「不可能吧！」的心情。看看下面的例子就知道了。

▶ 來看個例句就知道怎麼用！

A：Hey, I saw you kissing a guy yesterday afternoon on the street. New boyfriend?
嘿，我昨天下午看到你在街上親一個男生。新男友喔？

B：It's impossible! I was at work.
不可能啊！我在上班耶！

還可以使用在這些場景

這些絕對用得到的會話當然不只在故事中的場景可以使用，還可以用在很多其他的地方！一起來看看你可以如何在日常生活中用到這些會話。

❶ It can't be! 不可能！

遇到老友用

我：**Janie! It can't be!**
珍妮！不會吧！

珍妮：**Hey, it's been a while.**
欸，好久不見。

發生怪事用

弟弟：**Wow, there's a kangaroo in our backyard!**
哇，我們後院有一隻袋鼠！

我：**It can't be!**
不可能吧！

發生慘事用

主辦單位：**You're disqualified.**
你被取消資格了。

我：**It can't be!**
不可能吧！

❷ It's impossible! 不可能吧！

辦公室用

同事：**The manager just got pregnant!**
主管剛懷孕了！

我：**It's impossible! He's male!**
不可能吧！他男的耶！

家裡用

媽媽：**Your dad just bought a horse!**
你爸剛買了一匹馬！

我：**It's impossible!**
不可能吧！

學校用

老師：**People used to think the earth was flat.**
以前的人以為地球是平的。

我：**It's impossible!**
不可能吧！

Lesson 11

Lesson 1

Lesson 2

Lesson 3

Lesson 4

Lesson 5

Lesson 6

Lesson 7

Lesson 8

Lesson 9

Lesson 10

Lesson 11

先從故事裡找到道地生活會話吧

下面的小故事引導你更快速地進入道地會話的英文世界。即將學到的會話用套色表現，看到的時候可以先想想看你會怎麼說。我們也把延伸單字用底線標示，讓你學得更多喔！

搬新家 Moving

說到傑克，他這一陣子又幹什麼去了呢？他當然沒閒著，畢竟搬到美國可是一項大工程。他的房東¹似乎很崇尚DIY，房間裡空空如也，家具都要他自己買，傑克光是把新買的桌椅和床組裝起來，就已經花了一整天的時間，腰痠背痛，讓當年做100個伏地挺身²都好端端的傑克只能直唸著「我好累」，開始感嘆自己是不是老了，歲月不饒人。

組裝完家具，他又花了一個晚上的時間把自己帶來的行李歸位、把房間的地板吸一吸³，並到超市買好基本⁴的清潔用品。最慘的是他租的房間還在山上，而初來乍到又沒有車，他只能提著沉重的洗衣精、牛奶等等緩慢地走著漫長的上坡路回家。那天晚上，傑克覺得自己一輩子可能都沒這麼累過。

延伸單字多學一點

❶ 房東 **n.** ／ˋlænd͵lɔrd ／landlord
❷ 伏地挺身 **n.** push-up
❸ 吸（地板）**v.** ／ˋvækjʊəm ／vacuum
❹ 基本的 **adj.** ／ˋbesɪk ／basic

💬 道地生活英語會話，這樣用就對了

🕐 只要 *0.7* 秒就可以學會！　　　　　　　　　　🔊 *Track 205*

❶ I'm so tired. 我好累！

▶ 這句這樣用

工作了一天，累到不行，只想擁抱暖呼呼的床、再也不與它分離嗎？這時如果有人硬要挖你起來做事、或是詢問你當下的心情感受，想必你會回答他：「I'm so tired.」（我好累！）

「tired」除了表示「累」以外，如果在後面加上「of」這個介系詞，還可以當作「覺得某人事物很煩」的意思。舉例來說，如果人家的音樂開太大聲，就罵他一句：I'm so tired of your music!「我快被你的音樂煩死了！」

▶ 來看個例句就知道怎麼用！

A : **I'm so tired! All I want is to dive into bed.**
我好累！我只想一躍跳上床。

B : **Go ahead, your bed is waiting.**
快去啊，你的床在等你囉。

- -

🕐 只要 *1.1* 秒就可以學會！　　　　　　　　　　🔊 *Track 206*

❷ I'm so exhausted. 我好累！

▶ 這句這樣用

除了「tired」外，還有一個經常用來表示「累」的單字叫做「exhausted」。這個字有「疲憊、渾身無力」的意思，看它那麼長，就感覺好像比tired還更累一點點喔！如果你不想說「I'm so tired.」，就試試看「I'm so exhausted.」吧！

▶ 來看個例句就知道怎麼用！

A : **What a day! I'm so exhausted!**
今天真是的！我好累！

B : **Go get some shut-eye.** 去小睡一下吧。

還可以使用在這些場景

　　這些絕對用得到的會話當然不只在故事中的場景可以使用，還可以用在很多其他的地方！一起來看看你可以如何在日常生活中用到這些會話。

❶ I'm so tired. 我好累！

在補習班用

我：**I'm so tired.**
　　我好累！

同學：**You should be, it's ten.**
　　你應該累啊，已經十點了。

在家用

我：**I'm so tired.**
　　我好累！

媽媽：**Are you sick?**
　　你生病了嗎？

在公司用

我：**I'm so tired.**
　　我好累！

同事：**So is everyone else!**
　　大家也都累啊！

❷ I'm so exhausted. 我好累！

參加活動用

我：**I'm so exhausted.**
　　我好累！

朋友：**You shouldn't have come.**
　　你不該來的。

參加球賽用

我：**I'm so exhausted.**
　　我好累！

隊友：**We'll get someone else to play then.**
　　那我們換個人上來打。

參加派對用

我：**I'm so exhausted.**
　　我好累！

朋友：**You're just drunk.**
　　你只是醉了。

Lesson 1
Lesson 2
Lesson 3
Lesson 4
Lesson 5
Lesson 6
Lesson 7
Lesson 8
Lesson 9
Lesson 10
Lesson 11

7／道地的：「讓我自我介紹一下。／很開心認識你。」該怎麼說？

💬 先從故事裡找到道地生活會話吧

下面的小故事引導你更快速地進入道地會話的英文世界。即將學到的會話用套色表現，看到的時候可以先想想看你會怎麼說。我們也把延伸單字用底線標示，讓你學得更多喔！

新工作 New Job

傑克好不容易安頓¹好，第二天就要工作了。雖然他一天都因為時差²而沒睡好，但再怎麼蓬頭垢面，這可是第一天上班，絕不能給人家壞印象，所以他還是穿上西裝、打上領帶，確認自己勉強夠體面後，才出門前往公司。

明明是互相合作的公司，不知道為什麼，傑克總覺得他的新公司和他之前工作的那一家氣氛非常不同，光是從辦公室一角有個「點心區」就可以看出來。糖果、餅乾、洋芋片³應有盡有，難怪辦公室裡大家都一副體重過重⁴的樣子。一位胖胖的男子走出來，和傑克說：「很開心認識你，讓我自我介紹一下」。看來這位就是他未來的主管了！

延伸單字多學一點

❶ 安頓 **v.** settle down
❷ 時差 **n.** time difference
❸ 洋芋片 **n.** potato chip
❹ 體重過重的 **adj.** ／`ovə͵wet／overweight

道地生活英語會話，這樣用就對了

只要 *2.0* 秒就可以學會！　　　　　　　　　　*Track 207*

Lesson 1
Lesson 2
Lesson 3
Lesson 4
Lesson 5
Lesson 6
Lesson 7
Lesson 8
Lesson 9
Lesson 10
Lesson 11

❶ Let me introduce myself.
讓我自我介紹一下。

▶ 這句這樣用

　　遇到初次見面的人，想讓他對你留下印象而決定來個自我介紹時，你可以先説一句：「Let me introduce myself.」，也就是「讓我自我介紹一下」，才不會一開口就直接開始自我介紹，把對方嚇一跳喔。聽到有人説「Let me introduce myself.」時，是不是會有點期待，想知道是多精彩的自我介紹呢？同樣地，別人多少也會對你有點期待，所以可別在説了「Let me introduce myself.」之後，卻支支吾吾的不知道怎麼介紹自己，這樣還不如別説了。

▶ 來看個例句就知道怎麼用！

A：Let me introduce myself. I'm Sonya from Marketing. Are you new? 讓我自我介紹一下。我是行銷部門的索妮雅。妳是新來的嗎？

B：Hi, Sonya. I'm your boss's wife. 嗨，索妮雅。我是妳老闆的太太。

只要 *1.7* 秒就可以學會！　　　　　　　　　　*Track 208*

❷ Pleased to meet you. 很開心認識你。

▶ 這句這樣用

　　和初次見面的同事打招呼，是不是該説一聲「Nice to meet you.」呢？如果還想來點變化呢？也可以來一句比較正式的「Pleased to meet you.」。我們常看到的「Please」是「請」的意思，但這裡的「Pleased」和「請」沒有關係，是「開心的」的意思。因此，「Pleased to meet you.」整句就是「很開心認識你」囉！

▶ 來看個例句就知道怎麼用！

A：Pleased to meet you. Rina is my name.
很開心認識你。我叫麗娜。

B：Please to meet you too. 我也很開心認識你。

還可以使用在這些場景

這些絕對用得到的會話當然不只在故事中的場景可以使用，還可以用在很多其他的地方！一起來看看你可以如何在日常生活中用到這些會話。

❶ Let me introduce myself. 讓我自我介紹一下。

在工作場合用

我：**Let me introduce myself.**
讓我自我介紹一下。

同事：**I've heard a lot about you.**
我聽說了很多關於你的事了。

在大會會場用

我：**Let me introduce myself.**
讓我自我介紹一下。

與會人士：**Ah, I recognize you!**
啊，我認得你！

在聯誼場合用

我：**Let me introduce myself.**
讓我自我介紹一下。

聯誼對象：**Sure, go ahead.**
好啊，說吧。

❷ Pleased to meet you. 很開心認識你。

和客戶用

我：**Pleased to meet you.**
很開心認識你。

客戶：**We're glad to work with you too.**
我們也很高興與您合作。

和新同事用

我：**Pleased to meet you.**
很開心認識你。

新同事：**Pleased to meet you too.**
我也很開心認識你。

和新同學用

我：**Pleased to meet you.**
很開心認識你。

新同學：**I'm pretty glad to be here too.**
我也很高興能來這裡。

Lesson 11

Lesson 1

Lesson 2

Lesson 3

Lesson 4

Lesson 5

Lesson 6

Lesson 7

Lesson 8

Lesson 9

Lesson 10

Lesson 11

8 道地的：「我要外帶。／我要內用。」該怎麼說？

💬 先從故事裡找到道地生活會話吧

下面的小故事引導你更快速地進入道地會話的英文世界。即將學到的會話用套色表現，看到的時候可以先想想看你會怎麼說。我們也把延伸單字用底線標示，讓你學得更多喔！

一個人的晚餐 Dinner Alone

以前在家鄉時，傑克很不喜歡一個人在外面吃飯，感覺彷彿旁邊成雙成對的人[1]都在笑他一個人似的（但實際上大家都很忙，根本沒人有空管他）。到了美國以後，一切都變了。傑克常常一個人吃飯，無論是買回家吃或在外面吃，他都無所謂，還一個人跑去中餐廳吃合菜。

傑克也變得很喜歡外帶食物[2]回家。他家附近的餐廳就那幾家，所以他跟餐廳的老闆都認識了，每次見面都還會小聊一下，不用說「我要外帶」或「我要內用」，一個眼神對方就知道他要幹嘛，有時傑克都快覺得餐廳服務生[3]是他最好的朋友了。可能是因為越來越冷的關係，越是到了冬天，傑克就越懷念起在家鄉的日子和那香噴噴的火鍋[4]。尤其是看見四周的人似乎都在準備團圓過聖誕節，他更是無法抵擋住思鄉的情緒……

延伸單字多學一點

1. 成雙成對的人、情侶 **n.** /ˋkʌpɚ/ couple
2. 外帶食物 **n.** take-out
3. 服務生 **n.** /ˋwetɚ/ waiter
4. 火鍋 **n.** hot pot

💬 道地生活英語會話，這樣用就對了

🕐 只要 *1.0* 秒就可以學會！　　　　　　　　　　　　　🔊 *Track 209*

❶ To go, please. 我要外帶。

▶ 這句這樣用

　　你也和傑克一樣是外帶一族嗎？尤其在速食餐廳，總是會被問到要內用還是外帶。這時，如果你想回答「外帶」，你可以說「To go, please.」。不加please當然也是可以，只是加了會比較禮貌一點啦！

　　和「to go」有關的片語，還有「good to go」，意思是指「準備好了，可以開始了」。例如有人問你是不是準備好，可以出門去玩了時，你就可以這麼回答。玩遊戲時，敵人漸漸逼近，你也可以和伙伴表示：We're good to go.「我們準備好了，上吧」。

▶ 來看個例句就知道怎麼用！

A : Two onion soups. <u>To go, please.</u>
　　兩份洋蔥湯，我要外帶。

B : Sorry, the onion soup is sold out.
　　抱歉，洋蔥湯賣完了。

🕐 只要 *1.5* 秒就可以學會！　　　　　　　　　　　　　🔊 *Track 210*

❷ For here, please. 我要內用。

▶ 這句這樣用

　　學會了外帶的說法，那如果你不想外帶，而要內用呢？這時就可以說：「For here, please.」。速食餐廳的店員常會問你「For here or to go?」，意思就是在問你要內用還是外帶喔！

▶ 來看個例句就知道怎麼用！

A : For here or to go?
　　要在這裡用還是外帶？

B : <u>For here, please.</u> 在這裡用。

還可以使用在這些場景

　　這些絕對用得到的會話當然不只在故事中的場景可以使用，還可以用在很多其他的地方！一起來看看你可以如何在日常生活中用到這些會話。

Lesson 1
Lesson 2
Lesson 3
Lesson 4
Lesson 5
Lesson 6
Lesson 7
Lesson 8
Lesson 9
Lesson 10
Lesson 11

❶ To go, please. 我要外帶。

在速食店用

我：**Five large fries. To go, please.**
五個大薯，外帶。

店員：**That's quite a lot of fries!**
還真多薯條！

在快餐店用

店員：**Are you dining here or?**
你是要在這裡吃還是？

我：**To go, please.**
我要外帶。

在咖啡店用

我：**A decaf. To go, please.**
我要一杯無咖啡因咖啡，帶走。

店員：**Just pick it up at this counter.**
到這個櫃台領就可以了。

❷ For here, please. 我要內用。

在速食店用

我：**For here, please.**
我要內用。

店員：**There are more seats on the second floor.**
二樓還有位子喔。

在快餐店用

我：**For here, please.**
我要內用。

店員：**Just remember that we close at nine.**
記得我們九點關門喔。

在咖啡店用

店員：**Do you want your coffee here or are you taking it out?**
你的咖啡要在這裡用還是帶走？

我：**For here, please.**
我要內用。

Lesson 11

9 道地的：「又是你啊？／每次都是你。」該怎麼說？

先從故事裡找到道地生活會話吧

下面的小故事引導你更快速地進入道地會話的英文世界。即將學到的會話用套色表現，看到的時候可以先想想看你會怎麼說。我們也把延伸單字用底線標示，讓你學得更多喔！

發生糗事II
An Embarrassing Incident Part 2

　　這個週末，傑克不想又在家裡蹲，所以他便決定到家附近的超市逛逛。每次逛超市，傑克都常會想起他以前在超市邂逅的那個女孩，茉莉。她現在過得如何呢？還是常牽著兩隻哈士奇像神經病一樣在路上奔跑嗎？還是一樣常逛街逛到找不到回家的路嗎？還是一樣老是把家裡的微波爐[1]炸[2]掉嗎？想著想著，傑克不禁都微笑了起來，因為和茉莉在一起的那段時間，雖然兩人常做一些蠢事，但還是過得很開心。

　　想得太認真，傑克都忘記自己站在超級市場的走道中央了。還沒回過神來，只覺得一股強勁的力量[3]把自己撞到地上，原來罪魁禍首是一台塞得滿滿的購物車。購物車的主人很不好意思，趕快彎下腰來把傑克拉起來。傑克忽然覺得這畫面[4]有點似曾相識，連購物車主人的臉也非常似曾相識。兩個人異口同聲說出：「又是你啊？……每次都是你。」

延伸單字多學一點
❶ 微波爐 n. ／ˋmaɪkroˏwev／microwave
❷ 爆炸 v. ／ɪkˋsplod／explode
❸ 力量 n. ／ˋpaʊɚ／power
❹ 畫面 n. ／sin／scene

💬 道地生活英語會話，這樣用就對了

🕐 只要 *1,2* 秒就可以學會！　　　　　　　　　　🔊 *Track 211*

❶ It's you again? 又是你啊？

▶ 這句這樣用

　　傑克和茉莉又再次在陌生的國度相會了，他們接下來會有什麼發展，就請拭目以待了。同時，我們來學一下「又是你啊？」的英文怎麼說吧！你可以說：「It's you again?」學過英文問句的各位可能會覺得困惑，不是應該說「Is it you?」才是正確的問句形式嗎？但要是說「Is it you?」就會變成「是你嗎？」的意思了，而這時兩人早就知道對方是誰，不需要再多問這一句，所以就用「It's you again?」來表達這種「已經知道對方是誰，但就是忍不住很想問『又是你喔』」的心情。

▶ 來看個例句就知道怎麼用！

A : Hi. I'm looking for Mr. Hayes. 嗨，我找海斯先生。
B : It's you again? Told you he's not here!
　　又是你喔？我就告訴你他不在這了啊！

- -

🕐 只要 *1,1* 秒就可以學會！　　　　　　　　　　🔊 *Track 212*

❷ It's always you. 每次都是你。

▶ 這句這樣用

　　兩人說完了「又是你喔？」，下一句會是什麼呢？如果這是個有如偶像劇一般浪漫的故事，兩人接下來或許會說：「It's always you.」（每次都是你。），不但藉機責怪對方每次都很不小心、跟自己互撞，同時似乎也語帶雙關地表達了自己每每總是想著對方的心意。不過我們不是他們，所以我們使用「It's always you.」時，後面不需要有這種浪漫的暗示也沒關係的。

▶ 來看個例句就知道怎麼用！

A : Er... I used up the toilet paper again.
　　呃……我又把廁所衛生紙用完了。
B : It's always you! 每次都是你！

Lesson 1
Lesson 2
Lesson 3
Lesson 4
Lesson 5
Lesson 6
Lesson 7
Lesson 8
Lesson 9
Lesson 1
Lesson 11

還可以使用在這些場景

　　這些絕對用得到的會話當然不只在故事中的場景可以使用，還可以用在很多其他的地方！一起來看看你可以如何在日常生活中用到這些會話。

❶ It's you again? 又是你啊？

在路上用

路人：**Hey, I asked you for directions yesterday!**
　　　欸，我昨天問過你路耶！

我：**It's you again?**
　　又是你啊？

在速食店用

我：**I want five large fries, to go.**
　　我要外帶五個大薯。

店員：**It's you again?**
　　　又是你啊？

在教室用

老師：**Can anyone answer this question?**
　　　誰答得出這一題？

約翰：**Me! Me!** 我！我！

老師：**It's you again?** 又是你啊？

❷ It's always you. 每次都是你。

表達責怪用

同學：**I farted again!**
　　　我又放屁了！

我：**It's always you.**
　　每次都是你。

表達喜悅用

孫女：**I got flowers for you, grandma!**
　　　我摘了花要給妳，奶奶！

我：**It's always you, my dear.**
　　每次都是妳，親愛的。

表達愛意用

我：**Was it you who called me?**
　　是妳打給我的嗎？

女友：**Yep.** 對啊。

我：**It's always you.** 每次都是妳。

會話補給站
英文慣用語大搜查！

準備幾句英文慣用語，輕鬆融入與外國人的對話，
展現道地好實力

什麼是慣用語？

　　慣用語就像是中文的成語、俗語一樣，不能只照著字面上解釋，如「罄竹難書」照著字面上解釋的話，為：即使用盡所有竹簡也書寫不完，但實際上是比喻罪狀極多，列舉不完。

　　以下就來介紹常見的慣用語，在對話中使用慣用語，可以讓英文更道地喔！

Break a leg 祝好運	在一場表演結束之後，演出者都會在謝幕時向觀眾鞠躬致意。過去曾有一場表演，因為太過成功了，觀眾們熱烈歡呼鼓掌，而演出者不停地向觀眾們鞠躬答謝，害他的腿差點斷了。後來 Break a leg 就引申了「祝好運、祝你成功」的涵義。
Pull someone's leg 開某人玩笑	意思與 Are you kidding me? 相同，都是指開玩笑、捉弄的意思。這句話容易因為字面解釋而被當成扯後腿的意思，要注意其實是指「開某人玩笑」喔！

Hold someone back 扯後腿；阻止某人	這句話以字面解釋來看的話，有把別人拉住、不讓別人前進的涵義，因此可以解釋成「扯後腿」，也可以解釋成「阻止某人」。
You can say that again 我同意你說的話	這句話以字面解釋而言，指「你可以再說一次。」，也就是認為對方說的話非常正確，可以再說一次。要表達同意的話，也可以用：I can't agree with you anymore.
Face the music 面對現實	若是照著字面解釋為「面對音樂」，肯定會覺得一頭霧水，但在瞭解典故後，就能很簡單地記起來了！這句話的來源有不同說法，其中一種說法是：為了讓馬匹習慣吵雜的聲音，所以過去軍隊會訓練軍馬將正臉朝向正在演奏的樂隊；另一種說法則是：過去當軍人面對懲處時，樂隊會演奏音樂。因此，引申為：「面對現實」。
Ring a bell 使人想起……	當你猛然看到熟悉的人、事、物，是不是會有一種「啊！這個我以前看過／聽過！」的感覺呢？若是以漫畫的形式表現，可能還會在旁邊畫上驚嘆號。這一句話就是藉著這種「敲響鐘聲」的意象，來表達「使人想起……」的意思。
Under the weather 身體不舒服	這句話乍看之下，好像是與天氣有關，但其實是指人「生病、不舒服」的意思。要是聽到有人告訴你："I am under the weather." 時，記得要關心他的身體健康喔！

Lose your touch
表現不如以往

當一個人曾經非常擅長某件事，可是卻漸漸退步，表現有失水準，就可以說他 "Lose his/her touch"。 另外有一個用法 "lose touch with"，這是指「失去與……的聯絡」，要注意不要搞混了喔！

Hit the sack
去睡覺

sack 有「床」的意思，所以這句話就是「去睡覺」的意思。

Hit the books
認真唸書

這句話在學校中非常常見，是指「認真唸書」的意思。這種用力 hit（打）書的意象在中文中也有差不多的用法，如：在重要考試前，大家都會認真「K書」。

Up in the air
事情尚未解決

這句話照字面解釋，便是懸在空中的意思，這種懸在空中的意象，會讓人有不穩定的感覺，所以可以引申為：「事情尚未解決」。

Cost an arm and a leg
非常昂貴

以字面意思來說，就是某物價值一隻手臂和一條腿，要取得的話，代價可說是非常高昂，因此可以引伸為「非常昂貴」的意思。

Go Dutch
各付各的

Dutch 是指荷蘭人的意思。十七世紀時，英國人曾和荷蘭人競爭海上霸主的地位，這句話便是從當時英國人對荷蘭人的敵視與輕蔑衍生而成的，原是批評荷蘭人小氣不願請客。但在幾百年後的現在，人們在使用這句話時已經沒有當時的輕蔑意味，而是單純地說應該各自付帳。

A piece of cake 非常簡單	吃蛋糕是很愉快、很容易的一件事，所以 A piece of cake 就被引申為一件事「非常簡單」。
Find your feet 習慣新環境	以字面意思解釋的話，這句話會讓人困惑，但若是轉個彎想，Find your feet 不是要找到自己的腳，而是想「站穩腳跟」，並「習慣新環境」。
Come rain or shine 無論如何；竭盡全力	無論是狂風暴雨或晴朗的好天氣，都願意出門，這句話藉由這個意象來引申出「無論如何」都願意去做，也都會「竭盡全力」去做的涵義。
Couch potato 在沙發上看電視， 不想動的人	這句話藉由馬鈴薯圓圓胖胖的形象，生動勾勒出現代人坐在的沙發上一動也不動的懶散模樣，可說是非常貼切。
Eat like a bird 食量很小	常常聽到有人被稱作「小鳥胃」，意指一個人的食量很小，在英文中也有一樣的用法，以 eat like a bird 來形容一個人吃得很少。而 eat like a horse 則是在說一個人的食量很大。
Packed like sardines 人多擁擠	依字面意義解釋，是指擠得像是罐頭裡的沙丁魚一樣，沒有可以移動的空間。這通常可以用在演唱會等人多的場合，而 packed like sardines 也非常適合形容上下班時段的公車、捷運人潮洶湧的情形。

Can't see the forest for the trees 只注重細節而忽略大局	這句話翻譯出來是「見樹不見林」，只看著一棵樹而忽略整個樹林的狀況，以此比喻只注重細節而忽略大局。
As cold as stone 冷淡	中文有一個成語：「鐵石心腸」，指人不會受到私情影響，在英文裡的用法也很相似，以 as cold as stone 來形容人如同石頭一樣冷淡。
Walking on air 非常開心	這句話以字面意義解釋，就是指人空氣中行走，再進一步引申為「非常開心的意思」，比喻方式與中文的「飄飄然」相近。
Go with the flow 隨波逐流；順其自然	flow 指的是「水流」，字面解釋為「順著水流走」，可引申為「隨波逐流；順其自然」的意思。
As genuine as a three-dollar bill 顯然是假的	genuine 意指「真實」，字面意思就是「像三美元的紙鈔一樣真實」，然而美國從未發行過三美元的紙鈔，所以是用一種諷刺的語氣在說「這顯然是假的」。
Spice something up 增添趣味	spice 作為名詞是指「香料」，作為動詞則是指「加入調味料」，而 spice something up 以字面意義解釋，指在某件事加入調味料，也就是「為某件事增添趣味」。

In the red 赤字	當支出大於收入時，往往會以紅字來表現虧損的金額，因此 in the red 指的就是「赤字」。而 in the black 則是指「有盈餘」。
Have a sweet tooth 愛吃甜食	乍看之下，會以為 have a sweet tooth 是指嘴巴很甜、很會討好人，但其實是更為直觀地說一個人「愛吃甜食」。
Storm is brewing 麻煩事即將到來	在中文裡，有一句話是：「山雨欲來，風滿樓」，藉由自然現象來呈現出大事即將發生時的緊張感。而 storm is brewing 運用了同樣的意象，來表示「麻煩事即將到來」。
When it rains, it pours 壞事接二連三地發生	pour 是倒的意思，當和 rain 合用的時候，就成了傾盆大雨。而下雨本就使人心情鬱悶，外出也不方便，傾盆大雨就更是悽慘了，所以這句話便引申為「壞事接二連三地發生」。
Once in a blue moon 非常稀有	通常月亮不是會是藍色的，而事情發生在有藍色月亮的日子，就代表這件事是「非常稀有」的。

原來如此 系列 *E249*

生活必備！5個單字就能
輕鬆開口說出的 英文會話

一句話不超過五個字，三秒鐘就能學會一句實用會話。

作　　　者	張瑩安
顧　　　問	曾文旭
總 編 輯	王毓芳
編輯統籌	耿文國
主　　　編	吳靜宜
執行編輯	廖婉婷、黃韻璇、潘妍潔
美術編輯	王桂芳、張嘉容
法律顧問	北辰著作權事務所　蕭雄淋律師、幸秋妙律師

初　　　版	2021年06月
出　　　版	捷徑文化出版事業有限公司
電　　　話	（02）2752-5618
傳　　　真	（02）2752-5619

定　　　價	新台幣380元／港幣127元
產品內容	1書＋MP3

總 經 銷	采舍國際有限公司
地　　　址	235 新北市中和區中山路二段366巷10號3樓
電　　　話	（02）8245-8786
傳　　　真	（02）8245-8718

港澳地區總經銷	和平圖書有限公司
地　　　址	香港柴灣嘉業街12號百樂門大廈17樓
電　　　話	（852）2804-6687
傳　　　真	（852）2804-6409

▶本書圖片由freepik圖庫提供

捷徑 Book站

現在就上臉書（FACEBOOK）「捷徑BOOK站」並按讚加入粉絲團，
就可享每月不定期新書資訊和粉絲專享小禮物喔！
http://www.facebook.com/royalroadbooks
讀者來函：**royalroadbooks@gmail.com**

國家圖書館出版品預行編目資料

生活必備！5個單字就能輕鬆開口說出的英文
會話 / 張瑩安著. -- 初版. -- 臺北市：
捷徑文化, 2021.06
　面；　公分（原來如此：E249）
ISBN 978-986-5507-68-8（平裝附光碟片）
1. 英語　　2. 會話
805.188　　　　　　　　　　　　110007421